마드리드 일기

마드리드 일기

최민석
에세이

해냄

프롤로그

나는 토지문화재단과 스페인 문화체육부가 협정한 '교환 작가 프로그램'에 선발되어, 2022년 8월 31일부터 두 달간 마드리드에 머무르게 됐다.

스페인 측에서 제공한 숙소와 식사는 두 달간 유효하고, 그 후 보름은 혼자 여행을 하고 귀국하기로 했다.

타국에서의 경험은 제때 쓰지 않으면, 그 기억이 일상의 무게에 납작하게 눌려 떠오르지 않는다는 것을 과거에 체험했기에 매일 일기를 쓰기로 했다.

9년 전『베를린 일기』라는 책을 썼을 때처럼, 이번에도 문학평론가 故 김현 선생의 문체를 존경하여 모사하듯 써보려 했고, 이를 위해 70년대에 쓰였던 어휘를 우선적으로 쓰려 했다. 할 수 있다면 그때의 문인처럼 한자도 쓰려 했다.『베를린 일기』에는 중학교 1학년 수준의 한자밖에 못 썼으나, 이번에는 고원한 야심을 품고 중학교 二學年 수준의 한자에도 도전해 보려 한다.

일상을 여유 있고 느리게 지내는 서반아인과 달리, 나는 심히 바쁘게 지냈으므로, 특별한 일이 없는 한 일기는 하루가 지난 후에 썼다.

가을인 줄 알았으나,
여전히 섭씨 35도가 넘는 마드리드에서

차례

프롤로그 prologue   4

1장 ─ 9월 septiembre   8

2장 ─ 10월 octubre   186

3장 ─ 11월 noviembre   384

1장 ─────────────────────

9월

septiembre

TO 24H • OPEN 24H • OUVERT 24H/24H
...UERTA ESTÁ CERRADA, POR FAVOR LLAME AL INTERFONO
...THE GATE IS CLOSED, PLEASE RING THE INTERCOM
...PORTE EST FERMÉE, MERCI D'UTILISER L'INTERPHONE

Residencia de Estudiantes

9. 1.

septiembre

이 글은 숙소 창문에서 갑자기 떨어진 블라인드를 손 봐주겠다고 하고, 오지 않는 직원을 기다리다 지친 채 쓰고 있다.

어제 낮, 고대했던 레지던시 프로그램으로 마드리드에 도착했다.

열일곱 時間이 넘는 비행을 단번에 해낼 수가 없는 노구이기에, 일단은 폴란드의 수도인 바르샤바에서 하룻밤을 잤다.

바르샤바에 도착하기도 전에 이미 지친 몸이었기에 저녁에는 간단히 맥주나 한잔하려고 구도심에 가봤는데, 폴란드는 상당히 화끈한 나라라는 인상을 줬다.

열세 시간가량 이코노미석에서 몸을 구긴 채 기내식을 줄기차게 먹은 바람에 전혀 배가 고프지 않았다. 하여, '어린이 메뉴'를 주문해도 되는지 물어보니 흔쾌히 "If you like(손님께서 좋으시다면야), 그런데, 양이 적은데 괜찮겠어요?"라고 반문하더니, 대식가가 먹어도 남을 양의 감자칩과 치킨너겟을 갖다주었다. 모르긴 해도, 폴란드의 어린이들은 대식가이거나, 식당에서만큼은 상당히 대접받는 듯하다.

비행기를 타려고 아침에 다시 공항으로 가니, 출국층 앞이 '주차 구간'과 '정차 구간'으로 나뉘어 있었는데, 특이하게도 정차 구간에는 'Kiss & Fly(키스하고 날아가!)'라고 쓰여 있었다. 작별의 키스를 나누고 비행기를 타고 날아가라니, 화끈하고 로맨틱하다. 아울러, 'Up to 7 min(7분까지)'라고 표기돼 있는데, 세계 각국으로 떠나는 연인과 가족들이 이곳에서 각각 7分 동안 쪽쪽대며 키스하고 있을 상상을 하니, 확실히 폴란드는 화끈한 나라라는 인상을 준다.●

그나저나, 방금 천장에서 한쪽이 떨어진 블라인드를 손봐주기로 한 직원이 마침내 왔다 갔는데, 영어를 상당히 잘한다. 해서 마드리드 생활에 대해 이것저것 물어본 뒤에, 혹시 "저를 챙겨주시는 매니저이신가요?"라고 물으니, "아니요. 전 청소부인데요" 하고 가버렸다. 전 세계에서 만난 모든 호텔 청소부 중에 가장 영어를 잘했다. 심지어 미국 청소부보다 영어를 잘했다. 청소부가 리셉션 직원보다 영어를 잘하다니, 마드리드인들은 직업을 선택할 때 세속적 시선 따위는 염려치 않는 듯하다.

내가 묵는 숙소는 '레지덴시아 데 에스뚜디안떼스(Residensia de estudiantes)'라는 곳으로, 이름만 들으면 학생들이 묵는 기숙사 같다. 하지만 스페인 문화부에서 운영하는 일종의 호텔이다. 원

● 알고 보니, 이는 내 무지의 소산이었다. 폴란드뿐만 아니라, 유럽 국가의 꽤 많은 공항에서 정차 구간을 'Kiss & Fly'로 표기하고 있었다. 확실히, 유럽은 뽀뽀가 인사라는 인상을 준다.

래는 학생 기숙사로 쓰였기에, 화가인 살바도르 달리나 스페인 국민 시인인 로르카 같은 예술가들이 학생 시절에 이곳에서 생활했고, 아인슈타인과 퀴리 부인, 오르테가 이 가세트 같은 학자도 학술 세미나를 하러 온 유서 깊은 곳이다.

그리고 어찌 된 영문인지, 21세기에 들어 한국의 최민석이란 작가가 묵게 된 것이다. 당연히, 이 저명한 학자와 예술가들과 나 사이에는 아무런 연관이 없다. 혹시나 아직도 내 이름을 모르는 독자가 있을까 싶어, 괜히 한 번 써봤을 뿐이다.

어쨌든, 이곳은 유럽의 문화유산으로 지정되어 있다. 하여, 스페인 문화부가 그 명맥을 그대로 유지하기 위해, 현재는 외부인에게도 개방하여 호텔로 운영하고 있다. 물론, 지금도 기숙 장학생뿐만 아니라, 나 같은 방문 작가에게까지 스페인 측에서 숙소를 제공하며 전통을 이어가고 있다. 게다가, 삼시 세끼를 모두 챙겨주고, 객실 청소까지 해준다. 나처럼 눈치 보지 않고 주는 대로 꾸역꾸역 다 받아먹는 작가에게는 최상의 집필 공간이다.

어제는 전화기 유심칩을 샀으니, 오늘은 앞으로 두 달간 내 발이 되어줄 자전거를 사러 시내에 나가봐야겠다. 베를린은 백림이라 불리는데, 마드리드는 마덕리(馬德里)로 불린다는 것을 알았다.

마덕리에서의 첫날이었다.

9. 2.

septiembre

이 글은 아침 조깅과 샤워를 한 후 맑은 정신으로 쓰고 있다.

아침 일찍부터 조깅을 하고 온 이유는 내가 대문호들처럼 철저히 육체를 통제하며 게으름을 떨쳐내 글쓰기에 매진하기 때문, 이 아니라 그냥 시차 적응을 못 했기 때문이다. 새벽 3시에 눈을 뜬 바람에 세 시간 동안 천장만 바라봤다. 그러다 해가 뜨니 너무 반가워 조깅하고 돌아온 것이다.

어찌 됐든, 어제 중고 자전거를 한 대 샀다. 원래는 부지런 떨며 아침부터 나가려 했는데, 확인차 점포에 전화했다가 가게 홈페이지에서 눈여겨본 95유로짜리 자전거가 팔려버렸다는 비보를 접했다. 그때부터 잘하지도 못하는 스페인어가 더욱 외계어처럼 들렸다. 자전거포 사장은 고작 두 달만 탈 거라는 내 사정을 듣더니, "께 뻬냐(거참 안됐소)!"라며 일단 와보라 했다.
하여, 이곳 교통 사정에 익숙지 않은 내가 헤매며 가는 사이 또 값싼 자전거가 팔려버릴까 봐, 콜택시를 불러 자전거포까지 당도하니, 사장은 '그럴 필요까지는 없었잖아!' 하는 표정으로 내가 탈 만한 자전거를 손가락으로 가리켰다.

녀석은 색채 통제주의자가 만들었는지, 회색 프레임에 검은 안장, 그리고 밝게 빛나는 흰색 타이어와 흰 손잡이로 구성된 사이클이었다. 가격은 195유로. 예산을 두 배 가까이 넘겼지만, 줄곧 사이클을 타고 싶었던 내 욕구가 그때 수천 년의 긴 잠에서 깨어난 용암처럼 꿈틀대기 시작했다. 충동구매를 하지 않으려고 좀더 싸고 아담한 자전거를 만지작거리니, 젊은 직원이 나타나 "그건 어린이 건데요!"라고 하는 순간, 수년째 냉동 상태였던 내 자존심이 해동돼 버렸다. 막 깨어난 내 자존심은 꿈틀거리는 차원을 넘어, 사이클을 타고 싶은 욕망과 만나 급기야 화산처럼 폭발했고, 나는 스무 살 정도 젊어 보이는 직원을 응시하며 말했다.

"씨. 쏘이 아둘또(맞소. 난 성인이오)!"

그러며 사이클과 자물쇠와 휴대폰 거치대까지 사기 위해, 232.9유로를 썼다.

이리하여, 마침내 나도 허리를 숙이고 페달을 밟을 때마다 몸을 좌우로 흔드는 사이클 라이더가 됐다. 바람을 가르며 마덕리 시내를 질주하는 내 모습을 뿌듯하게 상상하고 있으니, 직원이 조심스레 사진을 한 장 찍자 했다. 방금 전까지 내 직업이 소설가라는 대화를 나눈 사실로 미뤄보아, 그가 기념사진을 찍고 싶어 한 걸로 추정됐으나, 나는 세속적 욕망과는 거리를 둔 작가처럼 겸손하게 답했다.

"사진이라니요. 저는 그냥 글만 쓸 수 있다는 사실에 만족합니다."

내 말에 젊은 직원은 어안이 벙벙한 표정을 지었다.

"노노노노노. 마드리드에는 자전거 도둑이 많습니다, 쎄뇨르(선생). 구매한 사람을 자전거와 함께 인증샷으로 남겨야 합니다. 그래야 선생이 자전거를 도난당했을 때, 경찰이 이 사진을 보고 선생이 자전거의 원래 주인이라는 것을 알 수 있으니까요."

큰 혼돈의 세계로 잘못 진입한 느낌이다.

그리고 내 인생에서 언제나 그래왔듯, 슬픈 예감은 이번에도 틀리지 않았다. 지도 앱은 자꾸만 大로로 가라는데, 마드리드에서는 대로의 가장 우측 길이 버스와 택시 전용 도로였다. 그러니까, 자전거와 퀵보드는 4차선 도로 중 3차선, 즉 거의 도로 한가운데에서 차와 함께 달리게 돼 있는 것이었다(3차선에서는 정말 한가운데로 가야 한다).

그리하여, 도로로 나서자마자, 튼튼하고 멋진 헬멧 역시 사야 한다는 사실을 깨달았고, 이는 이 사이클이 향후 내 마덕리 생활을 끝없는 지출의 늪으로 이끌 것이라는 불길한 징조로 다가왔다. 그 심리적 압박 탓인지, 내 노체의 나약함 탓인지, 사이클을 타는 내내 지구를 떠받치는 형벌을 받는 아틀라스처럼, 어깨에 극심한 통증이 몰려왔다.

아내가 장 보러 갈 때 타는 바구니 달린 자전거가 너무 그립다. 역시 외부적으로 그럴듯한 인생을 사는 이에게는 보이지 않는 고충이 따르는 법이다.

그럼에도 사이클에 이름을 붙여줘야 적응할 수 있을 것 같아, 문학적으로 돈키호테의 애마인 '로시난테'라 정했다. 말도 처음 타면 엉덩이가 아픈 법. 로시난테 역시 처음 탔기에 어깨가 아팠던 것이라 추정하고 저녁에 한 번 더 타봤다. 그러자, 낮의 어깨 통증까지 더해져 더 고통스러웠다.

　그러나 로시난테는 저녁 8시에도 빛나는 마드리드의 햇살을 기세 좋게 반사하며, 검게 탄 주인 마음도 모른 채 고고히 빛나고 있었다.

　아무래도 헬멧보다는 지하철 정기권을 잔뜩 사두는 게 낫겠다.

　마덕리에서의 둘째 날이었다.

9. 3.

septiembre

이 글은 토요일 오전이라 침대에서 게으름 피우려다가, 연로하신 서반아 할머니께서 "총각, 어서 나와. 방 좀 치우게" 하는 바람에 복도에 나와 쓰고 있다.

몇 가지 잘못 안 게 있다. 첫째 날 영어에 능통했던 직원은 알고 보니, '관리부장'쯤 되는 것 같다. 영어로 '하우스키핑(housekeeping)'이라고 했기에 오해한 것이다. 아마 첫날에 무너진 블라인드를 고쳐준 직원과, 매일 내 방을 청소해 주는 직원들의 관리자인 듯싶다.

여기까지 썼는데, 청소하시던 할머니께서 갑자기 내 방에서 나오더니 "한국에서는 무슨 장르의 소설을 썼어?" 하고 물었다(방을 비워줄 때, 잠시 한국에서 온 작가라 소개했다). 한데, 나는 장르소설가는 아니다. 따라서, 순문학 작가라는 설명을 해야 하는데, 이는 한국 문단 내에서도 그 경계가 조금씩 허물어져가기에 딱 부러지게 설명하기 몹시 까다로운 주제다. 하여, 나는 일단 대표적인 순문학 작가 이름을 대고 첨언할 요량으로 "저어… 가브리엘 가르시아 마르께스…"라는데, 할머니가 "너, 한국의 마르께스야?!"라며 놀랐다. 그러더니, 대뜸 나와 마술적 리얼리즘에 대한 토론을 시도했다. 갑자기 숙소 복도가 스페인어 능력 시험 고사장으로 둔갑했지만, 어쨌든 긴 대화 끝에 할머니는 내 소설이 번역되면 꼭 읽어보 겠다고 약속하셨다.

어제 자전거를 살 때에도 젊은 직원이 내 글을 읽어볼 수 있느냐 고 했다. 하여, 내가 번역된 게 없다 하니 실로 아쉽다는 표정으로 "어서 번역되길 바란다"며 건투를 기원했다.

한국에서도 받지 못한 내 문학에 대한 관심을 서반아에서 받다 니, 실로 어리둥절하다.

나온 김에 말하자면, 서반아인들은 한국에 관심이 많은 것 같다. 이곳에 도착한 첫날, 마트에서 탄산수를 한 통 계산하려고 기다리 고 있는데, 내 뒤의 뒤에 선 남자는 한글로 '부산역'이라 쓰인 티셔 츠를 입고 있었다. 그걸 보고 내 뒤의 남자가 "와! 반갑다. 나 이번 휴가 때 부산에 다녀왔는데!"라며 둘이 부산을 주제로 대화를 나눴 다. 내향적인 나도 그 대화에 끼고 싶었는데, 실은 이번 휴가를 부산 으로 다녀왔기 때문이다. 마드리드의 마트 계산대에 나란히 선 남 자 셋이 모두 며칠 전에 부산을 다녀왔다니, 역시 어리둥절하다.

게다가, 폴란드에서 마드리드로 오는 비행기에서 옆자리에 앉 은 서반아 부부는 강릉으로 휴가를 다녀온 듯했다. 둘은 연신 휴대 폰 안에 저장된 강릉의 한 횟집 수족관 사진을 바라보며 깊은 회상 에 잠겼다. 그러며, 활어회와 미역국 사진을 바라보는 아내에게 남편은 연신 "하쁘네사(일식이야)"라며 알려줬다. 이때에도 내향적인 내가 그 대화에 끼고 싶었는데, 그 미역국과 활어회는 명백히 한식이었기 때문이었다. 그렇다고 대뜸 그 대화에 낄 수는 없는 노릇이라 창밖을 하릴없이 내다보고 있었는데, 둘의 대화는 마치 하지 않기로 결심한 SNS의 버려둔 계정 같아서 자석처럼 내 관심을 끌어당겼다. 그리하여 슬쩍 곁눈질해 보니, 아내가 사진 한 장을 열심히 확대하고 있었다. 남편이 "임쁘레시오난떼, 씨(인상적이었어. 그렇지)?!"라며 확대된 피사체에 대해 술회했는데, 거기엔 한국 맥주와 소주가 나란히 한 병씩 놓여 있었다. '폭탄주'가 유럽인 부부의 가슴에 강렬한 진동을 일으킨 듯했다.

그리고 오늘 마침내 '로시난테'의 치명적인 문제점이 무엇인지 알아냈다. 녀석의 검은 안장은 사실 안장인 척하며 바퀴 위에 놓인 검은 돌덩어리였다. 그렇기에 둔덕을 만날 때마다, 내 둔부가 태형과 같은 고통을 감내해야 했던 것이다. 녀석의 이름을 철갑지붕이 달린 '거북선'으로 바꿔야 할 것 같다.

내 일상에 예견치 못한 거북선 한 척이 입장했지만, 동시에 예상치 못한 행운도 찾아왔다. 두 달간 다닐 서반어 학원비가 고가라 부담스러웠는데, 학원 측에서 만학도인 내게 무려 20퍼센트 파격 할인을 제안한 것이다. 2할 할인을 받으면, 자전거를 사는 데 쓴 30만 원 남짓한 돈을 상쇄하고도 남는다. 하여 기분이 좋아진 나는 할인받은 40만 원으로 기내용 캐리어를 사기 위해 학원 바로 옆에 있는 가방 가게로 가서 신용카드까지 꺼냈는데, 때마침 한국에서 이달의 신용카드 대금 안내 메시지가 왔다. 덕분에 가까스로 정신을 차리고 밖으로 나왔다. 자칫 호구가 될 뻔한 나를 위기에서 건져준 신용카드 회사에 감사하며, 엉덩이를 거북선에 실은 채 돌아왔다.

비록 어깨는 아프고, 엉덩이는 거북선 지붕의 쇠 창에 찔린 듯했지만, 그 덕에 숙소로 돌아오니 바로 곯아떨어질 수 있었다.

마덕리에서의 셋째 날이었다.

9. 4.

septiembre

이 글은 일요일 오후답게 욕조에서 목욕을 한 후 시원한 산들바람을 맞으며 쓰고 있다.

드디어 새벽 3시가 아닌, 아침 8시에 눈을 떴다. 마침내 시차 적응에 성공한 것 같다. 여기엔 손흥민 선수의 공이 크다. 그의 경기를 보려고 간 펍에서 마신 맥주 덕에, 간만에 아침까지 잘 수 있었던 것이다.

펍의 이름은 소설가인 내가 오기만을 기다렸다는 듯 '제임스 조이스 아이리시 펍 마드리드'였다. 더블린에서 제임스 조이스 박물관은 물론, 문이 닫힌 채 폐허처럼 방치된 그의 生家까지 찾아 헤맨 나로선 실로 반가운 이름이었다.

스테인드글라스에 시인 예이츠와 함께 자신의 얼굴을 새겨놓은 제임스 조이스는 내게 말을 직접 건넬 수는 없었지만, '자네. 더블린에서 내 집에도 찾아오더니, 마덕리에서까지 찾아온 건가' 하는 표정으로 변방 작가인 나를 반겨줬다. 두 대문호가 새겨진 스테인드글라스를 통해 들어오는 오후 2시의 마드리드 햇빛이 형형색색으로 실내에 은은히 퍼졌다.

　오후 햇살을 맞으며 영국 축구를 보다니, 이것만으로도 마드리드에 온 이유는 충분했다. 바로 이 순간을 위해 이틀에 걸쳐 유럽에 왔고, 여름 내내 땀 흘리며 소설을 썼고, 지난 몇 년간 마비가 올만큼 혓바닥을 굴려가며 서반아어를 익힌 것 아닌가. 그간 흘린 땀에 대한 보상인지, 生맥주가 어느 때보다 맛있었다. 역시 최고의 안주는 근면한 일상과 노동이다.

　어쨌든 한국에서라면 내부적으로는 졸음과 투쟁하며, 외부적으로는 가족의 수면을 방해하지 않기 위해 득점을 해도 '소리 없는 아우성'으로 환호해야 했지만, 이제는 다르다. 스피커로 흘러나오는 영국 캐스터의 목소리가 실내 공기는 물론, 막 한 모금을 비워낸 내 생맥주 표면까지 떨리게 한다. 그 감격에 흥분한 탓일까. 손흥민 선수가 득점에 실패했을 때, 나도 모르게 반사적으로 일어섰다. 그러자, 뒤의 영국 아저씨가 "Sit down" 하며 내 어깨를 두드리며 진정시켰다.

초로의 신사는 런던에서 왔다고 했는데, 상대 팀인 풀럼 역시 토트넘처럼 연고지가 런던인지라 어느 팀을 응원하는지 감이 잡히지 않았다. 어쩐지 나를 견제하는 것 같아, 풀럼 팬이냐고 물으니, 갑자기 반소매 티의 오른팔 쪽을 걷어 어깨에 새겨진 타투를 보여 줬다. 새긴 지 수십 년은 된 듯한 '아스널 로고' 문신이었다. 그는 "오늘은 풀럼 팬!"이라며, 토트넘의 숙적다운 면모를 보여줬다.

젊은 시절에 목청 꽤 울려가며 자신이 응원하는 팀을 외치고, 또 그 팀을 몸에까지 새기는 이의 마음가짐은 어떠한 걸까. 그 열의가 짐작이 안 돼, 남은 팔십 분 내내 엉덩이를 의자에 딱 붙이고 관람했다. 마드리드에 와서는 엉덩이가 편한 날이 없다. 엉덩이에 포장용 에어캡이라도 넣어야 할 것 같은 위기감이 밀려온다.

저녁에는 베를린에서 방문 작가로 지낼 때 사귀었던 두 명의 친구와 연락했다. 먼저, 한 달 남짓 함께 살았던 '다닐로'가 내게 전화를 해줬다. 받자마자 그는 "오! 에르마노오오(형제에에에에)!" 하며 반겼다. 그러며 연신 "에르마노 민숙!"이라 불렀는데, 여권명이 'Minsuk CHOI'인 탓에 '민숙'으로 불리는 건 적응했지만, '민숙 형제'라니 새로운 암초를 만난 것 같다. 그래도 간만에 '민숙'으로 불리니, 달팽이관을 통해 전달받은 익숙한 소리에 구라파(歐羅巴)로 돌아온 게 실감 난다.

역시 베를린에서 사귄 이탈리아 친구 '파비오'에게도 연락이 왔는데, 그는 마치 스페인 축구 해설자들이 '고 - 오 - - - 올(Goal)' 하며 몇 분간 함성을 지르듯, 비흡연자답게 '민수우 - - - - - 욱' 하며 왕성한 폐활량을 자랑했다. 이쯤 되니, 아예 민숙으로 개명해야 하는 게 아닌가 하는 위기감까지 몰려온다.

놀랍게도 파비오와 다닐로는 돈을 돌려받지 못한 채권자처럼 8년 전의 시시콜콜한 일까지 또렷이 기억하고 있었다. 그들은 나와 헤어진 순간부터 방금까지 냉동 상태로 있었다는 듯, 8년 전을 몇 시간 전처럼 술회했다. "너 아직도 커피랑 맥주만 마시고 사는 거야? 술에 취해서 택시 타고?"

그들의 기억력이 경이로울 뿐인데, 둘 다 그간 많은 일을 겪었기 때문이다. 다닐로는 결혼을 해서 둘째 아기의 출산을, 파비오는 첫째 아기의 출산을 기다리고 있다. 게다가, 파비오는 베를린에 함께 온 그때의 여자 친구 '엘레나'와 결혼을 했다. 엘레나는 영상 통화로 자신의 부푼 배를 가리키며, "민숙, 어서 놀러 와!"라고 했다.

다닐로가 있는 사라고사(Zaragoza), 파비오가 있는 밀라노까지 갈 생각을 하니, 벌써 바빠진 것 같다. 내일부터는 서반아어 학원도 개강한다. 시차 적응을 하자마자, 새 보금자리의 일상이 "어. 준비됐지? 기다렸어!" 하며 달려오는 기분이다.

분주해질 예감이 든 마덕리에서의 넷째 날이었다.

9. 5.

septiembre

이 글은 밤 11시 50분에 '아차! 일기' 하며 하루를 십
분 남겨둔 채 다급한 맘으로 쓰고 있다.

서반아어 학원에 가서, 베를린 장벽보다 두껍고, 만리장성보다
긴 벽을 만났으니, 그것은 스승과 나 사이, 그리고 동급생과 나 사
이에 존재하는 언어 장벽이다. 나는 전생에 너무 많은 말을 해서
현생에 입을 닥쳐야 하는 형벌을 받은 이처럼 강의 시간에 침묵해
야 했다. 그런고로, 한국인은 과묵하다는 인상을 주고 말았다. 또
멋쩍어 자주 웃다 보니 그만 상냥하다는 인상까지 주고 말았다. 동
급생들이 이게 다 내 비천한 서반아어 실력 때문이라는 걸 알아줬
으면 한다.

반을 배정받았는데, 학생 여섯 명 중에 동양인은 나밖에 없었다.
주목된 시선을 의식했는지 선생님은 레벨 테스트를 할 때 나눈 대
화를 기반으로 나를 소개했다.
"아. 요즘 한국 대중문화가 관심을 많이 받는데, 마침 한국 작가가
왔네요. 스페인 정부가 지원하는 프로그램의 작가로 왔대요."

정부의 초대를 받아 왔다는 말이 어쩐지 거창하게 들려, 나는 겸

손한 어투로 첨언했다.

"다 선생님 세금입니다!"

그러자, 선생님이 갑자기 얼음조각상처럼 굳어버렸다. 사실, 아는 단어가 별로 없어 그리 말했을 뿐인데, 내 가난한 언어가 장벽을 뛰어넘지 못한 것이다. 시베리아처럼 쌀쌀해진 강의실 공기를 깨고, 한 유럽 학생이 물었다.

"어떻게 하면 그런 거에 선발되는 거야? 네가 한국을 대표하는 작가야?"

그 질문에 나는 할 말을 잃어, 그만 떠오른 대로 대답해 버렸다.

"정부 복지 사업이라, 제일 불쌍해 보이는 사람 보내주는 거야."

그러자 이번에는 학생들까지 얼음조각이 되어, 교실이 일순 하얼빈의 국제얼음조각대회장으로 둔갑했다. 그리고 내 눈에는 앞으로 두 달간 겪을 서반아어 교실에서의 험난한 여정이 주마등처럼 펼쳐졌다.

첫 수업을 받고 나니, 마덕리 생활의 난관은 불을 보듯 뻔했다. 하여, 내일은 조금이라도 상황에 맞춰 적확한 언어를 쓰겠다는 포부로, 온종일 서반아어 책에 얼굴을 묻었다. 하나, 내 뇌의 게으른 해마들은 '아. 왜 정열과 축제의 나라에 와서, 경우 없게 공부를 하는 거야'라며 온몸에 정신적 고통을 해소했다. 급기야 정신적 고통이 물리적 고통으로 전이되고 말았다. 하여, 지나치게 노곤해진 육체를 달래러 한식당에 갔다. 가보니 역시 호방한 서반아의 한식당

답게, 한식 메뉴 사이에 짬뽕이 태연히 적혀 있었다. 마침 스트레스받은 내 뇌가 캡사이신을 강렬히 원하기에 짬뽕을 주문하니, 사장님이 물었다.

"매운 정도는 '중간'이 좋겠죠?"

"아니. 구라파 한식당이 매워봤자 얼마나 맵겠소!"라는 호기로운 반문은 내향형 인간답게 속으로만 외치고, 사장님이 주시는 대로 고분고분하게 먹었다. 한데 서반아 짬뽕이 한국 짬뽕을 비웃을 만큼 매운 게 아닌가. 그 바람에 내 몸의 모든 한공이 땀을 분수처럼 쏟아냈다. 그 덕인지 서반아어 때문에 스트레스받았다는 사실조차 잊어버렸다. 매운 짬뽕으로 이방인의 고충을 날려보낼 수 있다니, 이게 이민자의 지혜구나, 하고 감탄했다.

짬뽕이 삶보다 매워, 매운 현실을 잊을 수 있는 마덕리에서의 다섯째 밤이었다.

9. 6.

septiembre

이 글은 지친 육신을 침대에 누인 채, 옆방 투숙객이 틀어놓은 축구 중계를 함께 들으며 쓰고 있다.

한국은 층간 소음이 문제지만, 스페인은 실간 소음(방끼리의 소음)이 문제인 것 같다. 새로운 투숙객이 묵고 갈 때마다, 그들의 TV 시청 취향을 알게 된다. 두 달간 지내면 「서반아 숙박업소 내 객실 TV 시청에 관한 성향 분석」이란 소논문도 제출할 수 있을 것 같다.

오늘 학원에 가니 선생님이 유일한 동양인이자 학기 중에 합류한 나를 배려하며 "공부하기 어떠냐"고 물었다. 나는 솔직하게 "과제를 하느라 별로 못 잤습니다(세 시간 반 잤다. 물론, 일기도 써야 해서 그런 것이다)"라고 했다. 선생은 믿을 수 없다는 듯이 내 교재를 펼쳐보고서, 물었다.

"아니. 초이. 왜 내지도 않은 과제를 다 해온 거죠?"

순간, 내 동공이 흔들렸으나, 나는 각성하고 선생께서 어제 직접 판서하며 과제로 내준 페이지를 보여주었다.

'Pagina(페이지) 115, 6,7,8,9.'

나는 '아. 유럽인들은 115, 116, 117, 118, 119쪽이라 적지 않

고, 저렇게 경제적으로 쓰는구나. 맞아, 한국에서도 115~119쪽이라고 효율적으로 표기하지!'라고 생각했다.

그런데 알고 보니, 115쪽에 있는 '6번, 7번, 8번, 9번' 문제를 풀어오라는 것이었다. 마드레 미아(Madre Mia, 오 나의 어머니)!

그 와중에 눈치 없는 브라질 친구 '에드손'은 경탄했다.
"이게 한국의 고속 경제 성장 비결이구나!"
이 친구는 어이없게도 내가 하는 모든 행동을 한국의 고속 경제 성장 혹은 문화산업 성장과 연결해 이해한다(하지만, 녀석은 고마운 친구다. 어제 지갑을 깜빡하고 학원에 온 내게 5유로를 빌려줬다).

어쨌든, 선생께선 오늘도 과제를 내주었는데, 어제 내가 착각한 바람에 다 해놓은 것이었다. 알고 보니, 일주일 치 과제를 어제 나 혼자 다 해버린 것이었다. 하여, 오늘은 공부할 필요가 없었기에, 수업이 끝나고 눈치 없는 에드손과 함께 마드리드의 히피 지역인 라 라티나(La Latina)로 가보았다. 마덕리의 여느 동네와 달리, 라티나 지구에는 파스텔 톤 외벽이 강렬한 햇살에 조금씩 깎여 나간 것처럼 다소 낡고 빛바랜 건물이 많았다. 그렇기에 남미 같기도 했고(이름이 '라티나' 아닌가), 이탈리아 같기도 했다. 연인들이 밀어를 속삭이고 키스도 하는, 실로 낭만적인 이 공간에서 에드손은 '정운 킴(김정은)' 이야기를 한 시간 했다.

김정은이 계속 북한에서 집권하는 한, 적어도 생경한 외국인과

나누지 못할 대화는 없을 것 같다(김정은에 대한 외국인들의 관심은 상상을 초월한다. 그에 관한 소문과 가짜 뉴스의 생성·확산·소멸까지 다 꿰고 있다).

'김정은'이 대화 소재에서 빠지자, 이번에는 에드손이 "한국 드라마 〈Round 6〉를 봤느냐"고 물었다. 영어 제목이 '라운드 식스'면 한국에서의 방영 제목은 '6회'였나 하며, 혹시 육회라는 드라마가 있었는지 골몰했다. 심지어 '곰탕'을 'Bear Soup'라고 번역하듯, 설마 음식 드라마를 잘못 번역한 게 아닐까 하는 노파심에까지 젖어가며. 그런데, 그가 '자!' 히며 휴대폰으로 그 드라마의 포스터를 보여줬는데 맙소사, 〈오징어 게임〉이었다. 속으로 'Squid Game'은 아니라 여겼는데, 브라질에서는 〈Round 6〉로 소개된 것이다.

궁금해서 후다닥 찾아보니, 포르투갈어로 오징어는 '룰라(lula)'인데, 전 대통령인 룰라의 이름과 같아서, 이를 피했다는 것이다. 게다가, 그는 현재 대통령 선거에 재출마했다(지지율도 높다). 그러므로, 특정 정치인을 향한 불필요한 오해를 주지 않기 위해 'Round 6'로 제목을 바꾼 것이다. 흥미로운 뒷이야기였지만 이 정치적 배경에 대해 말하면 그가 다시 김정은 이야기를 할까 봐, 이때다 싶어 곧장 화제를 드라마에서 영화로 이었다. 서먹한 에드손과 내가 대화의 꽃을 피우는 데 씨앗을 뿌려준 황동혁 감독과, 내키진 않지만 김정은에게도 고마움을 표한다.

에드손과 라티나로 가기 전에는 학급의 다른 친구들과 함께 점심을 먹으며 맥주를 마셨다. 이래저래 한국에서처럼 평범해서 소중한 날이었는데, 유일한 단점이라면 네덜란드 친구인 '로버트' 역시 신이 난 채 내게 〈기생충〉 이야기를 했다는 것이다. 부디, 로버트마저 '김정은 전문가'가 아니길 바란다.

사실, 나를 공항에서 레지던스까지 데려와준 스페인 시인 까를로스 역시, 어제 나와 마침내 첫 점심을 먹으면서 잔뜩 들떠 〈기생충〉 이야기를 했다.

내가 남한에서 왔고, 〈기생충〉과 김정은이 있는 한, 대화의 소재는 떨어지지 않을 것 같다. 단, 같은 이야기만 조금씩 변주해서 하는 탓에, 언젠가는 「유럽인의 〈기생충〉과 김정은에 관한 인식론」이라는 소논문 역시 작성할지 모르겠다.

본의 아니게, 연구 문제 두 개를 떠안고 잠드는 마덕리에서의 여섯 번째 밤이었다.

이 글은 동급생들과 '전형적인 서반아 식사'를 체험하고, 다시 학원으로 돌아와서 쓰고 있다.

학원은 'Expanish'라는 곳인데, 로비가 카페처럼 꾸며져 있어 글을 쓰기에 좋다(이름은 Expert+Spanish 혹은 Experience+Spanish 등을 의도한 듯하다). 로비를 이렇게 꾸민 학원 측에 감사를 표한다.

오늘은 수업 시간에 가브리엘 셀라야(Gabriel Celaya)라는 시인의 詩를 감상하며, 학생들이 그의 약력을 한 줄씩 차례대로 읽었다. 그런데, 이런 문장이 나오는 거 아닌가.

"가브리엘 셀라야는 공학을 전공하며, 1927년에서 1935년까지 '레지덴시아 데 에스뚜디안떼'에 살며, (서반아 국민 시인인) 가르시아 로르카와 교유했다."

마드레 미아!

내가 묵는 곳이 교재에 나오다니! 어째 이런 우연이 다 있나. 하여, 나도 여기에 묵고 있다 하니, 아르헨티나 출신 선생은 특유의 이탈리아어 섞인 억양으로(아르헨티나에는 이탈리아 이민자 후손이 많다), "와~우! 초오오오이! 그럼, 천장에서 문학적 영감이 마아~구

동양인 만학도와 그의 어학원 친구들(좌측부터 청담동 누님 '마르셀라', 브라질 회계사 '에드손', 나, 네델란드 청년 '로버트', 독일인 '수시').

내려오겠~~구우우우나!"라며 양손 모두 손가락을 모은 채 물었다. 나는 솔직하게 "이때까지는 시차 부적응의 기운만 내려와 한 자도 못 썼습니다"라고 하니, 학생들이 일제히 폭소했다. 브라질에서 왔다는데, 어쩐지 청담동에서 온 듯한 누님 '마르셀라'는 사레까지 걸렸는데, 정말 그렇다. 오늘에야 제대로 시차 적응을 한 것이다(며칠 전엔 일시적인 성공만 한 것이었다).

여하튼, 수업 중 몇 번의 사소한 웃음을 통해 동급생들과 마침내 가까워질 수 있었다. 이로써, 하얼빈 국제얼음조각대회를 떠올리며 품었던 우려는 기우로 판명됐다. 우호적인 분위기가 형성된 덕인지, 수업이 끝나자마자 약속이나 한 듯 동급생들이 "같이 점심 먹을래?"라고 말했다. 이에, 나는 "숙소에 가면 호텔 코스 식사를 공짜로 주는데"라는 말은 내향형 인간답게 속으로만 하고, 국제적 외톨이가 될지 모른다는 두려움에 오히려 우렁차게 제안에 응했다. "바모스(갑시다)!"

마침 학원이 위치한 곳은 마드리드의 청담동 격인지라, 주변에 근사한 식당이 있다고 18세 독일 쾰른 여성 '수지(서반아명: 수시)'가 말해 줬다. 하여, 수시를 따라가는데, 어제 나와 함께 낮에 잠시 맥주를 마셨던 네덜란드 청년 로버트가 기쁜 표정으로 내게 다가와 "초이. 할 말이 있어"라며 말했다.

그러고선 자신이 〈오징어 게임〉을 얼마나 재밌게 봤는지 식당에 가는 내내 말했다. (너. 어제는 〈기생충〉 이야기했잖아!)

이제는 황동혁 감독과 봉준호 감독이 내 서반아 생활 적응에 정기능을 하는 건지, 역기능을 하는 건지 헷갈린다.

웃으며 다가오는 모든 유럽인이 〈오징어 게임〉을 이야기하러 오는 게 아닌가, 하는 위기감이 엄습한다.

전형적인 서반아 식당의 추천 메뉴는 '감바스 알 아히요(다진 마늘과 올리브유를 곁들인 새우)'였다. 또 다른 메뉴는 '뿔뽀(문어)구이

와 감자'였다. 홍대 인근에 살며 맥주를 즐기는 나로서는 심심치 않게 먹는 메뉴다. 한데, 독일인 수시와 네덜란드인 로버트, 그리고 브라질인 에드손과 디아나는 음식의 이질성과 풍부한 맛에 연신 감탄했다. 단, 山전水전을 다 겪은 브라질 청담동 누님 마르셀라만 빼고 말이다(교과서 글씨가 잘 안 보이면, 명품 백에서 프라다 안경을 꺼내 쓴다. 캐릭터 설명 끝).

서반아인과 한국인 사이의 언어적 거리감은 상당한 것 같지만, 적어도 음식에 관해서는 여타 유럽인보다 거리가 가까운 것 같다 (마늘도 많고, 매콤하니까).

여전히 언어 장벽은 굳건하지만, 적어도 서반아와 나 사이에 친밀한 것 하나는 찾은, 마드리드에서의 일곱 번째 날이었다.

이 글은 **정류장 벤치에 앉아 버스를 기다리며 쓰고 있다.**
첫 문장을 이렇게 쓴 이유는, 내가 이토록 글쓰기가 몸에 밴 사람인데, 알아주는 이가 없어서 억울했기 때문이다.

수업이 끝나니 에드손이 선글라스를 낀 채 "오늘이 내가 학원에서 수업을 듣는 마지막 날인데, 함께 점심 먹지 않을래?"라며 물었다. 그 순간, 아아. 저 검은 선글라스는 눈동자에 깃든 이별의 슬픔을 들키고 싶지 않은 화끈한 브라질 남자의 자존심인가, 하는 예감이 들었다. 이별을 앞둔 에드손은 비애에 젖었는지, 어제처럼 감정은 이야기도 하지 않았다.

하여, 에드손과 청담동 누님과 함께 어느새 단골처럼 느껴지는 식당 '카사 데 아부엘로(Casa Del Abuelo, 할아버지네)'에 들어가, 에드손에게 "왜 실내에서도 색안경을 끼는 거야?" 하고 물었다. 그러자 그는 "아. 이거! 그냥 안경이야. 눈이 나빠서. 그런데, 렌즈가 너무 까만가?"라며 껄껄껄 웃었다.

브라질인은 도수 있는 안경도 선글라스처럼 완전히 새까만 렌즈를 쓴다는 사실을 새로 알게 됐다. 직업도 사회적 활동이 많은 회계사인데 말이다!

그나저나 내가 화장실에 다녀온 사이, 청담동 누님과 에드손은 라면을 주문하면 김밥도 시켜야 한다는 듯, 빠에야와 함께 화이트 와인도 주문해 놓았다. 며칠 지내보니 서반아에서의 낮술은 음주가 아니다. 마치 애주가에게 맥주는 흐르는 빵인 것처럼, 이들에게 포도주는 음식을 먹기 위해 입을 벌리면 자연스레 들어갈 수밖에 없는 축축한 산소와 같은 것이다.

한데, 둘은 백포도주를 한 잔씩 마시더니 "우리는 목 축였으니, 나머지는 초이가 다 마셔!"라고 했다. 알고 보니 둘은 어젯밤 함께 타투샵에 가서 문신을 새기고 온 것이었다. 에드손은 휴가를 기념하기 위해(그렇다. 그는 2주간의 휴가 중에 학원에 온 것이다. 나 참!) 인생 첫 타투를 단번에 세 개나 새겼다. 청담동 누님은 인생 몇 번째인지 알 수 없으나, '동생이 하면, 나도 하나 해야지'라며 즉흥적으로 몸에 타투 하나를 추가했다. 그리하여, 남은 포도주 한 병 모두를 내 위장으로 옮긴 탓에, 숙소로 땀 흘리며 돌아왔다.

그러고 나니, 서반아인들이 왜 필수적으로 낮잠인 씨에스타를 취하는지 이해됐다. 씨에스타를 취하지 않고서는 몸이 취해 오후를 버텨낼 수 없는 탓이다. 게다가 해가 밤 9시에 떨어지니, 이토록 긴 하루를 감당할 수 없다. 저녁을 밤 9시에 먹고 늦게 자지만, 일어나는 시간은 다른 나라와 같다. 결국 매우 잠이 부족하다. 서반아인들의 열정적인 삶의 방식은 밤잠의 단축을 낳았고, 열정적으로

사람을 사귀고 싶은 마음은 낮술 문화를 낳았기에, 결국 한잔을 걸친 점심 후에는 잠이 쏟아질 수밖에 없다. 그러니, 씨에스타를 취하지 않을 수가 있나. 이 시간에는 은행이며, 관공서며 모두 문을 닫는다. 거국적으로 꿈나라에 가는 시간인 것이다.

말이 나와서 말인데, 씨에스타를 독특하게 하는 인물이 있다. 그는 바로, 현재 내가 묵는 숙소가 대학생 기숙사로 쓰이던 시절, 이곳에서 지냈던 스페인 국민 화가 살바도르 달리다. 그는 개성 있는 수염을 기르고, 개미핥기를 데리고 산책하는 등 기행으로도 유명한데, 씨에스타 또한 평범하게 하지 않았다. 남들처럼 씨에스타를 취하고는 싶었지만, 그렇다고 남들과 똑같은 방식으로 자고 싶지는 않았다. 그렇기에, 살바도르 달리는 잠에 들자마자 깨어나길 원했다. 그 정도면 충분하다 여긴 터였다. 하여, 이른바 '숟가락 낮잠'이라는 독특한 방법의 씨에스타를 개발했다. 한 손에 숟가락을 느슨히 잡고서, 그 팔을 침대 밖으로 뺀 채 눕는다. 그러다 잠이 들어 손에 힘이 빠져 숟가락이 땅에 '툭' 떨어지면, 그 소리에 즉시 일어난 것이다. 나는 작가답게 펜을 쥐고 몇 번 해봤는데, 잠이 부족해 이후에 두 시간 내리 더 자서 일과를 몇 번이나 망쳤다. 역시 대가는 아무나 될 수 없다.

어찌 됐든, 이런 필수적인 씨에스타를 취하지 못한 나는 현재 몹시 취하고 피곤한 채로 쓰고 있다. 왜 씨에스타를 못 하냐고? 어서 일기를 쓰고 동급생들과 함께 저녁 식사를 하기로 한 탓이다. 한국에서는 한 달에 한 번 정도 약속이 있을까 말까 한데, 서반아에 오니 일주일 만에 一年 치 약속을 다 소화하는 것 같다.

이게 다 해가 길고, 낮은 지나치게 뜨거워 혼자 있으면 어쩐지 억울할 것 같은 서반아의 날씨 때문이다.

게으른 나까지 분주하게 만드는 마덕리에서의 여덟 번째 날이었다.

9. 9.

septiembre

이 글은 숙소 레스토랑에서 '라보 데 또로(소꼬리뼈찜)'를 먹고 와 쓰고 있다.

식당에 가니 수석 웨이터인 호세 씨가 "왜 며칠 동안 안 보였어?"라며 걱정해 주었다. 그동안 외식하느라 못 왔을 뿐인데, 격무 탓에 밥먹을 틈도 없었던 것 아니냐며 염려해 준 것이다. "외톨이가 안 되려고 와인과 정찬을 좋아하는 동급생들을 따라다니다 보니, 너무잘 먹어서 탈이에요"라고 하려다, 구차한 것 같아 고독에 지친 작가의 표정과 미소로 대답을 대신했다. 그리고 더워서 生맥주를 단숨에 마시니, 호세 씨가 말없이 生맥주를 한 잔 더 주고 갔다.

이곳에 온 후로 필력과 언어는 안 늘고, 연기력만 늘고 있다.

'이게 말로만 듣던 서반아 아저씨의 인심입니까'라는 표정으로눈을 크게 떠서 보니, 그는 또 말로만 듣던 3단 콤보 격려인 '엄지척+윙크+혀를 입천장에 부딪쳐 뚝, 소리내기'로 (지쳐 보이는) 나를 위로해 줬다. 나도 똑같이 답례하려 했으나, 예술적 고뇌에 젖은 작가의 이미지에 어울리지 않을 것 같아 참았다.

이곳은 방문 작가에게 매번 코스 요리(전채+주요리+디저트)를 제공한다(아침은 뷔페). 오늘은 호세 씨가 "서반아에 왔으면 이걸 반드시 먹어봐야지!"라며 주요리로 '라보 데 또로(소꼬리뼈찜 요리)'를 추천했다. 먹어보니, 과연 추천할 만했다. 해서, 이번엔 내가 3단 콤보로 감사를 표현했다(엄지 척+윙크+혀로 '똑' 소리 내기). 그러자, 호세 씨는 친밀감을 느꼈는지, "초이. 너 저번에 온 한국 작가의 친구지?"라며 3년 전에 이곳에 체류했던 『불편한 편의점』의 김호연 작가 사진을 보여줬다.

"네. 맞습니다! 그의 책이 요즘 한국에서 굉장한 인기예요!"라며 근황을 전해주니, 호세 씨는 "잘됐네!"라며 "네 책은 어느 정도 팔려?" 하고 물었다. 그로 인해 우리의 우호적 대화는 단절되었다.

나도 모르게 드러난 내적 고통 때문인지, 아니면 정말 호세 아저씨의 말대로 '추천 메뉴'이기 때문인지 그는 뜬금없이 '소꼬리뼈찜'을 한 그릇 더 가져왔다. 하여, 나는 적어도 서반아식 전통 소꼬리뼈찜에 대해서는 어느 정도 맛을 분간할 수 있는 한국인이 됐다. 이게 부디 미안해서 주는 게 아니길 바란다.

어쨌든, 호세 씨의 추천 음식은 매우 훌륭했다. 어제저녁에 와인과 정찬을 사랑하는 동급생들과 세계에서 가장 오래된 레스토랑인 '보틴(Botin, Since 1725)'에 갔다. 그 역사와 전통을 자랑하는 식당에서 인기 메뉴인 '애저(어린 돼지)구이'를 먹었는데, 호세 씨의 추천 메뉴가 내 입맛에 더 맞았다.

'보틴'은 헤밍웨이가 단골로 다녔던 식당이라 했는데, 사실 서반아에서 좀 오래됐다 싶으면 헤밍웨이의 단골이 아니었던 집이 없

다. 그만큼 헤밍웨이가 왕성하게 돌아다녔다는 뜻도 되고, 그만큼 헤밍웨이가 유명하기에 그의 방문을 알리고 싶다는 뜻도 된다. 그와 달리, 나는 어제 '보틴'에서 뜨거운 무관심 속에, 한국 작가로서 묵묵히 애저구이를 먹었다. 부디, 한국에 있는 내 소수의 독자만이라도 알아주기를 바란다.

음식을 기다리는 동안, 청담동 누님 마르셸라가 메뉴판에 적힌

'보틴'의 역사를 소리 내어 읽었다. 이는 알고 보니 시력이 몹시 나쁜 '에드손'을 위한 배려였다. 우리는 마침 지하층으로 자리를 안내받았는데, 조명이 매달려 있어도 에드손의 시력은 지하에서 글씨를 읽을 수 없을 만큼 나빴던 것이다. 그것도 모르고, 어제 에드손이 안경을 낀 게 브라질 남자의 비애를 감추기 위한 것이라며 장난스레 썼던 게 너무나 미안했다. 눈치 없는 녀석은 에드손이 아니라, 나였던 것이다!

하여, 에드손에게 어깨동무를 살짝 하며 "맛있게 먹어!"라고 하니, 에드손은 기뻐하며 김정은 이야기를 시작할 때의 표정을 지었다.

나는 다시 과묵한 작가가 되어 음식을 탐미했다.

여하튼, 모든 사람에게는 자신만의 그림자가 있는 듯하다. 그리고 사람과 부대끼며 어울린다는 것은 조금씩 그 그림자를 내어주며, 그 공간에 상대를 초대하고, 기꺼이 그 어둠 속에서 함께 빛이 오길 희망하는 것 같다.

에드손은 자신을 소재로 삼는 걸 기꺼이 동의해 주었기에 썼지만("친구. 한국 책에 내가 등장하면 영광이지!"), 나를 포함한 다른 주변인들에게도 각자의 그림자는 명백히 존재한다.

어쩌면 우리 모두 타국에서 홀로이기 때문일까. 타인의 그림자까지 포용하고 때로는 그 안에서 함께 지내는 이들을 만난, 마드리드에서의 아홉 번째 밤이었다.

9. 10.

septiembre

이 글은 4시간 후에 시작될 '레알 마드리드'의 축구 시합을 예매했으나, 이메일로 티켓이 오지 않아 극심한 불안에 떨며 쓰고 있다. 앞자리를 샀기에 18만 원을 결제했다. 아무리 느림의 미학을 실천하는 서반아라지만, 불과 3시간 반 후에 시합이 시작하는데, 아직도 티켓을 보내주지 않으면 어쩌란 말인가(첫 문장을 쓴 후, 불안 속에 30분을 더 보냈다). 이럴 때면 현기증이 날 만큼 모든 게 빠른 한국이 그립다.

잠깐만 시침을 48바퀴쯤 돌려서, 그저께로 돌아가보자. 대개 어학원이 그렇듯, 금요일 오후가 되면 의례적으로 나누는 대화 레퍼토리가 있다.

"주말에 뭐 할 거야, 초이?"

화란(네덜란드) 청년 로버트가, 온 우주가 귀찮다는 표정으로 교실 구석에 앉아 있는 내게 물었다.

"글쎄. 단어 200개 암기하는 거 빼고는 별 계획 없는데…… 아, 맞다! 접속법 과거도 공부해야지!"

로버트는 잠시 어지럽다는 표정을 짓더니('너 참 눈치 없다, 초이'), 금세 외교관 같은 자세로 대화를 이었다.

"그래. 그것참 멋진 계획이구나. 나는 '톨레도(Toledo)'에 갈 예정이야."

마드레 미아! 톨레도라니! 그곳은 마드리드에서 남쪽으로 70km 떨어져 있으며, 기독교와 유대교, 이슬람교의 유적이 공존하는 장소이자, 존경하는 대문호 세르반테스가 『돈키호테』의 배경지로 삼은 곳이자, 1986년에는 아예 도시 전체가 세계문화유산으로 지정된 곳 아닌가. 하지만 나는 심각한 방향치로서 아직도 학원에 갈 때 구글 지도에 의존하기에, 내게 톨레도로의 여정은 마포에서 화성으로 떠나는 것만큼 부담스러운 일 아닌가, 하는 생각을 하는 중에 로버트가 물었다.

"같이 갈래, 민숙?"

27살 청년이 내게 이런 제안을 해주다니!

"함께 가면 나로선 영광이지."

하여, 우리는 금요일 오후 마덕리 시내의 한 강의실에서 뜨겁게 내리쬐는 햇볕만큼이나 뜨겁게 의기투합한 후, 토요일 오전 11시에 톨레도에 가려고 기차역에 도착하니, 전 좌석 매진이라 11시부터 맥주를 마시며 신세 한탄을 했다.

"초이. 미안해. 내가 예매를 해뒀어야 하는데!"라며 꿀떡꿀떡.

"아니. 무슨 소리인가. 화란 친구. 늙은 내가 자네 몫까지 내며 예매를 했어야지!"라며 꿀떡꿀떡.

우리는 어쩔 수 없이 취한 채로 오후 기차에 타서 잠시 눈을 붙였는데…, 맙소사. 톨레도 역에 내리니, 이때껏 서반아에서도 겪어

보지 못한 엄청난 태양열이 신장 190cm를 자랑하는 로버트의 긴 팔과 다리, 그리고 흉작 때의 모판처럼 듬성듬성한 내 두피를 녹일 듯 엄습했다.

그 와중에도 톨레도의 전경은 우리의 시선을 압도했다. '탁발기사'가 말을 타고 성의 입구로 들어가는 듯한 착각이 들 만큼 톨레도는 몇백 년 전 모습 그대로 간직하고 있었다. 유네스코가 톨레도시 전체를 세계문화유산으로 지정한 이유는 이 도시가 하나의 거대한 요새 같은 느낌을 주기 때문이다. 그래서인지 로버트는 톨레도 구도심을 보자마자 "왕좌의 게임 배경지 같은데"라며 제 감상을 표했고, 나는 "세르반테스가 돈키호테를 쓴 후로 전혀 변하지 않은 것 같아"라며 내 감상을 더했다. 그리고 우리는 높디높은 구도심 입구를 향해 돈키호테와 산초처럼 헐떡거리며 걸어야 했다.

그런데, 늘 예상 밖의 언행을 일삼는 화란 청년 로버트가 내게 진지하게 말했다.

"실은 어제 과음해서 해장술을 좀 마셔야겠어."

아니, 한국 아저씨들이나 걸치는 해장술을 화란 청년이 마시다니! 알고 보니, 로버트는 시금치를 먹으면 힘이 솟는 뽀빠이처럼 맥주를 마시면 힘이 나는 네덜란드 청년이었다. 동시에, 그는 일 열심히 하고, 4개 국어를 구사하고, 300년 된 집을 고쳐서 사는 건실한 청년이기도 하다. 문제점은 그와 함께 있으면, 늘 취하게 된다는 사실뿐이다.

해장술을 걸친 화란 청년과 함께 나는 톨레도 대성당으로 향했다. 이 성당은 1227년, 서반아를 침공한 지 516년 된 이슬람 세력을 물리친 기독교인 페르난도 3세가 그 승리를 기념하려고 지은 것이다. 원래는 이곳에 이슬람 사원이 있었는데, 266년에 걸친 대공사 끝에 그 터에다가 고딕 양식의 성당을 지었다. 이 성당은 오늘날 서반아 가톨릭의 총본산으로 여겨지고, 그에 걸맞게 성당 안에는 미술 작품도 상당하다. 스페인 국민화가인 '프란시스코 고야'의 그림도 있고, 그리스에서 왔다는 이유로 이름이 '그리스인'이 돼버린 '엘 그레꼬(El Greco)'의 작품도 있다.

그의 그림은 해가 피를 말려버릴 정도로 뜨거운 서반아 날씨와 달리, 어딘가 음울한 느낌을 줬는데, 그 매력이 인력(引力)이 되어 나를 잡아끌었다. 그리스를 떠나와 톨레도에 살아야 했던 이방인의 우울함이 그림에 축축하게 달라붙어 있던 터였다.

하여, 겨울이면 오후 4時부터 어둑해 우울해지는 암스테르담에서 온 로버트는 고향의 정서를 만나 반가워했고, 나는 중년의 우울을 대변해 주는 작품을 만나서 반가워, 우리는 엘 그레꼬가 생전에 살았던 집에까지 갔다. 그곳에서 그의 작품 세계에 좀더 매혹된 우리는 내친김에, 그의 작품 중 세계 3大 명화로 꼽히는 〈오르가스 백작의 매장〉이 전시돼 있는 '산토 토메 성당'까지 가기로 했다.

우리 둘은 도합 6유로를 내고 성당에 입장했는데, 들어가보니 이상하게도 성당 내부의 입구가 모두 막혀 있었다. 그 와중에 오

른쪽 성당 벽에는 〈오르가스 백작의 매장〉이 그려져 있었다. 순간, 불길한 예감이 강타했다. 그렇다, 다섯 평 남짓한 공간에서 그림 한 점만 보는데, 우리는 각각 3유로씩 냈던 것이다. 17세기 세계 무역을 장악하고 근대 금융업의 기초를 닦았던, 화란 상인의 후예인 로버트는 감탄을 금치 못했다.

"네덜란드인보다 장사를 더 잘하는 것 같은데!"

역시 세상엔 배울 것투성이다. 서반아에서 배워야 할 것은 언어뿐만이 아닌 것이다. 나도 이런 점을 속히 배워, 앞으로는 축구 표 18만 원을 지불하고도 불안에 떠는 짓 따위는 하고 싶지 않다.

그래도 일기를 쓰니, 마음이 가라앉는다. 역시 글을 쓰는 게 안정을 되찾는 데에 가장 도움이 된다. 방금 이메일을 재확인해 봤으나, 아직도 티켓이 오지 않았다.

불안이 미세먼지처럼 몸에 달라붙은 서반아에서의 열 번째 날이었다.

이 글은 티켓 재판매 사이트가 사기는 아니었다는 안도감에 쓰고 있다.

나는 왜 서반아 축구 시합 표를 재판매 사이트에서 샀는가. 그건 유럽의 축구 시합 표는 기본적으로 홈 구단의 연간 회원들에게 먼저 판매되기 때문이다. 이 과정에서 대부분의 표(사실상, 전부)가 판매돼 버린다. 그러면, 연간 회원들이 일단 사둔 여러 표 중에 가고 싶지 않은 시합의 표를 중개 사이트(우리 식으로는 '중고나라')에 올려 판다. 이때 웃돈이 붙는데, 이는 시합의 인기도에 따라 올라간다. 그렇기에, 이를 전문적으로 하는 사업자도 있다. 그리하여, 특정 구단의 연간 회원일 리가 없는 여행자는 어쩔 수 없이 티켓 재판매 사이트를 통해 살 수밖에 없는 것이다. 표가 제때 도착하지 않아, 나처럼 애를 태우면서 말이다.

비록 속은 태웠지만, 시합을 딱 두 시간 오십 분 남기고 티켓이 내 이메일 계정으로 구세주처럼 강림했다. 세상이 잠든 일요일 오전이었지만, 내 입에서는 나도 모르게 탄성이 흘러나왔다. 시합이 열리는 '산티아고 베르나베우 구장' 역에 도착하니, 역사(驛舍)에 폭설이라도 내린 듯 레알 마드리드의 흰색 유니폼을 입은 팬들이 가득했다. 경기장에 가보니, 화산 폭발이 일어난 게 아닌가 싶을 만큼 엄청난 담배 연기가 눈을 습격했다. 아울러, 신이 장난으로 거대한 맥주 통을 쏟은 게 아닌가 싶을 만큼 바닥에서 올라오는 맥주 냄새가 코도 습격했다. 게다가, 서반아어를 쓰는 사람이 절반, 영어를 쓰는 사람이 절반일 만큼 여행자들이 구름처럼 몰려와 있었다. 놀라운 점은 이들 모두가 흰색 유니폼을 입고 있었다는 것이다! 그렇다, 모두가 레알 마드리드만 응원했다.

하여, 상대 팀 소속인 이강인 선수는 원정 팀을 향해 쏟아지는 야유와 비난 속에서 묵묵히 뛰어야 했다. 나 역시 묵언으로 응원해야 했다. 그 때문일까. 압박 속에서 뛰는 이강인 선수를 실제로 보니, TV에서보다 훨씬 커 보였다.

그는 오후 2시의 쏟아지는 햇살, 그보다 더 따가운 관중의 야유, 그리고 골리앗 같은 레알 마드리드의 존재감에 압도되지 않겠다는 듯 공을 몰며 전력 질주했다. 그때, 그의 눈에서는 8만 관중의 열기 못지않은 오기가 타는 듯했다. 자신을 응원하는 마요르카 팬들은 거의 하늘에 닿을 듯, 점처럼 보이는 꼭대기 구석에 모여서 팀 이름을 외치고 있고, 원정석 표를 구하지 못한 채 그를 응원하는 사람들은 엄청난 홈팬의 기세에 압도돼 아무런 소리도 내지 못한다. 어느 정도 예상은 했지만, 이처럼 험한 분위기에서 뛸 줄은 상상 못 했다.

　오기 전에는 생각했다. '라 리가'에서 뛰는 것은 부럽고 성공한
인생이라고. 쏟아지는 햇살에 빛나는 초록 잔디, 그 위를 매번 새
로운 축구화를 신고 뛰는 선수들의 삶은 동경의 대상이라고. 막상
와보니, 관중석에 앉아 있기만 해도 숨이 막혔다. 창살처럼 피부를
찌르는 서반아의 햇살을 8만 군중 사이에 끼어 받다 보니, 눈가엔
땀이 눈물처럼 흘렀다(현지인들은 피부 노화 방지가 아니라 '피부암 방

지'를 위해 선크림을 바른다). 머리카락은 물론, 상의 전체가 젖었다.

　이런 사막 같은 곳에서 용병으로 온 외국 선수는 혹독한 외로움은 물론, 극심한 비난과 야유를 삶에 병풍처럼 깔고, 1그램의 무게만큼이라도 제 존재의 이유를 증명하기 위해 매 순간 투쟁한다. 그래서였을까. 이강인 선수가 첫 어시스트하고 환호할 때, 어쩐지 거기엔 깊은 '안도감'이 배어 있는 듯했다. '아. 이걸로 오늘은 그럭저럭 내 몫을 했구나' 하는 감정 말이다.

　그러고 얼마 후 상대 팀에게 첫 골을 먹혔다. 그때까지 그는 온 힘을 다해 뛰었는데, 그 순간 갑자기 무너질 것 같다는 듯 양손을 허벅지에 올리고 허리와 고개를 한참 숙인 채 땅을 쳐다봤다.

　결국 시합은 레알 마드리드가 4 대 1로 이겼다.

　숙소로 털레털레 걸어오는데, 쓸쓸함이 내 몸에 비 맞은 옷처럼 달라붙은 듯했다. 그토록 원했던 레알 마드리드의 시합을 봤다. 그것도 이강인 선수가 속한 마요르카와의 시합이었다. 티켓 사기를 당하지도 않았고, 8만 명의 군중 속에서 소매치기를 당하지도 않았다. 그럼에도 왠지 모를 서운함은 한국인이 속한 팀이 졌기 때문은 아니었다. 어쩌면 동경하는 삶이 실은 가늠할 수 없는 고독과 마음의 무게로 이뤄져 있다는 걸 손톱만큼 느꼈기 때문인지 모르겠다. 그토록 바라던 작가로서의 '1인분의 삶'을 실현해 내더라도, 그날에 마시는 공기가 그다지 상쾌하지 않을 것 같다는 예감이 들었다.

하지만 바라는 삶을 위해 묵묵히 걷는 걸 포기하지는 않기로 했다. 기쁨은 늘 묵묵하게 걷는 와중에 지었던 웃음 속에 있었다는 사실을 삶으로 여러 번 겪었으니 말이다.

모두에게 풍성한 한가위가 됐으면 좋겠다. 소금 같은 하루였다. 그래서인지 한인 교회에서 받은 송편 네 알이 이상할 만큼 달았던, 마덕리에서의 열한 번째 밤이었다.

ABIERTO TODOS LOS DÍAS

9. 12.

septiembre

GRAN
CLAVEL

Croquetas
DE JAMÓN

JAMÓ
IBÉRI

이 글은 서반아인처럼 오수인 씨에스타를 취하고, 화장실에서 받은 물을 벌컥벌컥 마신 후 쓰고 있다.

화장실 물을 마신 건, 정수기가 없는 탓이다. 웬만한 서반아 건물이나 식당에는 정수기가 없다. 서반아 물에 석회질이 많아, 정수기를 설치해 봐야 결국 필터가 막혀버리기 때문이다. 같은 이유로, 한국에서 쓰는 전자식 비데의 섬세한 관 역시, 석회수가 막아버려 여전히 이들은 수도꼭지 달린 구식 비데를 쓴다.

그럼, 싱크대에서 물을 마시면 안 되겠느냐 싶겠지만, 객실에 그런 게 있을 리가. 게다가, 숙소에서 가장 가까운 상점인 '카르푸 익스프레스'까지는 도보로 15분이 넘게 걸린다. 자다가도 혓바닥과 입천장이 말라 몇 번이나 깨는 이 건조한 곳에서, 대체 서반아인들은 어찌 물을 마시는지 너무 궁금했다.

아니, 집에서는 어떻게든 방법을 찾는다 쳐도, 이 숙소에 거주하는 방문 작가들은 어찌한단 말인가. 하여, 사막에서 오아시스를 찾는 심정으로, 2년째 레지던시 작가로 지내온 시인 까를로스에게 물어보니, 시원하게 답했다.

"나는 매일 화장실 물 마시는데!"

그래, 까를로스야 레지던스 생활을 하니 방법이 없다 치자. 하지만, 영어를 잘하는 관리부장은 엄연한 '마드리레뇨(마드리드인)' 아닌가. 그녀에게 물어보니, 예의 바른 표정으로 깍듯이 미소 지으며 알려줬다.

"우리 가족은 매일 화장실 물을 마십니다!"

하지만 석회수를 마시면 꼭 물갈이를 한다.● 하여, 전임자인 김호연 소설가는 이 문제를 어떻게 해결했는지 메신저로 물어봤다.

"어. 최 작가! 난 매번 사왔지! 그게 힘들면 식당에서 밥 먹을 때 나오는 물을 휴대용 물통에 받아 왔고."

아아. 과연 열정과 끈기의 한국인이다. 그의 이런 집념이 오늘날 그를 베스트셀러 작가로 만든 게 아닌가 싶다. 배워야 할 덕목이다.

그럼에도 방금 변기에서 불과 두 뼘 떨어진 세면대 물을 받아 마신 이유는, 내가 감기몸살로 이틀째 앓은 탓이다. 이는 시차 적응도 덜 끝난 상태에서 "우와. 신기한 맥주가 많네!"라며 꿀떡꿀떡, "아니. 여기는 와인이 왜 이렇게 싼 거야!"라며 또 홀짝홀짝 마신 결과다. 게다가, 잠도 별로 못 잔 상태에서, 학원 벽에 달린 '미쓰비시 에어컨'이 한일 간의 악화된 외교에 영향을 받았는지 면역력이 최저로 떨어진 나를 향해, 찬 바람 공격을 멈추지 않았다. (이 와중에, 냉기는 나에

● 하지만, 나중에 찾아보니, 마드리드의 수돗물은 석회수가 아니었다! 정말 마드리드는 물 맑기로 유명한 도시였다. 게다가, '마드리드'라는 도시명은 아랍인들이 지배할 당시 수원(水源)을 뜻하는 '마헤리트(Majerit)'라 부르면서, 유래됐다고 한다. 그만큼 물에 대해서는, 자부심이 강했다. 마덕리 만세!

게만 왔다. 하여, 동급생들이 이구동성으로 "덥지 않아? 에어컨이 작동되는지 모르겠네"라고 해서 기염을 토했다.)

그나저나, 브라질 회계사 에드손은 자국에서 볼 수 있는 김정은 뉴스가 그리운지, 지난주에 고국으로 돌아갔다. 대신, 이번 주에는 파리 출신의 70대 은퇴자 '아할' 선생과 30대 영국 남성이 왔다. 이름을 물으니, 그는 영국인 특유의 거칠고 빠른 발음으로 "브어어으으윽!"이라 답했다. 새 급우는 자신의 이름 몇 자 말하는 것만으로, 영어 공부를 수십 년간 해온 나를 좌절의 늪으로 밀어버렸다.

하여, 내가 도저히 못 알아먹겠다는 표정을 짓자, 그는 "할리우드 배우 브래들리 쿠퍼의 '브래들리'"라며 전혀 브래들리 쿠퍼를 닮지 않은 얼굴로 설명했다. 그 주관성 강한 설명 방식에 적응 못해, 약간 당황했다. 그러자 그는 내가 못 들은 줄 알고 이번에는 "줄이면 브래드 피트의 '브래드'"라고 했다.

브래드는 몸소 언급한 브래들리 쿠퍼나 브래드 피트와는 그 분위기가 매우 다른데, 대충 말해서 영국의 펍에서 볼 수 있는 전형적인 축구 팬처럼 보인다. 한데, 정말 축구 팬이 맞았다. 해서, 몸이 나으면 함께 펍에 가서 축구 중계를 보기로 했다. 약속하며 "다음 주에 제임스 조이스 아이리시 펍에 같이 가자!"라고 하니, 브래드는 동공을 확장한 채 답했다.

"그 비싼 집을 왜? 거긴 호구들이나 가는 데잖아!"

내가 가는 모든 펍과 식당이 '호구들이나 가는 곳'이 아닌가 하는 위기감이 엄습해 온다. (브래드는 마덕리에 산 지 삼 년이 넘은 베테랑이다.)

어쨌든, 이곳에서는 이렇게 만남과 이별이 월요일마다 반복된다. 이미 진행된 클래스라도 '레벨 테스트'만 통과하면 누구나 매주 월요일부터 수업에 합류할 수 있기 때문이다.

화란 청년 로버트와 이탈리아인 '아나(Ana)'도 이번 주말이면 떠난다. 인근 유럽인들은 모국에서 열심히 공부하다, 짧은 휴가를 얻어 이렇게 경험을 쌓고 다시 떠난다. 물론, 청담동 누님(알고 보니 40대, 나보다 고작 두 살 많았다!) 마르셀라는 여전히 교실을 지키며 기세충천하게 서반아語를 하고 있다. 어리고 똑똑한 독일인 수시도 한동안 남아, 늙고 지지부진한 내게 지적 열등감과 지적 자극을 선사할 것이다.

그럼에도 결국엔 모두 떠난다. 어학원은 이별이 없는 것처럼 사는 인간에게, 인간은 궁극적으로 모두 이별하는 존재라는 것을 매주 알려준다.

만남과 이별을 공기처럼 받아들이기로 한 마덕리에서의 열두 번째 밤이었다.

9. 13.

septiembre

　　　　　이 글은 십 분 전에 신속항원검사로 코로나 양성을 확인한 후에 쓰고 있다.

　아내가 스페인에 도착하자마자 코로나에 걸릴 것이라 했는데, 그 말이 맞았다. 동시에 어디에서 걸린지도 모를 거라 했는데, 그 말도 맞았다. 아울러, 코로나에 걸리면 한 3일 정도 세게 아픈 후에, 감쪽같이 나을 거야, 라고 했는데, 그 또한 맞길 바란다.

　천성이 게으르고 후성이 나태한지라, 항상 일기를 하루 지난 후에 쓰고 있다. 그렇기에 9월 13일 일기를 쓰고 있지만, 오늘은 9月 14日 이다. 그러므로, 누군가 이 일기를 읽는다면 감기에 걸린 지 '이틀째'잖아, 할지 모르겠지만, 사실은 코로나에 걸린 지 '사흘째'인 것이다. 그것도 증상이 나타난 지 사흘째다. 부디 내일이 코로나로 고생하는 마지막 날이 되길 바란다.

　원래는 마드리드 시내를 활보하며 다양한 경험도 쓰고 싶었는데, 그러지 못해 아쉽다. 아울러 서반아 한인 이민의 역사를 살펴보며 이곳 한인 사회를 입체적으로 이해하고, 서반아 음식에 대해서도 좀 쓰고 싶었는데…. 아니, 말이 나온 김에 써보자.

거의 모든 한인 이민의 역사는 노동의 역사다. 1960년대에 파독 광부와 간호사들이 독일 이민 역사의 첫 페이지를 썼고, 1905년 이민 중개인에게 속아서 '애니깽'이라 불리는 '에네켄(용설란의 일종)' 농장에서 혹독하게 일해야 했던 한인들이 멕시코 이민 역사의 첫 페이지를 썼다.

서반아 역시 크게 다르지 않다. 아프리카 지도를 살펴보면 모로코와 서사하라 경계쯤에 라스팔마스 데 그란 카나리아라는 스페인령 섬이 있다. 1966년 한국 선원 40여 명이 이곳으로 참치잡이 원양어선을 타고 떠났다. 이것이 서반아 이민 역사의 첫 페이지다. 1970年代에 이르러서는 한인 1만 5천여 명이 이곳에 터를 잡으며, 서반아 이민 1세대들로 자리 잡았다.

지난 일요일, 한인 교회에서 만난 한 교포는 서반아에서만 37년을 산 인물이었다. 열 살 때 아버지를 따라서 이민을 왔기에, 자신이 이민자 1.5세대라 했다. 그의 아버지가 바로 라스팔마스에서 거친 파도와 뜨거운 햇빛과 싸우며 참치 그물을 끌어 올렸던 이민 1세대였던 것이다. 이런 역사 덕분인지, 한인 교회 역시 굉장히 소박한 분위기를 풍겼다. 한인들 대부분은 관광 가이드로 일했고, 식사도 국 하나, 밥 하나, 김치 한 접시, 이렇게만 차리고 먹었다. 그 밥 역시 공동으로 떠먹을 수 있도록 둥근 접시 하나에 적당히 쌓여 있었다. 마치 수도원이나 사찰에서 하는 검박한 식사 같았다.

검약함을 언급해서 하는 말인데, 묵고 있는 숙소 역시 오랜 역사와 전통을 자랑하지만, 객실 자체는 굉장히 소박하다. 작은 침대, 책상, 벽장과 TV를 대체하는 모니터가 하나씩, 그리고 의자가 두 개 있을 뿐이다. 방에는 미니 냉장고도, 커피포트도 없다. 대신 스탠드만 두 개 있다. 확실히 집필과 연구에 집념하라는 분위기다. 그럼에도 일반 손님들이 와서, 이곳에서 묵고 간다는 게 나로선 신기할 따름이다.

이렇게만 쓰면 몹시 절제된 생활을 하는 것 같지만, 그렇지만은 않다. 점심 저녁으로 매번 코스 요리가 나오고, 숙소 단지에서 밖으로 나갈 때면 경비실 직원이 내 발소리만 듣고서 출입문 버튼을 눌러준다. 그러면 걸어가는 와중에 큰 철문이 드르륵 열리는 게 보이는지라, 상당히 대접받는 기분이 든다.

게다가 이곳에서 먹는 서반아 음식은 이탈리아 음식과 프랑스 음식의 장점이 절묘하게 결합된 것 같다. 이탈리아 음식처럼 적당히 자극적인 맛이 있지만, 그렇게 캐주얼하진 않다. 프랑스 음식처럼 우아한 맛은 있지만, 너무 격식을 차려 무거운 느낌을 주지는 않는다. 아울러, 해산물이 풍부해서 요리 종류가 매우 다양하고, 이베리코 돼지가 유명해 이를 활용한 요리도 풍부하다.

좀 전에, 고맙게도 호세 씨가 내 객실 앞에 식사를 놓고 갔다. 구라파인들이 사랑해 마지않는 메신저 '왓츠앱' 단체방에 확진 사실을 올리자, 로버트와 수시는 물론, 지금은 스위스에 동생을 만나러 간 에드손까지 쾌유를 빌어줬다. 객지에서 홀로 아프면 몸은 고되고 서럽지만, 적어도 나에게 마음을 써주는 사람이 있다는 사실은 확인하게 된다.

부디 나로 인해 다른 확진자가 생기지 않길 바라는, 마덕리에서의 열세 번째 날이었다.

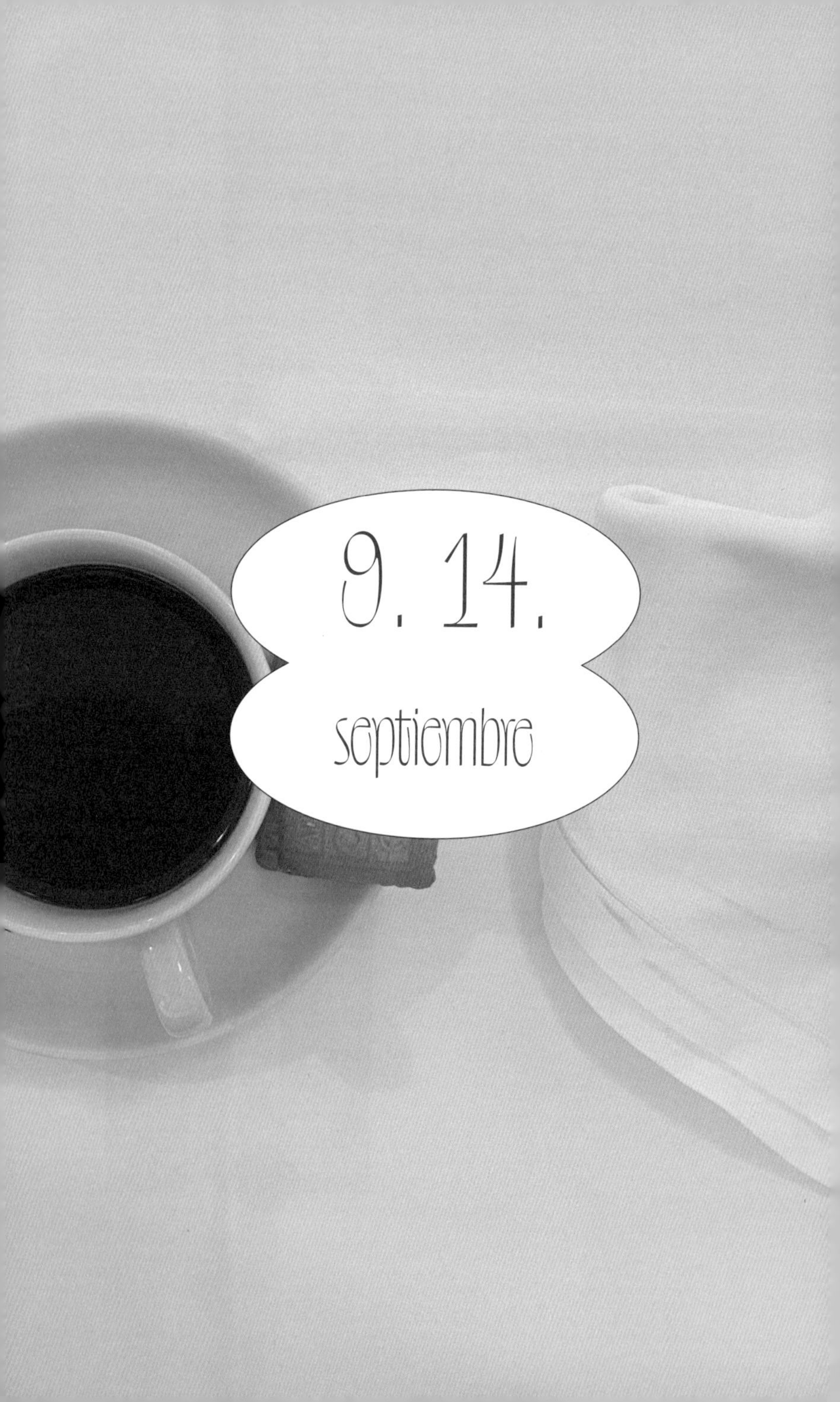
9. 14.
septiembre

이 글은 자발적 격리를 하며 객실 內 대나무 의자에 앉아 쓰고 있다.

서반아에서는 코로나 확진이 되어도 격리에 대한 공식적 의무가 없으며 65세 이상의 고령자와만 접촉하지 않으면 된다고 한다. 다행이다. 하여, 어제저녁에 마스크를 낀 채 숙소 식당에 가서 직원에게 "저 코로나 확진이 됐는데 식사를 가져가도 될까요?"라고 물었다. 그러자 큰누님 직원은, '코로나'라는 단어를 듣자마자 "에구머니나!" 하며 강호의 고수처럼 순식간에 3미터나 뒷걸음질 쳐버렸다.

그 덕에 그녀와 나 사이에는 모로코의 사막에서 불어온 바람이 지나가도 좋을 만큼 상당한 사회적 거리가 확보됐다. 열정적인 서반아인들은 사회적 거리도 몹시 열정적으로 지킨다는 인상을 준다.

그러자, 호세 씨가 잽싸게 다가와 말했다.

"서반아에서 격리 의무는 해제됐소. 하지만 호텔 방침이 어떤지 모르겠으니, 일단 객실로 식사를 가져다주겠소".

그리고 그는 그 와중에 물었다.

"쎄뇨르(선생님). 전채 요리를 뭘로 드시겠습니까?"

확실히 서반아 요식업계 종사자는 놀랄 때는 놀라더라도, 주문은 제대로 받는다는 인상을 준다.

외부 활동을 못 해 울적한 마음을 달래보려 숙소 內 세탁실로 가서 밀린 빨래를 했다. 아픈 때일수록 의관을 정제하고, 신수를 단정히 해야 하지 않나. 그런데, 세탁물을 꺼내보니 내 흰 셔츠 두 장(시가 30만 원 이상)이 모두 검게 변해 있었다. 두 셔츠 모두 외부 강연이나 작가 초대 행사 때 입으려 사둔 옷인데 말이다. 암흑처럼 어두워진 내 일상을 반영하듯, 내 흰 셔츠는 화산지대에 막 다녀온 누군가가 밟은 것처럼 여기저기 검게 오염돼 있었다.

대체 이 오징어 먹물 같은 검은 염료는 출처가 무어란 말인가! 회색 진을 함께 빨긴 했지만, 회색 바지에서 내 현실보다 더 어두운 먹물이 잔뜩 나올 리 만무했다(게다가, 한국에서는 이렇게 빨아도 문제가 없었다). 하여, 세탁기 안을 살펴보니, 앞서 세탁한 사람이 잊고 간 칠흑처럼 어두운 검정 양말 한 짝이 나왔다.

그를 탓할 생각은 없다. 그 역시 지금쯤 중요한 사업 회의에 한 쪽 발만 맨발인 채로 검은 구두를 신고 안절부절못할지 모르며, 그로 인해 회사의 존망이 걸린 계약에 집중 못 한 나머지 거사를 망쳐 실직 위기에 몰리고, 그로 인해 결국은 한 가족의 붕괴에 직면할지도 모르는 것이니까. 모두 세탁 전에 확인을 안 한 내 탓이다.

그나저나, 이렇게 되니 입을 옷이 별로 없다(단출하게 지내려고

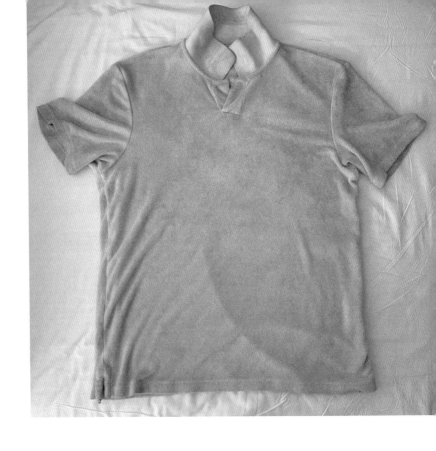

옷을 몇 벌 안 가져왔다). 이 상황을 어찌 타개할까 고민했는데, 그때 유서 깊은 레지덴시아를 떠도는 위인들의 영감이 잠시 내게 임했다. 이곳에 일찌감치 방문해 「상대성 이론 요약본」을 발표한 바 있는 아인슈타인은 평상복으로 늘 같은 가죽 재킷만 입고 다녔다.

마침, 나는 탈모 때문이긴 하지만, 결과적으로는 그처럼 부스스한 헤어스타일을 유지하고 있다. 게다가, 그가 발표한 강당 바로 위층에 내 숙소가 있지 않은가. 그렇다. 스티브 잡스, 마크 저커버그, 크리스토퍼 놀런, 세그웨이의 아버지 딘 카멘까지… 자기 일에 혼을 바쳐 몰두하는 인간은 매일 같은 옷을 입는다. 하여, 나는 짙은 색 옷 한 벌을 택해, 그것만 입고 다니기로 했다. 그래야 앞으로 또 예기치 못한 서반아 검정 양말, 서반아 검정 속옷, 서반아 검정 손수건을 만나더라도, 끄떡없을 것이다. 문제는 현재 내가 영어(囹圄)의 몸이라는 것. 하여, 회복하는 대로 시내에 나가 짙은 색 옷을 사기로 했다.

이렇게 결심하니, 이건 신이 준 기회라는 생각이 든다. 옷을 사면 거의 十年 동안 입으니, 신께서 지난 몇 년간 나를 위해 복무한 옷들을 과감하게 해방시켜 주라고 우유부단한 내게 시그널을 보내준 것이다. 여하튼, 코로나에는 양성 판정이 났다. 하지만, '세탁 사건으로 인한 우울증 발발'에 대해서는 양성이 되지 않으려 한다.

코로나를 겪은 지 사흘째 되는, 마덕리에서의 열네 번째 날이었다.

SUSHI

9. 15.

septiembre

이 글은 약간의 안도, 그리고 人間 삶에 필요한 적당한 불안에 젖어 쓰고 있다.

다행히 나로 인해 아픈 사람은 없었다. 로버트는 여전히 지치지 않는 체력을 과시하며 열심히 왓츠앱에 자신의 활동을 올리고 있고, 수시도 독일인답게 억센 발음으로 안부를 전해줬다.

"구텐탁! 나는 괜찮아! 어서 네가 낫길 바라!"

식당 직원들도, 리셉션 직원들도 모두 괜찮다고 한다. 레지덴시아에서 나를 담당하는 직원 '히메나'도 아침부터 전화를 걸어, 안부를 물었다. 게다가, 아침 식사를 받기 위해 리셉션에 전화해, "저 326호 민숙 초이인데요. 제가 코로나 양성이라서요"라고 말을 꺼내니, 밤사이에 교대한 직원은 "우리 다 네 상태를 알고 있어"라고 했다. 이곳에 방문한 무수한 작가와 과학자와 연구원들 중에 유독 유명 인사가 된 느낌이다. 어쨌든, 나만 나으면 된다.

그럼에도, 서반아인들은 나와 깔끔하게 거리를 두려고 한다.

영어를 굉장히 잘하는 관리부장은 내 객실로 찾아와, 확실하게 의사를 전달했다.

"네 방 청소를 해야 하는데, 그러려면 네가 창을 열어놓은 채 한 시간 동안 밖에 나가 있어야 해. 그 후에야 우리 직원은 네 방에 들어갈 거야. 그리고 직원이 청소를 마칠 때까지 돌아오면 안 돼!"

하여, 관리부장 덕분에 어쩔 수 없이 마스크를 끼고 한 시간 반 가량 산보를 했는데, 걸으니 상태가 좀 나아진 것 같았다. 어쩐지 관리부장은 내 건강까지 관리해 주는 듯하다.

산책하는 동안 끼니 해결을 위해 롤 도시락을 하나 사왔는데, 가게 이름이 '야쿠자 스시'였다. 어째서 초밥집 이름이 '야쿠자'란 말인가. 이건 마덕리에만 있는 식당인가 싶어 검색하니, 동유럽인 슬로바키아·에스토니아·라트비아와 서유럽인 독일 프랑크푸르트는 물론, 미국 올랜도에도 있었다.

하여, 소설가의 고질병인 무가치한 연구 의욕이 발동했다. 연구 주제는 '과연 야쿠자 스시는 국제적인 체인 업체인가?'. 살펴보니, 모두 개인이 운영하는 식당이었다. 그러니, 다른 국가의 다른 일식 요리사가 각자 개업하며 '자, 우리 초밥집 이름은 야쿠자로!'라며 우연히 같은 발상을 한 것이다. 어쩌면 서구권의 몇몇 일식 요리사는 칼을 다룬다는 이유로 정체성을 야쿠자로 여기는지도 모르겠다. 어쨌든 도시락을 사서 숙소로 돌아와 열었는데, 작은 롤이 여덟 개밖에 없었다. 만 팔천 원짜리인데 말이다!

재방문해서 따지고 싶은 순간, 상호가 떠올랐다.

'고객의 항의를 혁신적으로 줄일 수 있는 작명법이었구나!'

어찌 됐든, 人間은 어둠 속에서도 밝은 면에 주목해야 한다. 이 도시락이 불필요한 살이 온몸에 덕지덕지 붙어 있는 나에게 체중 감량이라는 선물을 선사할 것은 명백했다. 따라서, 이 자발적 격리를 마치고 나면, 군살은 빠지고(미각마저 잃어 평소보다 식욕도 없다), 몸은 건강해지고, 서반아어 실력은 느는(이참에 공부하는 것이다), 일석삼조의 효과를 누리게 될 것이다. 내 흰 셔츠에 죽음을 선사한 서반아 양말처럼 검고 어두운 시간을 며칠 동안 묵묵히 견뎌내면, 결국엔 서반아 햇살보다 반짝이는 光明이 찾아올 것이다. 하여, 이 시간을 몸은 회복하고 정신은 진보하는 시간으로 삼기로 했다.

위기감과 회복에 대한 기대감이 공존한, 마드리드에서의 열다섯 번째 날이었다.

9. 16.

septiembre

이 글은 오전 열 시에 벤치에 홀로 앉아 〈베토벤 심포니 9번〉을 들으며 쓰고 있다.

 심포니 九번은 베토벤의 작품 중 가장 좋아하는 곡인데, 그는 이 曲을 청각을 상실한 후에 썼다. 나는 이 곡을 처음 들었을 때 본능적으로 끌렸다. 요컨대, 위대한 작곡가가 청각을 잃은 후에 이뤄낸 업적에 감동해서 이 곡을 사랑하게 된 게 아니라는 말이다. 그럼에도 놀라운 점은, 그가 소리를 잃기 전에 쓴 곡보다 이 음악이 내 귀와 심장을 선험적으로 울린다는 것이다. 따라서, '진정한 예술가는 자신이 즉각 사용할 수 있는 자원이 아니라, 보이지 않는 열정과 상상력을 질료로 삼아야 한다는 것'을 베토벤에게서 배운다.

 하여, 위대한 예술가를 통해 깨달은 열정의 가치를 어느 분야에 실천할까 고민하다, 내 머릿속을 지배하고 있는 사건, 즉 세탁으로 오염된 내 셔츠에 행사해 보기로 했다.
 그리하여 마트에서 표백제를 사온 후, 내 현실처럼 짙게 얼룩진 흰 셔츠를 또 한 번 빨았다. 기다리는 시간까지 포함하면 장장 아홉 시간에 걸쳐 셔츠만 두 번 세탁한 것이다. 그 결과, 셔츠는 주인의 향수를 달래주기 위해서인지 서울의 아파트처럼 온통 회색빛

으로 변해 있었다. 이 셔츠를 입으면 '회색 인간'이 될 것만 같은 위기감이 몰려온다.

좀더 알아보니, 세면대에 셔츠를 표백제와 함께 담가두면 된다고 하는데, 내일 다시 시도해 볼 것이다. 점점 더 집요한 회색 인간이 되어가는 기분이다.

브라질에 도착한 에드손에게서 연락이 왔다. 그는 열정적인 브라질인답게 팔만대장경이라도 낭독할 기세로 장구한 음성 메시지를 보냈다. 그 압도적인 길이에 비해, 내용은 실로 간단했다. 요컨대, 자기도 코로나에 걸렸다는 것이다.

아직 코로나가 종식되지 않은 시기임에도 그는 삼라만상에 개방적인 브라질인답게, 몸과 마음을 활짝 열어 무려 다섯 군데의 공항을 거쳐 집에 도착했다. 그가 자신과 같은 개화파 인사들과 얼마나 많은 악수와 잡담을 나눴는지는 알 수 없으나, 그는 그 다섯 공항 중 한 곳에서 감염된 것 같다고 했다. 그리고 나는 폐쇄적이고 취미로 자책을 하는 A형답게, 감염원이 내가 아니라는 사실에 깊은 안도의 한숨을 내쉬었다.

그나저나, 브라질인 에드손은 왜 음성 메시지를 선호하는가. 이는 내가 만난 대부분의 브라질인과 서반아인의 공통점인데, 그 이유는 이들이 세종대왕의 후손이 아니기 때문이다.

무슨 말이냐면, 이들이 쓰는 포르투갈어와 서반아어는 그 특성상 한 단어의 철자가 실로 긴데, 이 남유럽인들은 또 특성상 하고픈 말이 늘 많다. 그래서 그 긴 철자를 일일이 써서, 또 그 긴 메시지를 편지처럼 쓰느니, 그냥 음성 메시지를 보내버리는 것이다. 하여, 걷다 보면 사람들이 무전기를 쓰듯이 휴대전화 마이크에 입을 대고 줄기차게 말하는 장면을 심심찮게 목격한다.

내가 공식적으로 외부에서 식사를 함께 한 사람은 에드손을 제외하면, 청담동 누님인 마르셀라밖에 없다. 한데, 그녀는 수업시간에 쏟아지는 총 발화량의 8할을 차지할 만큼 왕성하게 대화한다. 선생님보다 많이 한다. 그렇기에 이 사실 또한 소심하고 스스로를 곧잘 자책하는 A형인 나를 안도케 했다. 참고로 나는 8만 관중이 모인 축구장에서 걸린 것 같다. 따라서 에드손과 나는 각자 다른 곳에서 감염된 듯하다. 어쨌든, 동병상련이 된 에드손은 팔만대장경 분량의 낭독 시간 후, 내 쾌유를 기원하는 메시지를 짤막히 곁들여줬다.

로버트는 내가 격리하는 동안 들을 만한 '중급자용 서반아어 학습 팟캐스트'를 알려줬다.

프랑스 할아버지 '아할'의 딸이 몇 해 전 한국을 방문했는데, 그때 예상보다 한국인들을 차갑게 느꼈다고 한다. 또, 로버트도 수업시간에 내가 말한 한국 문화를 듣고 "의외로 한국인들이 차가운데!(대화 없이 가는 '타다' 앱의 이야기를 들었을 때의 반응)"라고 했는데, 이제야 그 이유를 알겠다.
그건 생각보다 구라파인과 남미인들이 따뜻해서다.

마덕리에서의 열여섯 번째 날이었다.

이 글은 9월 중순임에도 뙤약볕이 내리쬐는 서반아 날씨 탓에 오후 샤워를 한 번 더 하고 쓰고 있다.

코로나로 정신을 못 차리고 있지만, 그래도 오늘은 엄연한 주말이다. 즉, 구라파에 온 후로 누릴 수 있는 유일한 즐거움 중 하나인 영국 축구를 실시간으로 볼 수 있는 날이다. 원래는 브래드와 함께 숙소 근처의 펍에 가기로 했으나, 이는 이제 아주 꿈같은 시절의 이야기가 돼버렸고, 어쩔 수 없이 인터넷으로 볼 방법을 찾아봤다.

하여, 갖은 검색 끝에 한국의 유료 채널인 '스포TV'를 보기 위해 가입과 동시에 결제했는데, 해외에서는 볼 수 없다는 비보를 접했다. 이런 건 결제하기 전에, 좀 큰 글씨로 안내해 주길 바란다. 아무튼, 인터넷 접속만 하면 오대양 육대주를 넘는 이 시대치고는 너무 구시대적이다. 하여, 이유를 찾아보니 방송사가 국내 방송권만 샀기 때문이었다. '지금 몸은 서반아에 있지만, 영혼은 한국에 있단 말이오. 이 정도면 한국에 있는 시청자 아니오'라고 읍소하고 싶었지만, 들어줄 사람이 없어 객실에서 허공만 바라봤다, 쩝.

사실, 서버를 우회하는 VPN 서비스를 통해서 보면 된다. 하지만, 이는 '지적 재산권'으로 먹고사는 작가의 양심에 반하는 짓이다. 행여 양심을 배반한다 해도 안정적으로 회선을 우회하려면 적어도 1년에 65달러짜리 유료 프로그램을 설치해야 한다(관심 없는 것치곤, 너무 자세히 알아본 것 같아 부끄럽다). 돈은 문제가 되지 않았지만(어차피 안 쓸 돈에 대해서는 이렇게 허세를 부리는 게 좋다), '저작권 지킴이'로서 도무지 할 수 없는 일이다. 그래서 그냥 유튜버들이 진행하는 이른바 '입중계' 방송을 보기로 했다.

다행히 토트넘의 영국 팬 두 명이 재미있는 중계를 해줬는데, 보다 보니 이건 사실상 시합은 못 보고 시합에 관한 말만 듣는 것이었다. 그러니 라디오로 스포츠 중계를 접하는 기분이 들었는데, 마침 이 영국 남자 두 명은 무성 영화 시절의 변사 같았다. 라틴계 한 명, 흑인 한 명의 콤비였는데, 멘트를 주거니 받거니 하는 게, 마치 '꺼꾸리와 장다리' '뚱뚱이와 홀쭉이' '남철 남성남'처럼 한때 유행했던 '대비되는 면모가 있지만, 잘 어울리는' 듀오 같았다.

하여, 이걸 계속 듣다 보니, 나도 모르게 '아, 영어 공부 열심히 해야 하는데'라는 생각을 에스파냐에 와서, 서반아 학원을 다니는 와중에 하게 됐다(참고로, 서반아어 학습 결심은 베를린에서 독일어 학원을 다닐 때 했다. 모두가 쉬는 시간에 서반아어로 말한 탓에, 외국어 학습에도 순서가 있다고 여긴 것이다. 영어 → 서반아어 → 다른 라틴어 계통 유럽 언어 '포르투갈어, 이탈리아어, 불어' → 독어).

어쨌든, 이날 손흥민 선수는 시즌 내내 길었던 침묵을 깨고, 교체 출전 13분 만에 세 골이나 몰아넣었다. 인터뷰를 찾아보니, 그역시 프리미어리그답게 영어를 능숙하게 했다. 마드레 미아! 세상에서 나만 빼고 모두가 영어를 잘하는 것이다(내게 없는 것이 있다면, 그건 고양이와 내 책의 풍부한 리뷰 수와 영어 실력이다).

뒤늦게 시합 소식을 접했는지, 브래드에게 메시지가 왔다. 어디서 구했는지, 손흥민 선수가 양손으로 하트를 만들고서 환히 웃는 이모티콘이었다. 그러며, "아! 우리가 정말 중요한 시합을 놓쳤네!"라며 분통해했다. 그러니까, 내 말이.

그나저나, 브래드는 어설픈 서반아어로 문법도 틀리면서 문자를 보냈는데, 그래도 영어는 잘하겠지······.

아니, 긍정적인 상상을 해보자. 어쩌면 브래드는 모국어에 도무지 적응 안 되고 영어가 싫어 이곳 서반아에 왔을 수도 있다. 왜 그쉬운 이름인 '브래드'를 내가 한 번에 못 알아들었는가. 그건 어쩌면 내 청해의 문제가 아니라, 그가 자신의 이름을 발음할 때마다사람들이 이해 못 했기에, 영국인으로서 극심한 자괴감을 느껴왔기 때문일 수도 있다.

그렇지 않다면 어찌 그리 재빨리 "브래들리 쿠퍼의 '브래들리!' 브래드 피트의 '브래드!'"라며 마치 '기러기 토마토 스위스 인도인 별똥별'처럼 준비했다는 듯 내뱉을 수 있겠는가!라는 건 나의 망상이다. 브래드에게는 아무 문제가 없다. 그는 독수공방하는 나를 위해 안부를 보내줬을 뿐이다.

따져보니, 감기로 착각했을 뿐이지, 실제로 코로나 증세를 겪은 것은 오늘이 6일 차다. 격리 의무도 없는 곳에서 너무 엄격하게 지낸 게 아닌가 싶다. 따라서, 내일은 더 망상에 빠지기 전에 바깥 공기를 흡입할 예정이다.

마덕리에 있는지, 한국의 내 집에 있는지 헷갈릴 만큼 차분히 지낸 열일곱 번째 날이었다.

9. 18.

septiembre

이 글은 베토벤에 이어, 포화 속에서 『난중일기』를 썼던 이순신 장군을 떠올리며 쓰고 있다.

나 역시 '코로나'와의 전쟁을 벌이고 있기 때문이다(연결고리가 약하다고? B급 소설가로 살려면, 한 번씩 이렇게 허술함을 보여야 하기 때문에 일부러 이러는 거다. 절대, 더 탄탄한 비유를 못 찾은 게 아니다).

오늘로 증세를 겪은 지 7일째다. 산책을 하다 호세 씨를 만났는데, 그는 내게 "병세가 어떠냐?"고 물었다. 내가 "초기보다 많이 호전됐다"고 하니, 이제는 식당 出入을 해도 될 것 같다며, 자세한 사항은 추후에 알려주겠다고 했다. 그러고 얼마 후, 숙소 관계자가 내일부터는 식당 출입을 해도 좋다는 전갈을 보내왔다. 이렇게 일상을 회복한다. 하여, 내일부터는 학원도 갈 참이다.

아픈 이야기는 길게 하지 않는 게 신사의 덕목이므로, 마덕리에서의 열여덟째 날은 이렇게 간결히 마친다. (내가 이렇게 과묵한 작가라는 걸, 독자들은 알아주길 바란다. 아마 계속 모르겠지만.)

EL PAÍS

www.elpais.com

EL PERIÓDICO GLOBAL

LUNES 19 DE SEPTIEMBRE DE 2022 | Año XLVII | Número 16.495 | EDICIÓN MADRID | Precio: 1,80 euros

SALUD Miles de funcionarios eligen la sanidad pública P22

TRANSPORTE España eliminará los controles covid en aeropuertos P41

Bruselas propone congelar fondos a Hungría por corrupción

La Comisión Europea defiende suspender la entrega de 7.500 millones tras detectar fraude

MANUEL V. GÓMEZ, Bruselas
La Comisión Europea estrenó ayer con Hungría la herramienta que le permite suspender la entrega de fondos a los Estados miembros alegando que vulnera el presupuesto como consecuencia de las debilidades sistemáticas, deficiencias y debilidades detectadas en la contratación pública".

La Comisión Europea reunió ayer domingo en su habitual, propone este castigo al Gobierno húngaro, sometido a aplicar medidas para...

Pero hasta que no llegue, la Comisión se muestra tajante en la decisión: "La cuestión es seguir... Seguimos en el nivel de las promesas, de los anuncios, es algo serio, pero nada más", señaló el comisario de Presupuestos, Johannes Hahn.

La deriva autoritaria del Gobierno ultraconservador de Viktor Orbán ha provocado múltiples enfrentamientos con las instituciones comunitarias. El último ocurrió esta misma semana, cuando el Parlamento Europeo aprobó una resolución en la que declaraba que Hungría no es "una democracia plena" sino "un régimen híbrido de autocracia electoral". **PÁGINA 4**

Feijóo reclama bajar el IVA de productos básicos y un pacto de rentas

ELSA GARCÍA DE BLAS, Madrid
El líder del PP, Alberto Núñez Feijóo reclamó ayer una bajada del IVA, que vinculó a un pacto de rentas. "Así podremos llegar a fin de mes y que nos devuelvan lo que hemos pagado de más", señaló Feijóo. El Gobierno se muestra reacio a esta medida. **PÁGINAS 14 y 15**

Miles de personas piden en Cataluña que el castellano sea vehicular **PÁGINA 15**

Llegada por separado al palacio de Buckingham

Los reyes Felipe VI y Letizia y los eméritos Juan Carlos I y Sofía coincidieron ayer en Londres en la recepción que Carlos III ofreció en el palacio de Buckingham a los 500 invitados al funeral de Isabel II, que se celebrará hoy en la abadía de Westminster. Sin embargo, no se les pudo ver juntos, ya que los eméritos llegaron antes. Los cuatro asistirán hoy a las exequias. **PÁGINAS 2 y 3**

IMÁGENES CAPTADAS DE LA SEÑAL DE TELEVISIÓN

Deportes

España culmina su hazaña al ganar a Francia la final del Eurobasket

Rudy, el capitán, levanta el trofeo. / A. HILSE (REUTERS)

El equipo más inexperto de los últimos campeonatos logra el éxito más inesperado **P30 A 33**

Que siga la fiesta Juanma Iturriaga **P31**

El Real Madrid mantiene el liderato de la Liga tras llevarse el derbi **P34 y 35**

이 글은 마침내 숙소 식당에서 점심은 물론, 저녁까지 식객답게 먹어 치운 후 쓰고 있다. 오랜만에 로비에 앉아 쓰는 김에 폼도 잡을 겸, 서반아 신문인《엘 빠이스(*El Pais*, 국가)》도 펼쳐 놓았다.

오늘 모두의 환영을 받으며 학원에 복귀했다. 가보니 아나와 로버트는 이미 떠나고 없었다. 수시의 전언에 따르면, 휴가를 이용해 학원에 온 로버트는 남아프리카 공화국의 '케이프타운'으로 망중한을 즐기러 떠났다. 그는 톨레도에서 맥주를 들이켤 때마다 그 이유를 "지금 휴가 중이잖아!"라며 밝혔는데, 확실히 네덜란드인들은 휴가를 꼼꼼하게 챙긴다는 인상을 준다.

매주 새로운 학생이 왔던 것과 달리, 이번 주에는 新入生이 없었다. 하여, 이제는 가히 강의실의 정령이라 할 만한 청담동 누님인 마르셀라와 여전히 브래드 피트와는 요원한 느낌의 브래드, 프랑스 은퇴자인 아할 선생, 그리고 수시뿐이다.

아울러, 서반아어 선생께선 나를 보자마자 짧은 환영 인사와 함께 비보를 전했다. 내가 속한 클래스는 이른바 'B1'이라 불리는데, 스페인어 능력 시험인 '델레'●의 등급에 맞춰서 반 이름을 정했기 때문이다. 따라서, 수업 시간에 다루는 강의 난이도 역시 델레 시험의 'B1 등급'과 비슷하다. 그런데, 이번 주 금요일에 클래스에서 배운 내용을 총점검하는 시험을 치를 것이며, 그 시험을 통과하면 다음 주부터는 상급반인 'B2 클래스'에서 공부하게 될 것이라 했다.

선생은 안심하라며 "걱정 마세요! 개원 이래로 낙제한 학생이 없어요. 그냥 '문법, 독해, 작문, 청해'만 통과하면 돼요"라고, 안심할 수 없는 말을 했다. 어쩌면 내가 학원 역사상 첫 낙제생이 될지도 모른다는 위기감이 엄습해 왔다. 그렇다면 다음부터는 안내 멘트가 바뀔지도 모른다.

"걱정 마세요! 개원 이래로 딱 한 명만 낙제했어요."

코로나 투병 기간인 일주일이 지났지만, 밀려오는 스트레스 때문에 면역력이 떨어져 재감염될 것만 같다.

국내의 몇몇 스페인어 관련 학과는 졸업 요건으로 델레 시험 'B1' 합격증을 요구한다. 이 나이에 전공자의 졸업 요건을 갖춰야 한다니. 긴장되지 않을 수 없다. 하여, 서반아어를 좀더 일상에 가까이 끌어들이려,《엘 빠이스》를 펼쳐놓고 일기를 쓰고 있었던 것이다.

● DELE: Diplomas de Español como Lengua Extranjera(외국어로서의 스페인 어학능력 자격증). 안 궁금해할 것 아는데, 혹시 몰라서 써둔다.

그나저나, 오늘 격리 종료 기념으로 간만에 '문화생활'을 했다. 마드리드 시내에 위치한 일명 '멕시코의 집'에서 전시되는 〈프리다 칼로 특별전〉을 보러 간 것이다. 프리다 칼로의 비참한 삶은 익히 알려져 있는데, 접할 때마다 그 역경을 딛고 붓을 잡은 그의 삶은 지나치게 숭고해, 人間의 삶이 아닌 것 같은 기분마저 든다. 어릴 때 소아마비를 겪어 다리를 절고, 18세 때 교통사고로 타고 있던 버스의 봉이 몸을 관통하고, 그래서 아주 오랫동안 병상에 누워 겨우 손만 쓸 수 있었을 때 그림을 그리기 시작했다는 그의 개인사는 내 달팽이관에 도달할 때마다, 심장을 찌르는 것 같다.

사실 3년 전, 멕시코시티에서 프리다 칼로의 집에 갔었다. 그때는 엄청난 대기 인파로 인해 2~3시간이나 기다려야 해서 입장을 포기했다. 한데 3년 후 서반아에 온 내게, 삶은 그의 작품을 감상할 기회를 또 한 번 준 것이다. 그것도 인후통을 포함한 여러 후유증과 투쟁하고 있을 때 말이다. 프리다 칼로의 삶과 작품을 보고 나니, 내 투쟁은 투정이었다. 그가 남긴 숭고한 예술가 정신이 혜성처럼 가슴에 떨어져 나를 뜨겁게 데웠다. 사실, 한 며칠 일기 쓰기를 쉴까 싶었다. 하지만 프리다 칼로를 보니 도저히 그럴 수 없다. 다시 펜을 잡도록 해준 그에게 깊은 경의를 표하며, 부디 하늘에서라도 평온히 쉬길 바란다.

마덕리에서의 열아홉 번째 날이었다.

9. 20.

septiembre

이 글은 새로 산 수성펜으로 수묵화를 그리듯, 심신 수양하며 쓰고 있다. 수성펜으로 글을 쓰는 것은 일상 中에 간단히 할 수 있는 서예와 비슷하다. 쓰다 보면 내용뿐 아니라 글씨에도 신경을 쏟을 수밖에 없기 때문이다. 수성펜을 사길 잘한 것 같다.

지금은 오랜만에 가족과 통화하느라, 숙소에서 제공하는 점심을 놓쳐 '東(Thong)'이라는 중식당에 와 있다. 여느 식당처럼 전채, 메인 요리, 후식으로 구성된 '오늘의 메뉴(Menu del dia)'가 있어 주문했다. 그런데, 선택할 수 있는 전채 중에 '한국 샐러드'가 있었다. 대체 한국 샐러드란 무엇인가?

"이거 혹시 김치예요?" 하고 물으니, 식당 직원은 코웃음을 치며 ('너 한식 모르지!'라는 표정으로), 장구히 설명했는데 가뜩이나 클래스 열등생인 내가 중국어 억양의 2배속 '실전 서반아어'를 알아들을 리 없다. 멍청하면 체험해 보는 수밖에….

하여, 주문해 보니 'KFC'에서 파는 '코울슬로'였다.

즉, 양배추와 당근을 잘게 썰어 식초와 설탕에 버무리고, '이게 없으면 돈 받기 미안하지'라는 식으로 건포도 몇 개를 올린 것이다. 한식을 45年間 먹은 내 기억 속에 이런 '한식 샐러드'는 없었다

(심지어, 첫인상과 달리 KFC 코울슬로보다 훨씬 맛있었다!). 굳이 비교하자면, 독일의 양배추김치인 '자우어크라우트(Sauerkraut)' 같은 것인데, 왜 한국 샐러드라 이름 붙인 건지 모르겠다.

궁금해서 사장에게 그 연유를 물어보니, 자신도 속았다는 표정을 지었다.
"하하하! 뭐야?! 한국에 이런 음식이 없다고?!"
"그럼, 대체 누가 이런 이름을 지었어요?"
"前 주방장."
사장은 능수능란하게 현장에 존재하지 않는, 어쩌면 지금쯤 은 퇴해서 까나리아 군도에서 붉은 태양에 건배를 건네고 있을지 모를 이에게 책임을 전가했다.
확실히 서반아에서는 중국인도 유쾌하다는 인상을 준다.
아울러, 한식의 저변을 확대하는 데 기여해 준 '東 중식당'의 전 주방장에게도 깊은 감사를 표한다.

서반아인들은 글씨를 아주 작게 인쇄한다. 예컨대, 내가 보는 교재의 활자 크기는 '한글 워드 프로세서' 기준으로 보자면 폰트 6 정도에 해당한다(이는 아마 초성·중성·종성으로 구성된 한글과 달리, 알파벳으로 구성된 서반아어는 한 문장을 완성하려 해도 지나치게 많은 철자를 필요로 하기 때문일 것이다. 그럼에도 영미권에 비하면, 너무 작게 인쇄한다). 하여, 수업 시간에 선생께서 "초이가 한번 대표로 읽어

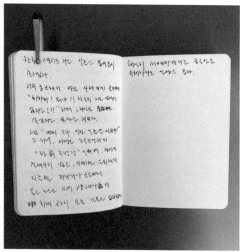

줄래요?” 하면, 본의 아니게 폰트 10에 익숙하게 살아온 나는 머릿속으로 ‘뭐야! 이거 소인국 책자인가?’ 하는 당혹감에 젖어, 더·더·더 듬거리며 읽고야 만다.

그러면, 독일인답게 딱딱 부러지는 발음으로 매번 큰 소리로 읽는 수시와, 브라질인답게 술술 굴러가는 발음으로 항상 노래하듯 읽는 마르셀라가 ‘아이구, 저 양반 아직도 적응 못 했네!’라는 표정으로 쳐다본다. 그러면 나는 더 당황하여, 느리게 읽는 데다 발음까지 틀리게 읽고, 그러면 클래스에 가장 늦게 합류한 브래드마저 ‘아이고, 저 친구 어째 글은 제대로 써서 먹고 사나?’ 하는 긍휼한 시선을 보낸다.

이는 작은 글자 크기 때문이기도 하지만, 유럽인들이 선호하는 백열등 빛 때문이다. 백열등은 흰 ‘백(白)’ 자를 쓰지만 사실 노란빛을 내는 ‘황열등’이 아닌가. 가뜩이나 큰 내 머리의 그림자 때문에 작은 글씨가 더 안 보이는데, 머리를 치우면 책에서 멀어져 안 보인다. 그리하여, 나는 이 현실을 깨끗이 인정하고, 오늘부로 강의실의 ‘형광등’을 켜기로 했다.

그렇다. 형광등이 있었건만, 친구들의 눈치가 보여 켜지 않았던 것이다. 별것 아닌 것 같지만, 이게 의미하는 바는 크다. 비로소, 내 나이를 인정하기로 한 것이다. 그리고 내가 할 수 있는 것에만 집중하기로 한 것이다. 어쩌면 코로나도 서반아에 와서 ‘이런저런 체험을 무리해서 해보려 하다’가 걸린 것일 수도 있다. 내 삶의 속도

대로, 할 수 있는 만큼만 하는 것. 그것이 사십 대를 맞은 내가 받아들여야 할 자세다.

고로, 앞으로는 일기라는 본연의 개념에 맞게 온전히 **나 자신에게 이야기를 들려주기 위해 쓸** 것이다. 이에 걸맞게 내면을 부끄럼 없이 표현하고, 그만큼 내면의 소리에 귀 기울여야겠다. 누구에게나 이야기를 들어줄 사람은 필요하니까. 어쩌면 이 문제를 혼자서 미리 해결해 놓는 것이 타인과의 대화를 준비해 두는 자세가 아닌가 싶다.

마덕리에서의 스무 번째 날이었다.

9. 21.

septiembre

이 글은 오후 4시 반에 햄버거 체인점인 '파이브 가이즈'에 와서 급히 핫도그로 첫 끼를 해결한 후에 쓰고 있다.

이제야 첫 끼를 먹는 이유는, 수업이 끝난 후 옷을 사러 갔기 때문이다. 지난번의 '세탁 사건'으로 중요한 외출복 세 벌이 훼손됐다. 이 문장의 의미는 내게 남은 외출복이 두 벌밖에 없다는 것이고, 달리 말해 이는 아직도 한국의 8月처럼 뙤약볕이 쏟아지는 서반아에서 세탁과의 전쟁을 계속 벌여야 한다는 뜻이다. 실제로 지난 며칠간 글 쓰느라 보낸 시간보다, 세탁실에서 끙끙거린 시간이 더 길었다. 하여, 내 평온한 일상을 회복하기 위해 옷을 사러 나섰다.

한데 서반아인들은 어찌나 극단적인지, 'SPA 브랜드'의 옷이 아니면, 명품밖에 팔지 않았다. 취향에 관해서는, 막 20대가 된 젊은이의 옷, 아니면 넥타이를 매고 다니는 직장인이나 사업가를 위한 옷밖에 팔지 않았다. 예컨대 '30대 프리랜서·자영업자·예술가'를 위한 옷은 두 시간을 넘게 찾아봤지만, 천 조각 하나 보지 못한 것이다.

게다가, 이곳의 뙤약볕은 미미한 내 삶의 의욕마저 태워버릴 만큼 뜨거운데, 벌써 '가을·겨울 신상품'으로 모든 옷 가게가 도배돼 있었다. 이는 아마 서반아의 여름이 길기에, 이미 현지인들은 반소매 옷을 충분히 샀기 때문일 터. 하지만, 나는 당장 입을 옷이 절실하다. 만약 매장에 잔뜩 걸린 스웨터를 한 벌 사 입고 학원에 간다면 모두 아연할 것이다("초이! 코로나 후유증으로 심각한 오한을 겪는 거야?").

지금 매장에 파는 옷을 사면, 그걸 입기 위해 당장 비행기를 타고 '코펜하겐'이나 '스톡홀름'으로 가야 한다. 안 그러면, 그 옷들은 서반아의 뜨거운 날씨를 앞으로도 한 달 반이나 견딘 후에야 옷장에서 나올 것이다. 하지만 그때가 되면 나는 한국행 비행기를 타야 한다.

하여, '오오! 신이시여. 저는 외출복이 두 벌밖에 없단 말입니다!'라며 울부짖다가, 일시적 사용을 위한 소비를 꺼리는 내가 결국은 급해서 SPA 브랜드로 갔다. 한데, 나와 같은 체격의 남자들이 모두 나처럼 '세탁 사건'을 겪었는지, 도무지 맞는 사이즈의 옷이 없었다. 이렇듯 비탄에 젖은 채 맞는 옷을 찾다 그만, 점심때를 놓치고 말았다. 오후 3시 반이 되면 '씨에스타' 시간이 돼버리니까. 그리하여, 어쩔 수 없이 서반아에서 미국 버거집인 '파이브 가이즈'에 온 것이다.

한데 나에게는 약간 이율배반적인 면이 있다. 핫도그는 좋아하지만, 햄버거는 안 좋아한다(사실, 이 둘 사이에는 엄청난 차이가 있다. 빵의 굵기와 질감이 다르며, 소시지와 패티의 식감 또한 다르며, 핫도그는 한입에 쏙 들어가며, 흘릴 것도 별로 없고, 속이 부대끼지 않지만, 햄버거는 이 모든 것의 반대이다). 그런데, '파이브 가이즈'의 공동 창업자 다섯 명이 창업할 때부터 이런 내가 올 것을 예상했다는 듯이, '핫도그'가 메뉴판에 떡 하니 있었다! 나는 쾌재를 부르며 핫도그를 주문했다. 얼마나 기다렸던 핫도그인가.

핫도그 마니아인 나는 캐나다와 미국과 독일에서 핫도그를 즐겼으며, 세부적으로는 독일 남·북부, 미국 동·서부에서 그 형태와 맛을 비교하며 먹었다. 한데, 이런 나도 난생처음 보는 핫도그가 나왔다. 핫도그의 피클이 희한하게도 빵 위에 올려져 있었다. 대개 피클은 온기를 품은 채 빵 안에 다소곳이 있는 게 국제적인 룰 아닌가. 서반아에서는 모든 것이 상식과 상상을 뛰어넘는 것 같다.

여하튼, 이 '파이브 가이즈'라는 곳은 흥미롭다. 환대용 음식으로 땅콩을 매장 구석에 한 박스 비치해 뒀다. 그럴 사람이 있을지 모르겠지만, 원한다면 땅콩을 한 박스까지도 무료로 먹을 수 있는 것이다. 서반아에서 나처럼 지치고 갈 데 없는 이방인을 환대하는 몇 안 되는 장소 중 하나다. 이곳에 자주 올 것 같은 위기감이 엄습해 온다.

브라질 회계사 에드손에게서 '보이스 채팅 메시지'가 왔다. 내가 속한 밴드 '시와 바람'의 음악을 듣고 싶다는 것이었다. 그래서 링크를 걸어 몇 곡 보내줬더니, 〈듣지를 않아〉가 상당히 마음에 든다

고 답장이 왔다. 리듬, 분위기, 연주 모두 마음에 든다면서, 내 가창에 대한 이야기만 쏙 빼놓았다. 하여, 나는 그로부터 진심을 느꼈다(들어보지도 않은 사람들이 무턱대고 '노래 잘한다'라고 한다. 들어보면 절대 그런 말을 못 한다). 이로써, 에드손은 브라질에 있지만, 여전히 내 마음속에 훌륭한 친구로 자리 잡았다. 동시에, 나도 에드손에게 답장하기 위해 계속 전화기에 입을 갖다 대 보이스 메시지를 녹음하며 걷는다. 서반아에 와 있지만, 무슨 영문인지 점점 브라질 사람처럼 되어간다는 정체성의 혼란을 겪고 있다.

며칠 내내 고독했는데, 무려 수업 시간 중에 남아공에 간 로버트에게서 전화가 왔다. 이 똑똑한 네덜란드 친구는 수업 중인 걸 알 텐데도, 얼마나 급하고, 또 얼마나 통화하고 싶었으면 전화했을까? 하여, 선생의 눈치를 보며 "무슨 일이야? 나 수업 중이야!"라고 서둘러 회신하니, "초이. 잘못 걸었어!"라는 답장이 왔다. 역시 화란인들은 예의상 거짓말도 하지 않는, 아주 솔직한 사람들 같다.

나도 로버트처럼 솔직하게 지내기로 한, 마덕리에서의 스물한 번째 날이었다.

9. 22.

septiembre

이 글은 코로나 음성이 된 걸 확인하고, 숙소 식당에 저녁을 먹으러 와서 쓰고 있다.

호세 씨에게 이 소식을 전하니, "그럼 축하주 한 잔 줄까?"라고 물었다. 나는 어느덧 소심하고 유약한 서생이 되어 "저는 그저 탄산수면 족합니다"라고 말했는데, 호탕하고 걸걸한 호세 씨는 양팔을 허공에 올리며 "이 친구 보세!"라며 가버렸다('세상에! 한국인은 몸이 나았는데 축하주도 안 마시나 봐!').

방금 몸에 좋고 맛도 좋은 아스파라거스 요리가 나왔다. 간만의 숙소 음식이니, 좀 먹고 써야겠다. 나는 이제 철저하게 몸을 챙기는 건강한 작가로 거듭나고 있다(투병 생활의 예상치 못한 소득. 앞으로는 꼬박꼬박 건강식을 챙겨 먹을 예정이다. 나중에 '최민석의 100세 인생'이라는 건강 비법 에세이를 쓰는 게 아닐까, 하는 기대감이 몰려온다).

내일이 마침내 클래스 진급을 결정하는 시험 날이다. 불안한 마음에 뭘 공부해야 하는지 잔뜩 질문하니, 선생께서 다시 한번 "개원 역사상 낙제생은 없었어요"라며 안심시키려 했다. 나는 '그래. 그럴 거야!'라며, 혹시나 해서 "학원이 생긴 지 얼마나 됐죠?"라고 물으니, 선생이 당황하며 학원은 작년에 개원했다고 답했다. 게다가 알고 보니, 코로나로 인해 학생들이 거의 오지 않았다. 지금도 별로 없다. 그러니, 달리 말하자면, 시험을 친 학생이 별로 없는 것이고, 이는 또 달리 말해 통과한 학생도 몇 안 되는 것이다.

두뇌 회전과 눈치가 빠른 수시는 내 눈에 스치는 불안을 파악하고, "초이! 쁘리메로!(이봐 최 씨! 첫 낙제생이야!)"라며 독일식 농담을 했다. 그러며 혼자 웃었는데, 베를린을 떠난 지 8년이 됐건만 여전히 독일식 유머에 고통받고 있다. ('수시, 아는지 모르겠지만, 네가 태어난 2002년에 난 이미 복학생이었어. 지질해서 덧붙이지 않으려 했는데, 너희 엄마랑 몇 살 차이 안 날 거야.' 쓰고 난 후, 확인해 보니 엄마가 나보다 고작 세 살 많았다. 마드레 미아!)

그럼에도, 내게 친밀감을 품고 농담해 준 수시에게 고마움을 느낀다. 아울러, 이제껏 거의 하대하듯 나를 툭툭 치며 말했던 35살 브래드는 내가 자신보다 어린 줄 알았다며 내 나이를 듣고 혼탕해진 듯했다. 하여, 브래드 역시 좋은 친구로 자리 잡았다. ('브래드! 네가 손흥민이 '손하트 만드는 이모티콘' 보내줬을 때, 난 이미 네 친구가 돼 있었어.')

실로 오랜만에 온종일 시험을 준비했다. 공부하기로 작정한 김에 필기구와 필통도 사고, 형형색색의 볼펜으로 필기까지 하니, 만학도로 거듭난 기분이다. 몸은 예전으로 돌아갈 순 없지만, 예전처럼 고민하며 공부하니 영혼은 과거로 돌아가는 것 같다. 비슷한 이유로 지난겨울에는 '서양사'와 '불어'를 독학했는데, 귀국하더라도

독일식 아재 농담을 하는 만 18세 '수시'.

서반아어 학습은 계속하는 게 좋겠다. 언젠가 가브리엘 가르시아 마르께스의 『백년의 고독』과 이사벨 아옌데의 『영혼의 집』을 원어로 읽기를 희망한다.

수험생으로 하루를 온전히 보낸, 마덕리에서의 스물두 번째 날이었다.

이 글은 土요일 정오에 서반아 이모가 운영하는 식당 겸 바에 와서 쓰고 있다.

이곳은 원래 오전 7시 반에 연다. 그래서 평일에는 조식을 먹으려는 쎄뇨르(서반아 아재)들로 붐빈다. 한데 주말인 오늘은 조식을 먹으러 온 손님이 한 명도 없다. 확실히 서반아인들은 주말엔 늦장부리며 인생을 즐기는 것 같다.

진열장에 있어야 할 서반아 빵도 쉬고 싶은지, 눈에 보이는 건 구운 지 2~3일은 족히 돼 보이는 빵밖에 없었다. 사실, 어찌 보면 빵이라기보다는, 한때는 밀가루였던 걸로 추정되는 물체에 가까웠다.

하여, 소심한 A형답게 '대관절 저 사물의 정체는 무엇일까?' 고심하던 차, 화끈한 서반아 이모가 "토스트 구워줄까?"라며 답답한 내면을 긁어주었다. 감사한 마음에 위축된 이방인이 할 수 있는 가장 적극적인 3연속 긍정 표현 "씨! 씨! 씨!(네! 네! 네!)"와 함께 고개를 자동차 조수석의 강아지 인형처럼 끄덕였다. 그러자 얼마 후 구운 바게트를 딸기잼, 버터와 함께 갖다줬다. 물론, 커피도 함께.

먹어보니 바게트는 태양 바로 앞에서 구운 듯 바싹했고, 커피는 애호가들로 가득한 카페의 것 못지않게 훌륭했다. 맛깔난 조식을 제공해 준 '띠아(Tia, 이모)'에게 가슴 밑바닥에서 우러나오는 감사를 침묵으로 눈빛에 담아 보냈다.

어제 진급 시험을 무사히 통과했다. 꼬레아노(한국인)답게 명령문을 포함한 문법을 전날에 벼락치기로 엄청나게 공부했는데, 하나도 나오지 않았다. 역시 공부는 평소에 해둬야 한다는 것을 새삼 절감했다. 그럼에도 서반아어 열등생인 내가 통과할 수 있도록 지도해 준 학급 선생님, 말이 느린 나를 기다려준 동급생들, 그리고 거리의 무수한 선생들에게 감사를 표한다(매번 '마하 10'의 속도로 '오늘의 메뉴'를 설명해 준 호세 씨에게도 사의를!).

시험을 통과한 김에 내게 작은 선물을 해주기로 했다. 하여, 마드리드의 상수동 같은 '추에카(Chueca)'에 셔츠를 사러 갔다. 마드리드 번화가 대부분이 그렇듯, 추에카 역시 굉장히 LGBT 친화적인 구역인데 무려 지하철 역사 안이 전부 무지개색으로 칠해져 있다. 거리 곳곳에 벽화도 많고, 익살스럽고 개성 있는 옷과 장신구를 파는 가게도 꽤 있다.

특기할 점이 있다면, 이곳의 상인들이 다른 지역 상인들보다 스무 배쯤은 친절하다는 것이다. 이 지역 점원들은 하늘에서 내리는

친절 유전자 같은 것에 단체로 감염된 것이 아닐까 싶을 정도로 나를 환대해 준다.

한국에서 왔다고 하면 "우아! 완전히 다른 언어를 공부한다니, 너 정말 대단하구나!" 하며, 내 처지가 되어 짧은 대화에도 아주 성심성의껏 임해준다. 그들에게 감동한 적이 한두 번이 아니다. 그리하여, 상점을 나올 때 내 손에는 나도 모르게 산 물건이 잔뜩 담긴 쇼핑백이 들려 있다.

어제 역시 부에노스아이레스 出身이라는 직원이 굉장히 친절히 대해줬기에, 서반아 국기처럼 붉고 정열적인 꽃무늬 셔츠를 샀다 ("민숙! 이 옷은 지난여름 내내 널 기다려왔어! 40도가 넘는 폭염을 견디며 말이야!").

작가보다 화려한 언변으로 마음을 훈훈하게 데워주는 부에노스아이레스 출신의 점원에게도 사의를 표한다.

그에게 신상품을 사러 또다시 오겠다며 인사를 했다. 덕분에 사장까지 나와서, 떠나는 나를 배웅해 줬다. 아울러, 새로 산 꽃무늬 셔츠를 입고 들어간 양말 가게에서도 직원이 나를 보자마자 "셔츠 너무 멋진데!"라며 반겨서, 그곳에서 양말도 25유로어치 샀다. 추에카는 정말 환대와 사랑이 넘치는 동네다. 한 주를 열심히 보내고 나니, 금요일이 실로 즐겁다.

맥주를 한 잔 마셔보긴 했는데, 아직은 아무 맛이 느껴지지 않는다. 더 이상 목은 아프지 않다.

붉은 꽃무늬 셔츠가 옷장에 추가된, 마덕리에서의 스물세 번째 날이었다.

9. 24.

septiembre

이 글은 마덕리의 명동인 그란비아(Gran Via)의 한 중식당에 와서, 군만두와 맥주 한 캔을 주문한 뒤 쓰고 있다.

어제 한국에서 신혼여행을 온 '황'의 부부를 접견했다. 황과는 십여 년 전에, 다소 명칭이 괴상한 '여명 808'이라는 취미 밴드 활동을 하던 시절부터 알고 지냈다. 그때 나는 베이스 기타를 쳤고, 황은 드럼을 연주했다. 그 후로 나는 '시와 바람'이라는 밴드를 만들며 독립했고, 황과는 종종 연락을 주고받곤 했다.

그러다 '황'은 코로나로 연기한 신혼여행을, 결혼한 지 자그마치 2년 반이나 지나서 '서반아-포르투갈'을 행선지 삼아 온 것이다. 황의 남편은 영화 프로듀서인데, 알고 보니 내 장편소설 『능력자』를 영화화하기로 한 '마린 박' 兄과 예전에 영화 〈국가대표〉를 함께 만든 인물이었다. (당시, 마린 박 형은 첫 번째 조감독이었다. 말이 나온 김에 밝히자면, 내게 얽힌 일이 늘 그렇듯 내 소설 『능력자』의 영화화는 무기한 제작 연기에 돌입했다. 쩝.) 내 개인적 불행과 상관없이 한국 사회의 협소함을 새삼 실감했다.

황의 남편은 일주일간의 서반아 여행에 여독이 쌓였는지, 한식당에서 공깃밥을 시원하게 두 그릇 해치우고, 2차로 간 서반아 바에서도 테라스에 앉아 차가운 생맥주를 서반아의 밤공기처럼 호흡하듯 마셨다. 그 덕에 나도 간만에 황 부부와 함께 대화 꽃을 피우며, 건조한 내 몸을 알코올로 적셔주었다.

하루 만에 서반아의 공기는 변심한 愛人처럼 무섭도록 차갑게 변했다. 때문에 새로 산 꽃무늬 반팔 셔츠를 입고 당황하며 떠는 나와는 달리, '황의 부부'는 기다렸다는 듯 가방에서 두꺼운 후드 티셔츠를 꺼내 입었다. 역시 한민족은 준비성이 철저하다는 인상을 준다. 숙소로 돌아갈 때에도 "내일 오전에 톨레도와 세고비아로 당일치기 여행을 떠나야 해서!"라며 열한 시 반이 되자, 자리에서 벌떡 일어났다. 또한 부부를 태울 '우버' 차량이 준비됐다는 듯 도착하여, 역시 한국인들은 계획을 철저히 수립하고 실행한다는 내 가설을 지지해 주었다. (참고로, 둘 다 성격유형 검사에 따르면 'J' 유형인데, 그중 황의 남편은 영화 제작 현장에서 일정과 동선을 꼼꼼하게 짜는 일을 맡고 있었다. 당연히 그는 신혼여행의 일정과 동선까지 빈틈없이 준비했다.)

반면, 나는 당장 오늘 저녁에 대한 계획도 없는데, 이들 부부를 만난 김에 두 달간의 마덕리 생활이 끝나면 떠날 여행 계획을 세워 보기로 했다. 일단, 열정과 인심이 넘치는 안달루시아로 떠나기로 했다. 콜럼버스가 대항해를 시작했다는 '카디스(Cádiz)', 그리고

무려 300년이나 묵힌 술을 판다는 '헤레스(Jerez)'까지 가려는 계획만으로 머릿속이 꽉 차, 다른 생각을 할 수 없었다. 하여, 세부 계획은 추후에 세우기로 했다. 즉, 나중에 계획을 짜기로 계획한 것이다. 이 생각만으로 엄청난 계획파가 된 것 같아, 나 자신이 대견스럽게 여겨졌다.

어제 일기를 다 쓰니, 마침내 주문한 군만두가 나왔다. 확실히 중국인은 여유만만한데, 여유의 나라인 서반아로 이민 온 덕에 그들의 여유가 만개한 듯하다. 속도의 나라 한국에서 온 내가 배워야 할 덕목이다.

계획이 넘쳐나는 마덕리에서의 스물네 번째 날이었다.

9. 25.

septiembre

Igle
Coreana

리드
장로교회

Coreana de Madrid

이 글은 숙소에서 제공되는 석식으로 상어튀김 요리를 먹고 난 후 쓰고 있다.

소설가가 되고 나면 겪는 가장 큰 생활의 변화는 뭘까? 청탁? 인터뷰? 독자의 성원? 아니다. 내 앞에서 자기 삶을 들려주는 이들이 기하급수적으로 늘어난다는 사실이다.

살면서 인간은 누구나 장편소설 한 권 분량의 이야기를 경험한다. 그리고 그 이야기를 표현하고 싶어 한다. 이를 '내러티브 욕망', 즉 '서사 욕망'이라 하는데, 글을 쓰지 않으니 그 욕구는 늘 해소되지 않은 채 답답하게 가슴을 막고 있다. 그러다 나를 만나면 "아이고! 소설가 양반! 내 삶이 대하소설이야"라며 들려주는 것이다.

그래서일까. 오늘 한인 교회에서 내가 소설가라는 사실이 알려지자, 한 커피 모임에 초대를 받았다. 가보니 이민 1세대 원로 세 분이 계셨다. '권 선배'라 불리는 노신사는 84세, 스스로를 권 선배보다 동생이라 칭한 두 분은 81세였다. 그중 내 커피값을 내준 분은 한국의 장강명 소설가를 놀랄 만치 닮았었다.

'장강명 소설가의 큰아버지가 아닐까'라는 상상을 하는 사이, 3인방 중 최고령인 권 선배의 「개인적 경험에 비춰본 격동의 한인 이민사(청취 및 기록: 최민석)」 담화가 시작됐다.

원래는 서반아어학과에 입학했으나, 당시 서반아 전공생은 쿠바 혁명 때문에 '빨갱이'로 자주 오해를 받아, 먹고살기 위해 한의대에 다시 들어가야 했고, 서반아로 넘어오니 결국 동양인은 무술을 가르쳐야 해서 또 한 번 먹고살기 위해 합기도 사범이 될 수밖에 없었다는 파란만장한 이야기를 듣다 보니, 어느새 한 시간이 흘러버린 후였다.

그때 계속 '장강명 선생'께서는 '아! 나도 이야기하고 싶은데'라는 표정으로 나를 바라봤다. 하지만, 권 옹이 잠시 호흡을 가다듬는 찰나에, 유도인 출신인 L 교수가 '잡기' 기술로 상대의 도복을 낚아채듯 대화의 빈틈을 노련하게 잡아, 자신이 서반아에 도착했던 1971년에 우리를 떨어뜨려놓았다.

하여, 어찌하여 한국의 1세대 신문방송학도가 국가대표 유도 선수로 선발됐는지(유도 동아리에 들어갔다가 재능을 발견했다고 한다. 마드레 미아!), 그리고 협회 권유로 스페인에 교류 차 왔다가 당시 유럽 선수권 동메달 보유자와 대련해 그를 메다꽂자, 열 명과 더 대련을 하게 됐고, 그 결과 9승 1무를 기록하자, 이를 잠자코 지켜보던 한 불란서인이 자신에게 일을 제안했는데, 그 인물이 알고 보니 서반아 유도 국가대표 감독이었고, 자신은 그렇게 국가대표 코치가 됐다는 일화, 그리고 어느 날 그 불란서인이 어딘가 데려가 "미스타 리, 이 종이에 사인 좀 하게나" 해서 사인을 하고, 그 종이의 정체가 뭔지 몰라 서반아어를 잘하는 한인 친구에게 들고 가보니 "아니, 자네! 마드리드 국립 체육대학의 교수가 됐구먼!"이라 해서 어리둥절했다는 이야기가 또 한 시간 이어졌다.●

물론, 그때에도 장강명 선생께서는 '아. 저 소설가 양반 찻값은 내가 냈는데' 하는 표정으로 입 운동(즉, 준비 운동)을 하고 계셨는데, 권 옹의 아내, 즉 사모님께서 "아니! 왜 이렇게 안 와!" 하며 나타나자, 권 옹께서는 "아니. 여기 서울에서 오신 소설가 선생이 계셔서…"라고 하니, 사모께서 "아이고! 내 인생이 대하소설인데!"라며, 내게 "시간 좀 있어요?" 하며 의욕 넘치는 표정으로 질문했다. 그 와중에 장강명 선생께서는 눈빛으로 '그게 내가 하고 싶은 말이야!'라는 전갈을 보내고 계셨다.

결국, 카페에서 세 시간이 흐른 후, 우리는 비로소 바깥 공기를 마시게 됐는데, L 교수께서는 "가만 보자… 이렇게 헤어지면 아쉬우니까 내가 저기… 다음 주에 예배 마치면 우리 집에 초대할게. 점심 먹고 우리 집 구경하고, 또 재미있는 이야기 좀 하고, 또 저녁 먹고, 그러고 또………" 하며 이번에는 거리에서 약속에 대한 이야기를 장시간 나눴다. 확실히 서반아에서는 이민자들도 정력적인 이야기꾼이라는 인상을 준다.

● 추후에 이 원고를 보시고 L 교수께서는 '스페인 올림픽 감독, 심의 위원장, 기술 위원장, 스포츠 총괄 위원장'도 역임했다는 문장을 추가해 달라며 사내답게 요청하셨다.

그나저나, 청년 L 교수는 54년 전인 1971년에 '산텐데르(Santender)'에 처음 거처를 정했는데, 자신이 살아왔던 서울 오류동 풍경과 너무 다른 서반아 풍경에 감탄을 금치 못했다. 하여, 그곳의 정경이 담긴 사진 엽서를 집으로 부치며, 뒷면에 이렇게 썼다.

"어머니께서는 40년 동안 교회에 나가셔도 아직 천당을 못 보셨지만, 저는 매일 아침 눈을 뜨면 천국을 마주합니다." 그 풍경을 이리 술회한 것이다.

그러며 덧붙이는 말씀이 "그런데, 서반아는 그때랑 지금이랑 똑같아. 하나도 안 변했어. 그러다 내가 작년에 한국에 갔으니 얼마나 기절초풍했겠어. 천지개벽했더라고! 기분 묘했지. 사실 여긴 지루하거든. 태어나서 죽을 때까지 똑같은 것만 봐. 그러니 한국이 얼마나 신나겠어. 한데, 이제는 한국에 적응 못 하겠어"라며 이야기꾼답게 말을 딱 끊어버렸다.

이유를 물어보니, 그는 유럽에서처럼 눈이 마주칠 때마다 환하게 웃으면서 "안녕하세요!"라고 인사를 건넸는데, 돌아오는 건 무시뿐이었다고 한다. 심지어 경계 어린 눈빛과 의심의 눈초리, 때로는 이성에게서 오해를 넘은 경멸 섞인 시선까지 받았다고 한다. 그의 표현에 따르면 "그 기분이 너무나 이상하고, 잘 때까지 안 잊혀서 도저히 살 수 없겠다"라고 했다.

결국 아파트 복도에서, 엘리베이터에서 흘려보낸 눈빛과 환대받지 못한 호의라는 아주 사소한 것들이 사람의 마음에는 그 나라의 GDP나 음식, 주거환경보다 더 오래 남는다는 사실이 각인되는 날이었다.

로버트가 언젠가 내게 "You don't laugh often. (넌 자주 웃지

않잖아)"라고 했던 말이 새삼 떠오르는 마덕리에서의 스물다섯 번째 날이었다.

*

그나저나, 장강명 선생께서는 끝내 말씀하실 기회를 못 가진 채 귀가하셨다.

9. 26.

septiembre

이 글은 전형적인 서반아 후식 중 하나인 '나띠야스 (Natillas)'를 먹고 나서 쓰고 있다.

계란과 우유를 베이스로 만든 커스터드 요리의 일종인데, 마치 차게 먹는 '크렘브륄레' 같기도 하다. 이 일기 마지막 장에 사진을 덧붙이니, 맛을 상상해 보시길.

어제저녁에 방문한 '우에르따(Huerta)' 거리가 매우 맘에 들었다. 소담한 공연을 선보이는 재즈 바, 개성 있는 예술품 가게, 그림으로 간판을 장식한 서반아식 주점까지, 모든 게 근사했다. '추에카'와 함께 개인적인 마덕리 선호 지역으로 확실히 자리 잡았다. 다만, 저녁에 함께 갈 친구가 없다는 게 애석할 따름이다.

친구 이야기가 나온 김에 해보자. 사실, 오늘 클래스에 가면 새 친구가 없을 줄 알았다. 이제 중상급 클래스로 올라갔으니, 도중에 합류할 신입생이 없을 것이라 여긴 터다. 하지만 예상을 비웃듯이 새로운 수강생이 두 명이나 왔다.

첫 번째는 언제나 서반아어 교실에서 다수의 지위를 놓친 적 없는 브라질인.

'로드리고'는 '브라질인이 두 명이나 집에 갔다며! 그럼 내가 자리를 채워야'라는 식으로 클래스에 등장했다. 그는 포어(포르투갈어) 구사자답게, 수업 시간에 처음 접한 단어도 "어. 우리말이랑 비슷하게 생겼는데, 혹시 이 뜻 아니에요?"라며 척척 알아맞혔다.

또 다른 인물은 역시 서반아어 수업에 빠지면 섭섭한 이탈리아인. 베네치아 출신의 대학원생 '엘리'는 이탈리아인답게 엄청난 서반아어 실력을 자랑했는데, 그녀는 프랑스에 있는 대학원을 다니다가 한 달의 휴가를 받아 서반아어를 익히러 왔다.

마드리드는 이런 도시다. 인근 유럽 국가에서 '휴가'를 얻어, 서반아어를 익히러 오는 도시. 간혹 네덜란드인이나 미국인, 호주인이 오기도 하지만, 언어의 유사성 때문에 브라질들이 상당히 많이 오기도 하는 도시. 이들에게 특징이 있다면, 모두 '휴가를 얻어서 온다는 것'이다.

베를린에 체류할 때는, 독일의 경제적 위치, 그리고 베를린이 독일의 수도라는 점 때문에, 인근 유럽에서 취직을 목적으로 언어를 배우러 온 젊은이들이 다수를 차지했다. 하지만, 마드리드에서 만난 어학생 중 그 누구도 '취직'을 목적으로 오지 않았다. 이미 직업이 있지만, '자아실현'을 위해, 할 수 있는 '언어를 하나 더 추가하기 위해' 왔다.

또 주목할 점은, 단지 '서반아어만' 하기 위해 이곳에 오는 이는 없다는 사실이다. 다들 영어는 기본으로 하고, 그 외 생계에 도움이 될 만한 다른 유럽어(독일어나 프랑스어 중 하나)를 구사한다. 즉, 서반아어는 삶을 풍요롭게 즐기기 위해 배우러 오는 것이다(그렇기에, 은퇴자를 포함한 고령자들도 많이 온다. 50~70대 학생도 꽤 있다).

그런데, 여기에는 또 다른 마드리드의 특성이 작용한다. 바르셀로나에 비해, 마드리드는 관광지로서의 성격이 약하다. 그렇기에, 내가 다니는 학원에도 '초급반'은 개설돼 있지만, 정작 학생이 없다. 한데, 바르셀로나 지점에 개설된 같은 학원의 '초급반'에는 학생들이 많다.

무슨 말이냐면, 마드리드에 온 학생 중 90퍼센트 이상이 이미 바르셀로나 여행을 했거나, 그곳에서 생활해 봤다는 것이다. 이는 이해하기 쉽다. '스페인 도시'라고 하면 누구나 바르셀로나를 먼저 떠올리고, 그래서 누구나 그곳에서 먼저 살고 싶어 하니까. 그렇기에 바르셀로나에는 초급반 학생이 많다.

반면, 마덕리에 오는 친구들은 '어학에 더 집중하기 위해' '번잡한 관광지를 피하기 위해' 혹은 '현지인 같은 안정적인 생활을 하기 위해' 수도를 택한 것이다. 말하자면, 어학이든, 생활이든 '중급자' 이상이 택하는 도시인 셈이다.

그럼, 나도 중급자냐고? 그럴 리가. 지원한 프로그램의 숙소가 마드리드에 있기에 온 것뿐이다. 그러므로, 이곳을 자신들의 의지로 택해 도착한 지 2~3일 만에 능숙하게 적응하는 '엘리'와 '로드리고'처럼, 나도 중급자로 지내고 싶다.

그나저나, 마드리드는 바르셀로나만큼 붐비는 관광지는 아니니, 소매치기는 없느냐고? 그건 다음에 이야기하자. 오늘은 이 도시의 큰 특성을 말했으니, 그걸로 충분하니까.

중급자들의 도시 마덕리에서 여전히 여러모로 초급자로 지내는 내가 보낸 스물여섯 번째 날이었다.

9. 27.

septiembre

CRISTOF FUGGER
CALLE DE FUCAR

이 글은 점심 식사 후 오후 수업까지 남은 30분의 짬을 이용해 쓰고 있다.

엘리는 도착한 지 사흘밖에 안 됐건만, 확실히 '중급자'다운 기운을 풍겼다. 마덕리에 오기 전에 이곳의 '루프톱 바'가 좋다는 이야기를 수차례 들었는데, 정작 가볼 기회는 없었다. 한데, 오늘 엘리가 SNS로 "나, 저녁 8시에 그란비아에 있는 루프톱 바에서 한잔할 건데, 올래?"라며 메시지를 보냈다. 이런 초대에 응하지 않으면 외톨이 신세가 되는 건 한순간이라고 여겨, "당연히 마덕리의 밤을 즐겨야지!"라며 답장을 보내고 갔다.

가보니, 역시 '중급자'의 기운을 풍기는 로드리고 역시 일찌감치 자리를 잡고, 칵테일도 한 잔 해치운 후였다. 뿐만 아니라, 엘리는 또 언제 사귀었는지 새 친구들까지 데려왔는데, 사실 이는 유럽에서 흔한 일이다.

한국에서는 셋이서 약속을 해서 약속 장소에 가면 셋밖에 없다. 하지만, 유럽에서는 셋이서 약속을 하고 가보면, 적게는 다섯 명 많게는 열다섯 명이 모인다. 특히 낯선 도시에 온 이방인일수록 더 그렇다. '소개해 주면 좋을 것 같아서 데려왔다는 친구 A'부터, 마침 A와 커피를 마시다가 헤어지기 싫어서 따라왔다는 친구 B, 그리고 B에게 급히 전해줄 선물이 있어 왔다는 C까지…. 이런 식으로 친구들은 자가 증식하는데, 이건 애초에 만나기로 한 셋 중 한 명의 이야기다. 그러니, 셋 중의 또 다른 친구에게도 그/그녀만의 A, B, C 친구가 존재하며, 셋 중의 마지막 친구에게도 역시 자기 버전의 A, B, C 친구가 존재한다.

그런데, 이 아홉 명의 예비 A, B, C 들(3A+3B+3C) 중에 '사교계의 여왕/왕'이 끼는 변수 또한 무시할 수 없다(실제로 이럴 확률은 높다). 그러면, 평범한 세상에 막 강림한 이 사교계 인물은 자신이 이름조차 기억 못 하는 인물들을 대거 동반한다. 심지어, 나에게 자신이 데려온 친구를 소개하며, 태연하게 "너 이름이 뭐였지?" 하고 물어본다. 그때, 종종 이런 식의 대사도 들린다. "뭐야! 네 이름이 산체스였어?! 나는 이때까지(그래봤자, 두 시간 동안) 산초인 줄 알았는데!"

하여, 샌프란시스코와 콜롬비아에서 온 새 인물들이 합류했다(둘은 엘리가 임시로 묵는 숙소의 룸메이트였다). 콜롬비아인인 '까롤리나'는 태어나서 한국인을 만난 게 처음이라며 영광이라 했다. 나는 "아, 저런! 나는 콜롬비아인 많이 만나봤는데"라고 하려다가, "나 역시 마드리드의 루프톱 바에서 콜롬비아인을 만난 게 처음이라 영광이다"라고 하니, 까롤리나가 까르르 웃었다.

사실이다. 마드리드의 루프톱 바에 온 게 처음이니까. 여기서 샌

프란시스코 출신을 만나는 것도 처음이고, 브라질인은 물론, 서반아 바텐더를 만나는 것도 처음이다.

공교롭게도 처음인 게 상당히 많은 밤이었는데, 수시가 마덕리 클럽에 있다며 2차에서 타코나 먹고 있는 우릴 보고 클럽에 오라는 것이었다. 마드레 미아! 클럽이라니, 이 노구가 그런 곳에 가서 외교적 실례를 범할 수는 없는 것이다. 하여, 어학과 필력을 잃은 대신 연기력을 얻은 나이기에(궁금하시면 아홉째 날 일기를 보시길. 광고 끝), "아, 맞다. 세탁기에서 빨래를 안 빼놓았네"라며 뒷걸음질 치는데, 엘리에게 멱살을 잡혔다. "초이! 어림없어!"

알고 보니 엘리는 마덕리 중급자일 뿐 아니라, 인간 거짓말 탐지기였다.

그러며 "초이! 왜 자신감이 없는 거야. 로드리고가 너보다 더 늙어 보인다고!"라고 말해서, 갑자기 옆에 있던 로드리고가 울상이 돼버렸다. 이 모든 게 27살 로드리고의 피부에 노화를 일으킨, 브라질의 강렬한 햇볕 때문이라 변호해 주고 싶다(로드리고, 난 널 사랑해!).

하여, 입장 직후에 곧장 사라지려는 마음으로 따라갔다. 하지만, 내 삶에서 구라파 클럽 입장 문을 처음 통과하려는 경험은 무위로 돌아갔다. 엘리가 확보해 둔 무료 입장권이 만료된 것이다(서반아 클럽은 당일에만 무료 입장 가능한 쿠폰을 뿌린다. 한데, 이동 중에 무료 입장 시간인 밤 11시가 넘어버렸다).

결국 우리는 3차를 갔는데, 이날은 처음 경험한 것이 많았다. 크
랜베리 주스에 알코올을 섞은 음료, 계산대 아래에 뚫린 미끄럼틀
같은 구멍으로 동전을 던지며 계산하는 방식, 게다가 갑자기 스마
트폰 데이터를 전혀 쓸 수 없게 된 일까지!

　　알고 보니, 내가 산 선불 카드는 데이터를 무려 120기가씩이나
제공해 주면서, 기간은 4주만 유효한 것이었다. 즉, 4주마다 30유
로씩 충전해서 써야 하는 방식인데, 이를 살 때 점원이 알려주지도
않았거니와, 집에 와서 계약서를 찾아보니 보험 약관처럼 콩알만
한 글씨로 '4주 후 만료'라고 적혀 있었다. 하여, 구글 지도가 없으
면 숙소에도 못 가는 나를 위해 이 어린 친구들이 '집에까지 바래
다주겠다'고 했다. 차마 그런 실례는 범할 수 없어, 그들의 휴대폰
으로 검색한 귀가 경로를 일일이 사진으로 찍은 후, 그걸 보며 돌
아왔다.

　　자정이 넘은 시각에 버스를 갈아타야 하는 난코스였다. 게다가,
갈아탈 버스 정류장의 위치가 달라서 찾을 수 있을지 문제였다. 역
시나 내려보니, 로터리에 무려 버스 정류장이 일곱 개가 있었다.
　　앞으로 갈아탈 버스가 오기까지 남은 시간은 4분! 게다가, 일곱
개의 정류장에 들어오는 버스 노선은 무려 40여 개! 아아, 실로 오
랜만에 4분 동안 약 1km를 전력 질주했다. 머릿속으로 타야 할 버
스 노선인 'N27'을 되뇌며! 마치 영화처럼 마지막 정류장에서 떠

나려는 'N27'번을 만났다. 승차했을 때, 내 몸은 한증막에서 나온 것처럼 뜨거운 김을 뿜어내고 있었다.

모든 게 처음이었던 이 밤, 나에게 칭찬할 점이 있다면 택시를 타지 않았다는 것이다. 예전 같으면 진즉에 택시를 탔을 텐데 말이다. 사실, 엘리의 공이 컸다("초이! 엉뚱한 데 돈 쓰지 마!").

나도 야무지고, 말도 잘하고, 돈도 잘 아끼는 엘리 같은 중급자가 어서 되고 싶은 마덕리에서의 스물일곱 번째 밤이었다.

*

아차! 어제 쓰기로 한 소매치기 이야기. 그건 내일 일기에 쓰자. 내일은 내일의 태양이 뜨니까.

이 글은 마드리드의 소매치기에 대해 생각하며 쓰고 있다.

마드리드에는 소매치기가 없을까? 결론부터 말하자면, 있다. 하지만, 바르셀로나만큼은 아니다. 그럼에도 마드리드의 소매치기에게는 좀 끈질긴 면이 있다.

한인 이민자들은 가이드로 많이 일한다. 그래서, 한인 교회에는 가이드 출신 여행사 대표 이사가 꽤 있다. 그들의 경험에 따르면, 거리를 걷다가 누군가와 마주쳤는데, 다른 거리에서 그 사람을 또 마주치면 의심해야 한다고 했다. 당신을 표적으로 삼고 따라왔을 가능성이 상당히 높기 때문이다. 당신이 정말 그들이 원하는 목표물이 됐다면, 숙소까지 따라와 그 주변을 어슬렁거린다.

여행사 사장에게 그럼 "대체 어떤 사람이 타깃이 됩니까?"라고 하니, 그는 주변을 두리번거리다 내 옆에서 커피를 마시던 한국의 방문 교수 K에게 말했다. "외람되지만, 교수님처럼 이런 가방 들고 다니면, 당하는 겁니다!" 그 말에 아연하고 말았다.

사실, 바로 전날에 K 교수처럼 검은 가죽 가방을 사려 했기 때문이다. 내 배낭은 사용한 지 십 년이 넘어, 서반아에 온 김에 튼튼한 가죽 가방 하나 장만하려 했는데 말이다! K 교수는 갑자기 근심에 젖어 물었다.

"그럼, 어떤 가방을 메고 다녀야 합니까?"

여행사 대표는 이번에도 두리번거리다 나를 본 후 답했다.

"최 작가님처럼 싸구려 가방을 메야 합니다. 저런 건 거들떠보지도 않아요!"

이로써, 가방을 사려는 마음은 깔끔히 접었지만, 왠지 커피 맛이 평소보다 배는 쓰게 느껴졌다.

어쨌든, 베테랑 이민자들은 확실히 고민을 없애준다는 인상을 준다.

여하튼, 소매치기를 열심히 쫓아가서 잡더라도, 그에게는 지갑이 없는 진귀한 경험을 하게 된다고 했다. 마치 계주하다 바통 터치를 하듯, 도망가는 중에 지갑을 일행에게 넘긴다는 것이다. 하여, 일부러 피해자를 유인하기 위해 열심히 표시 나게 도망가기도 하는데, 도주 중에 두세 명의 일행과 접선하면 피해자 머릿속에는 혼란이 가중되는 것이다. 과연 누구를 쫓아가야 하는가 하는 골치 아픈 선택의 문제에 빠진다. 이렇듯 인생은 늘 선택의 연속이다. 잠깐, 내가 지금 무슨 말을 하고 있는 거지….

오해 마시길. 이곳에는 친절하고, 인내심 깊고, 이방인을 따뜻하게 대해주는 사람들이 가득하다. 하지만, 소매치기가 있는 것도 사실이다. 그러니, 열린 마음으로 사람을 만나되, 소매치기는 각자 주의해야 하는 것이다. 할 수 있다면 나처럼 싸구려 에코백도 메면서(그 때문인지, 이곳 분들이 자꾸 내 커피값을 계산해 준다).

그나저나, 대표님. 사실 그거, 하와이로 신혼여행 가서 산, 환경주의자들 사이에서는 나름 알아주는 상품인데…… 흑흑.

엘리처럼 쓸데없는 지출 하지 말라고 조언해 주는 사람이 내 주변에 자꾸 생겨나는, 마덕리에서의 스물여덟째 날이었다.

9. 29.

septiembre

이 글은 오후 네 시에 마덕리 시내의 한 노천카페에 앉아, 어제 일을 회상하며 쓰고 있다.

　나름 유럽에 대해서 조금은 안다고 생각했는데, 전혀 몰랐던 게 있었다. 그건 전화기 데이터 충전에 관한 것이다. 학원에서 통신사인 '보다폰(Vodafone)' 홈페이지에 접속해 데이터 충전 결제를 하려 했다. 그러자, 한국의 신용카드 회사는 내 한국 전화기로 보낸 인증번호를 자꾸 요구했다. 이런 경우를 대비해서 한국에서 전화기를 한 대 더 가지고 왔으나, 한국 문자를 받을 수 있는 전화는 숙소에 있었다. 하여, '할 수 없지. 밤에 하자'라고 체념하고 있었다.
　한데, 마치 산신령이 '혹시 자네가 찾는 게 보다폰 대리점이냐?'라고 하듯, 엘리가 갑자기 "초이, 학원에서 3분 거리에 보다폰 대리점이 있어!"라고 했다. 나는 아무 말도 안 했기에, "아니, 그게 필요한지 어떻게 안 거야?"라고 물으니, "네 얼굴에 다 쓰여 있어"라고 했다.

　엘리의 전공이 식품영양학이 아니라, 주술학이나 점성술이 아닌지 의심이 든다. 아울러, 이제 엘리 앞에서는 거짓말을 할 수 없을 것 같은 위기감이 강하게 엄습해 온다(그래서, 그저께 빨래 핑계를 대며 집에 가려 했을 때 "어림없어!"라며 멱살을 잡은 건가).

'보다폰' 대리점에 가보니, 데이터 충전을 5유로부터 50유로까지 금액별로 골라서 할 수 있었다. 하여, 15유로를 충전하려 하니, 점원이 조언했다.

"쎄뇨르. 선생께서 계약한 프로그램은 4주마다 30유로씩 결제해야 120기가를 온전히 쓸 수 있습니다. 15유로만 충전할 경우 1기가도 채 못 쓰고 데이터가 다 소진돼 버립니다."

1기가와 120기가라니, 너무 극단적인 차이 아닌가. 하여, 30유로를 충전하려 하니, 직원은 또 조언했다.

"쎄뇨르. 시스템 문제 때문에 반드시 키오스크에서 충전해야 합니다."

해서 시킨 대로 하려니, 키오스크에서 충전할 수 있는 금액은 15유로와 50유로밖에 없었다. 그렇다. 15유로를 충전하면 며칠 만에 다 써버린다. 그렇다고, 50유로까지 충전할 필요는 없다. (이런 식으로 이방인과 고령층 고객들이 더 많은 결제를 하도록 유도하는 게 아닌가 하고 조심스레 의심해 본다. 나는 날이 갈수록 음모론자가 되어가고 있다!)

결국, 다시 집에 가서 홈페이지에 접속해서 30유로를 결제하는 수밖에 없었다(디지털 환경에 익숙지 않은 고령층은 대체 어쩌란 말인가). 하여, 나는 '서반아 고령화 사회 대책 위원회' 아시아 지부장이라도 되는 양, "오프라인 세상에서 30유로만 결제할 수 있는 방법은 없소?!"하니, 점원은 내게 전혀 예상 못 한 답을 했다.

"주유소에 가시면 되죠. 저기 길 건너편에!"

아니, 지금 내가 뭘 들은 건가? 전화기 데이터 충전을 주유소에서 하라니! 고개를 돌려보니, 서반아 주유소는 미국 주유소와 달리 콜라나 과자를 아예 안 팔게 생겼다. 오직 기름만 판다. 의심 반 걱정 반으로 가보니, 역시 우려대로 물 한 통 팔지 않는다. 게다가, 주유소 사무실은 '외부인 출입 금지'라고 대문자로 쓰여 있다. 직원의 얼굴에도 '대화 싫어함'이라 쓰여 있다. 하여, 소심한 내향인답게 수백 번의 고민 끝에, 직원에게 물었다.

"혹시 여기서 모바일 데이터 충전해 줍니까?"

상상력으로 밥 벌어 먹고사는 소설가에게도 그 질문은, 사하라 사막에서 "여기 시원한 벨기에 수제 맥주 팝니까?"라고 묻는 것 같았다. 그러자 '대화 금지'라고 얼굴에 크게 써놓은 직원은 나를 향해 뭘 그런 걸 물어보느냐는 표정으로 내 눈을 응시하고선 "씨! 씨! 씨! 씨! 씨!"하고 강한 긍정을 표하는 게 아닌가(알고 보니, 너무 당연한 걸 묻는다는 표정이었던 것이다).

오! 헤수스(지저스)! 직원은 카드 단말기처럼 생긴 먼지 묻은 기계를 하나 꺼내더니, 태연하게 물었다.

"무슨 회사요?"

"보다폰이요!"

직원은 버튼을 눌러 화면에 뜬 여러 통신사 이름 중, '보다폰'을

골라 'OK' 버튼을 눌렀다. 그랬다. 서반아의 모든 통신사 데이터를
주유소에서 충전할 수 있는 것이었다!

　서반아인들에게 데이터는 기름과 같은 존재인가? 대체 어떤 개
념이 이들로 하여금, 석유를 파는 이들에게 데이터를 팔게 한 건
가. 스마트폰을 자동차와 같은 제품으로 여기는 건가? 아니면, 석
유 재벌을 통신사 재벌처럼 여기는 건가?

그때, 점원은 내게 주유할 때 하는 질문을 똑같이 했다.

"얼마어치 넣어드려요?"

모르겠다. 이 질문이 똑같기 때문에 주유소에서 통신사 데이터를 파는지. 어쨌든, 주유소 직원은 통신사 데이터를 팔 때, 굳이 다른 질문을 할 필요가 없었다.

나는 마치 기름을 넣듯, "30유로어치요"라고 답하고, 그만큼 주유를, 아니 데이터 충전을 했다. 그가 버튼 하나를 누르자마자, 곧장 내 전화기로 "귀하의 데이터가 120기가 충전됐습니다"라는 메시지가 도착했다.

이런 문화 충격을 접할 때마다, 나는 아직 서반아 생활의 초심자라는 인상을 떨칠 수 없다. 하지만, 동시에 이렇게 하나씩 접할수록 서반아어로 '뽀꼬 아 뽀꼬(poco a poco, 조금씩 조금씩)' 적응하고, 배워가는 것이다.

그렇기에 기쁨도 느꼈다. '중급자'인 엘리도 내게 대리점으로 가보라 했으니까. 이것까지는 몰랐다는 뜻 아닌가. 하여, 오늘 회화 시간에 당당하고 자신감 넘치는 표정으로 "엘리! 놀라운 거 하나 알려줄까? 마덕리에서는 주유소에서 스마트폰 데이터를 충전한다!"라고 말하니, 엘리가 깜짝 놀란 표정을 지었다.

"마드레 미아! 한국은 안 그러는 거야?"

오, 헤수스! 이탈리아도 주유소에서 충전하다니.

"아, 그럼! 왜 처음부터 나보고 주유소로 가라고 말 안 했어?!"라는 반문은 소리 없는 아우성으로 대신했고, "아. 그런 거야?"라고 조용히 대꾸만 했다.

문화 충격을 경험한 마덕리에서의 스물아홉 번째 날이었다.

9. 30.

septiembre

이 글은 주말을 맞아 늦잠을 잔 후, 오전 샤워를 마치고 쓰고 있다.

　학원에서는 매주 금요일 '에스파뇰 비보(Español Vivo, 살아 있는 스페인어)'라는 프로그램을 실시하는데, 거리로 나가 실전 서반아어를 터득하는 것이다. 첫 주에는 이 프로그램의 일환으로 젠트리피케이션이 진행 중인 '라바 피에스(Lava pies, 마덕리의 '망원동' 격)'에 갔었고, 지난주에는 진급 시험을 치고서 다 함께 '오징어샌드위치'를 먹으러 갔다. 이런 경험을 통해 마드리드 문화와 실전 서반아어를 동시에 익힌다.

　그런데, 2주 전부터 새로 온 선생께서 내 숙소의 정체를 알고서는 "맙소사! 초이. '레지덴시아 데 에스뚜디안떼'에서 묵는 거였어?"라며 놀랐다(교과서에 실리는 그 유서 깊은 예술가 숙소에 내가 묵고 있는 줄 몰랐던 것이다. 나 역시, 내가 묵는 숙소가 이리 유명한 줄 몰라서, 당황했다). 그리하여, 이번 주의 '살아 있는 스페인어' 프로그램으로 내가 묵는 숙소에 급우들이 방문하기로 했다.

　한데, 진정으로 어찌해야 할지 모르겠다. 다 함께 마하 10의 속도를 자랑하는 호세 씨의 메뉴 설명을 들을 것인가. 아니면, 내 외출복들이 모두 사망한 세탁실에 가서 함께 묵념을 표할 것인가. 아니면, 관리부장의 능숙한 영어를 들으며, 멍청히 감탄할 것인가.

물론, 선생의 마음은 이해할 수 있다. 마드리드 국립대에서 철학을 전공한 선생은, 학창 시절 저명한 학자와 문인의 프로필을 읽을 때마다, 한결같이 '레지덴시아 데 에스뚜디안떼(이하 '레지덴시아')'에 살았다는 문장을 보고, '대체 여기는 어떤 곳인가!' 하는 호기심을 품어왔다고 한다. 하지만, 그런 예술적, 학문적 발자취와는 별개로, 막상 이곳에 방문하면 딱히 할 게 없다는 게 문제다.

그럼에도, 선생은 노련하게 걱정 말라며 "초이가 레지덴시아의 역사를 20분 설명하고, 여러분들이 이곳에 머문 예술가들을 15분씩 발표하면 됩니다"라며 간결하게 정리했다. 한데, 레지덴시아의 역사가 장구한 만큼 자료 또한 방대한 데다, 그 모든 자료가 서반아어 문서였다. 결국, 그제 밤에 머리를 싸매며 준비하지 않을 수 없었다. 이리하여, 학생 참여형 수업의 속뜻은 '선생 휴식형 수업'이다(농담이에요, 선생님. 존경합니다!).

우리는 숙소 정원 벤치에 앉아 각자 발표를 했는데, 로드리고는 "아. 이거 빔 프로젝터 쏠 데가 없네. PPT 100장을 만들어왔는데!"라며 너스레를 떨고선, "그럼 아쉬운 대로 이걸로!"라면서 손바닥 크기의 구겨진 쪽지 한 장을 꺼내 힐끔힐끔 보며 발표했다. 놀라운 점은, 거기엔 고유명사만 적혀 있지, 사실 모든 정보는 그의 뇌에 새겨 있었다는 것이다. 그걸 서반아어로 말하는, 이 브라질인들의 빠른 어학 습득 속도를 접할 때마다 경탄하지 않을 수 없다.

엘리 역시 '마. 빠르게 말하는 건 원래 이탈리아인 아닙니까'라는 식으로 언어의 세계를 질주했다. 수시 역시 독일인답게 멀리서 진군해 오는 전차 소리를 내듯 '무슨 소리! 독일인은 배 속에서부터 빠르게 말합니다!'라는 식으로 속사포 발표를 했다. 하여, 나는 "초이는 늘 여유가 있어요"라는 그 진심을 쉽게 판단할 수 없는 칭찬을 들었다.

나는 앞서 설명한 대로, 레지덴시아의 역사 전반에 대한 설명을 맡았다. 잠깐 소개하자면 이 '학생 기숙사'는 1910년 마드리드에 온 지방 및 유럽의 타 국가 출신 학생들의 학문·예술적 성취를 돕기 위해 세워졌다. 이곳에서 생활한 유명 예술가와 과학자는 이루 다 언급할 수 없을 만큼 많은데, 우선 화가 살바도르 달리와 시인 가르시아 로르카가 가장 유명하며, 둘은 학창 시절, 이곳에 함께 머물렀다. 레지덴시아에서는 로르카가 사용한 방을 그대로 재현해 일반인도 볼 수 있도록 전시하고 있다. 영화감독 루이스 부뉴엘, 노벨상 수상자인 과학자 세베로 오초아 역시 학생 때 이곳에서 지냈으며, 소설가 미겔 데 우나무노, 철학자 호세 오르테가 이 가세트는 마드리드에 올 때마다 이곳에 머물렀다.

2차 대전 이후 이곳은 오랫동안 폐원한 상태였는데, 스페인 정부에서 그 역사적 가치를 인정한 덕에 현재는 개보수를 거친 후 문화부가 '학생 기숙사(레지덴시아 데 에스뚜디안떼)'라는 명칭을 그대로 사용하며, 사실상 호텔로 운영하고 있다. 당연히 일반 여행객도 오지만, 상술한 역사와 분위기 덕에, 대다수의 손님은 이곳에서 실시하는 세미나에 참석하는 학자나 학구적인 분위기를 좋아하는 이들, 혹은 나와 같은 방문 작가나 과학자들이다. 현재 소설가는 내가 유일하고, 시인은 로르카처럼 안달루시아 출신인 까를로스, 그 외에는 정부의 지원금을 받는 과학자들이 모두 이곳에서 숙소를 제공받고 있다. 이상 설명 끝.

현장 수업을 한 이날은 마침 수시가 마지막으로 학원에 오는 날이었다. 이제 그녀는 다음 주부터 마덕리 근교의 한 회사에서 인턴으로 근무한다. 하여, 수업이 끝난 후 수시와 나는 작별의 식사를 했다. 물론, 어디에나 존재하고, 모든 약속에 빠지지 않는 '로드리고'와 함께.

식사 후 수시와 나는 소화도 하고, 긴 작별 인사도 나눌 겸, '소로야 미술관(Museo Sorolla)'으로 갔다. 사실 마덕리에 와서 제대로 미술관을 가본 건 처음이었다(프라도에 가긴 했으나, 시간이 없어서 20분밖에 못 봤다). 전임자인 김호연 작가가 반드시 가봐야 할 장소라며 적극 추천했는데, 이제야 가본 것이다.

'소로야 미술관'은 19세기 말 서반아의 인상주의 화가 '호아킨 소로야'의 작품이 전시된, 그만을 위한 미술관이다. 원래는 소로야

의 집이었는데, 그가 사망하고, 아내마저 세상을 떠나자, 유족들이 그 집을 미술관으로 바꾸어 개방한 것이다. 거대한 루브르나 프라도와 달리, 소담한 정원과 분수가 있고, 두 층으로 꾸며진 이곳은 이때껏 다닌 미술관 중에 가장 마음에 들었다. (역시 베스트셀러 작가의 추천은 믿을 만하다. 그가 추천한 '마오우 클라시카' 맥주 역시 맛있었다.)

소로야는 인상주의 화가답게 상당히 깊은 인상을 내게 남겼는데, 신기하게도 수시도 그 점을 똑같이 느꼈다.

"집이 너무 좋지 않아?!"

그렇다. 예술가가 자기 이름을 딴 전시관을 가지려면, 생전에 근사한 집을 가져야 한다. 헤밍웨이처럼, 아니면 소박하게 모차르트 정도라도.

혹시라도 나의 사후에 "자. 학생 여러분. 오늘은 故 최민석 작가 문학관으로 갑니다"라고 한 뒤, 좁은 엘리베이터를 타고 "여기예요. 401호! 예전에 서울은 주거 문제가 굉장히 심각해서 다들 이렇게 좁은 아파트에 살았다고 합니다. 이곳에서 그는 주택 대출금을 갚기 위해 매일 쉬지 않고 썼다고 해요"라고 누군가 말할 걸 상상하니, 아찔하다.

현실을 자각한, 마덕리에서의 9월 마지막 밤이었다.

2장 ————————————————————————

10월

---

octubre

10. 1.

octubre

Metro

Banco de Esp

이 글은 밤 12시 10분에 샤워하고 수돗물을 마신 후 쓰고 있다.

아침에 눈을 떠 씻고 일기를 쓰니 오후가 돼버렸다. 하여, 곧장 예약한 아이리시 펍에 갔다. 토트넘과 아스널의 경기가 오후 한 시 반에 열렸기 때문이다. 한데, 서둘러 간 열정이 무색할 만큼, 응원 한 팀이 아스널에게 3 대 1로 시원하게 지고 말았다.

아울러, 서반아어에는 적응을 못 했지만 씨에스타에는 완벽히 적응한 준(準) 마덕리인답게, 오수를 취한 후 오후의 패배를 잊기 위해 이강인 선수의 시합을 보러 아이리시 펍에 다시 갔는데, 이 강인 선수가 속한 마요르카 역시 바르셀로나에 0 대 1로 시원하게 지고 말았다. 이쯤 되면, 내가 시합을 보며 맥주잔을 들이켜는 게, 부두교 제사장이 닭털을 뽑으며 우리 팀을 저주하는 것과 같은 역할을 하는 게 아닌가 의심될 정도다. 하여, '그래, 숙소에 가서 서반 아어 공부나 하자'라고 여기며, 털레털레 걸어왔다.

한데, 이 생각에는 유용성에 관한 오류가 있다. 사실 나는 서반아 어 공부를 할 필요가 없기 때문이다. 소설가가 서반아어 공부를 해 서 어디에 써먹을 건가. 어학 자격증을 제출해서 승진을 할 건가,

무역상사에 취직을 할 건가. 아니면, 명망 있는 출판사에서 "아, 최민석 씨. 마침내 C1 레벨에 도달했군요!"라며 문학상을 준단 말인가. 오히려, 소설 집필을 못 해서, 문학적 궤도에서 멀어질 뿐이다. 그럼, 대체 나는 왜 서반아어 따위를 공부하려는가.

그건, 돌이켜보면 내 삶을 풍요롭게 만든 건 언제나 금전적 보상과 아무 관련이 없는 것이었기 때문이다. 한데, 아이로니컬한 것은, 순수한 즐거움만 바라며 삶에 무용한 것을 꾸준히 하다 보면, 삶은 언젠가 보상을 전해준다. 아무 생각 없이 쓴 『베를린 일기』가 그랬고(그 덕에 출판을 해서, 독자들이 생겼다), 나를 달래려고 쓴 소설과 에세이도 그랬다. 사실, 좀 쿨한 척하며 말해 보자면, 보상이 없어도 상관없다. 왜냐하면 이미 쓰는 순간에, 그 몰입의 기쁨으로 보상을 받았기 때문이다.

서반아어 학습 역시 거시적으로 보면, 크게 다르지 않다. 하여, 내일은 간만에 온전히 학업에 전념하는 시간을 보내려 한다.

점점 핑계가 느는, 마드리드에서의 서른한 번째 밤이었다.

10. 2.

octubre

이 글은 일요일 밤에 숙소 복도에 앉아 쓰고 있다.

한인 교회에 갈 때마다 같은 풍경을 맞닥뜨린다. 지하철역을 나서자마자 무수한 인파를 마주하는 것이다. 벼룩시장처럼 보이는데 멀리서 보면 대체 뭘 파는지 파악이 안 된다. 궁금하지만, 늘 지각을 면치 못하는 신세라 그냥 지나칠 수밖에 없었다. 한데, 유도인 출신 L 교수님(설마 잊지는 않았겠지? 지난주, 세 시간에 걸쳐 이민사를 들려주신 선생님을!)과 차 한잔한 후, 집에 가려고 역에 도착하니 여전히 사람들이 모여 있었다.

하여, 호기심을 해결하러 인파를 헤치고 들어가 보니, 맙소사. 남녀노소 서반아인들이 잔뜩 모여서 '포켓몬 카드'를 거래하고 있는 것 아닌가. 아이들을 데려온 부모들, 할아버지 할머니들이 선물하려고 카드를 꼼꼼히 따져가며 한 장 한 장 사고, 어떤 아이들은 판을 깔아놓고 직거래를 하고 있었다. 개중에는 테이블 위에 여러 권의 포켓몬 앨범을 펼쳐놓고 파는 그 세계의 권위자도 있었다.

확실히 서반아인들은 취미 생활에 열중하고, 동시에 여러 방식으로 먹고산다는 인상을 준다.

　그나저나, 그제 밤에 자려고 누웠다가 심심해서 인스타그램을
보니, 엘리와 수시의 계정으로 '금요일 밤 파티' 사진이 올라왔다.
매번 연락을 주던 엘리가 내게 연락 없이 자기들끼리만 모였던 것
이다. 아니, 지난주에 원고 작업으로 너무 바빠, 딱 한 번 초대에 응
하지 못했는데. 그렇다고 이제는 물어보지도 않다니! 혹시 여성들
만의 모임인가 싶어 보니, 아니었다. 어디에나 공기처럼 존재하는

로드리고가 환히 웃고 있었다. 참고로, 그는 다음 날 아침 일찍 바르셀로나에 도착한 사진을 SNS에 업로드했다. 로드리고는 정말이지, 어디에나 존재하고, 어디에나 늘 일찍 도착한다. 어쨌든, 엘리의 연락을 바란 건 아니지만, 외톨이가 되는 건 한순간이라는 생각이 든다.

로드리고의 SNS를 염탐한 김에 말하자면, 그는 브라질 남성 세명과 바르셀로나로 갔다. 또한 청담동 누님 마르셀라는 금요일부터 세비야로 갔고, 에드손은 마드리드를 떠날 때 스위스를 거쳐 갔다. 정말 브라질인들은 항상 여행에 열정적이고, 어디든 열심히 간다는 이미지를 풍긴다. 한데, 나에게는 왜 브라질 친구들 같은 여행 욕구가 없는가.

따져보니 내 안에는 어디를 가보고 싶다는 욕구보다, 한 도시를 구체적으로 알고 싶은 마음이 더 큰 것 같다. 그러자, 서반아어 'Conocer(꼬노세르, 알다)'가 떠올랐다. 희한하게도 서반아어로 "너 어디에 가봤니?"라고 물을 때는 '가다'라는 동사를 쓰지 않고, '알다'라는 동사인 'Conocer'를 쓴다. 즉, 이런 식으로 묻는다. "너 포틀랜드 알아?" 이게 포틀랜드에 가봤냐는 뜻이다.

물론, 처음엔 이 질문의 의도를 몰라 이렇게 답하곤 했다.

"포틀랜드에 가보긴 했는데, 잘 알지는 못해."

그러면 상대는 말한다.

"아니, 아까 가봤다며! 그게 '아는(conocer)' 거라니까!"

왜 서반아인들은 여행을 소재로 삼을 때, '가다' 대신 '알다'라는 동사를 쓸까. 그건 어쩌면, 이들의 여행 목적이 여행지를 방문하는 데 있지 않고, 그곳을 제대로 아는 데에 있기 때문일지도 모르겠다. 이제야 왜 서반아인들이 그토록 "너 베를린 알아?" "너 도쿄 알아?" 하고 물었는지 이해된다. 그렇기에 마드리드에 왔지만, 아직 마드리드를 잘 모르는 나는, 몸은 도착했지만 영혼은 도착하지 않았다는 생각이 든다. 어서 몸과 마음이 모두 도착하길 바란다.

그래서 누군가 나중에 'conocer' 동사를 써서 마드리드에 가봤냐고 물을 때, 망설임 없이 "응. 마덕리! 알고말고"라고 답하길 바라는, 아직은 조금 낯선 곳에서 보낸 서른두 번째 밤이었다.

10. 3.

octubre

이 글은 지하철을 기다리는 동안 어제의 일을 회상하며 쓰고 있다. 바쁜 척하는 게 아니라, 정말 바쁜 탓이다.

청담동 누님은 수업에 오지 않고, "나, 브라질 누나야!"라고 말하듯 계속 파티를 즐기고 있다. 나라도 그럴 것이다. 31세 큰아들부터 16세 막내딸까지 양육한 후, 이제야 인생에서 첫 장기휴가를 누리는 셈이다. 그런데도 서반어를 배우러 온 게 신기한데, 2주째 수업에 안 오는 걸 보니 에스파냐에서 좀더 노련하게 와인을 주문하고 좀더 능숙하게 人生을 즐기기 위해 어학연수를 택한 게 아닌가 싶다. 본받을 점이 많은 인생관이다.

아울러, 브래드는 오늘부로 학원에서 제공하는 '수업료 할인 기간'이 끝났다며, 시원하게 오지 않았다. 그는 항상 "하지 않는 쪽을 택하겠습니다"라고 말했던 '필경사 바틀비'처럼 과감히 재등록하지 않는 쪽을 택했다.

브래드는 누군가 어디를 언급하면 늘 "거기는 비싸"라고 말하고, 자기가 추천하는 장소에 대해선 "여기는 싸"라고 말한다. 부디 그가 지금 극심한 재정난에 처하지 않았길 바란다(그럼에도 그가 추천한 장소의 가격은 비추천 장소에 비해 그저 1~2유로가 싸거나, 거의 같다는 게 문제다). 어쨌든 브래드가 떠난 결과, 나는 공식적으로 학급에서 가장 느리게 배우는 학생이 돼버렸다(그렇다, 브래들리 쿠퍼의 '브래들리', 그리고 줄여서 브래드 피트의 '브래드').

아울러, 브래드가 빠진 자리는 새로 온 브라질 여학생 '히셀'이 채웠다. 그녀는 내게 "이 클래스 최장기 체류 선배님. 초심자인 저에게 마드리드에 대해 한 수 가르쳐 주십시오"라며 나보다 백배는 능숙한 서반아語로 말했다. 하여, 어떻게 하면 서툰 내 서반아어 실력이 탄로 나지 않을까 고민하다가 "음. 저는 한국에서도 소문난 '집돌이'라서 마드리드를 아직도 잘 모릅니다. 믿기 어렵겠지만, 서울도 잘 모릅니다"라고 말하니, 그녀가 정말 믿기 어렵다는 표정을 지었다.

그러고선 내게 "직업이 무어냐"고 물었는데, 소설가라 대답하니 곧장 수긍하고 말았다. 그녀가 부디 나를 일 년 내내 체크무늬 셔츠를 입고 집에 처박혀, 구긴 원고지를 방바닥에 신경질적으로 던지는 폐쇄적인 작가로 오해하지 말길 바란다.

어제부로 다시 잠자던 '거북선'을 깨워, 아침 바람을 가르며 학원 지하 주차장까지 모시고 갔다. 예전에는 몰랐던 소담한 뒷길로 가니, 자전거를 타고 달리는 마덕리의 아침이 꽤 상쾌했다. 골목길로 다니다니!

정신없이 지내는 사이 한 달이 흘렀고, 그만큼 나도 이제 이곳 생활에 조금은 익숙해진 것 같다.

마지막 문장을 공들여 쓰려다, 내려야 할 지하철역을 지나치고 말았다. 역시 간결함이 최고의 미덕이다. 적응한 나 자신에게 내일은 '탄탄면'을 상으로 주기로 결심한 마덕리에서의 서른세 번째 날이었다.

*

물론, 탄탄면을 먹으러 갈 때, 거북선을 탈 것이다. 이제 거북선은 나의 '절친'이다(여전히 엉덩이에 고통만 주지만).

10. 4.

octubre

이 글은 크루아상을 하나 우걱우걱 씹어 먹으며 쓰고 있다.

나는 지난 4~5년간 매일 아침으로 크루아상을 먹었는데, 이는 내가 이야기를 좋아하는 사람이기 때문인지도 모르겠다. 크루아상에는 흥미로운 이야기가 담겨 있는 까닭이다.

'크루아상' 하면 프랑스가 떠오르지만, 사실 그 기원은 오늘날의 헝가리 혹은 오스트리아에서 시작됐다. (두 나라가 한때는 '오스트리아 – 헝가리 제국'으로 하나였으니, 정확히 오늘날의 어디라고 따지기 애매하다.)

아무튼 일설에 의하면, 17세기 오스만 튀르크(현재의 '튀르키예')는 '오스트리아 – 헝가리 제국'을 침공하기 위해 땅굴을 팠다. 한데, 한 오스트리아 제빵사가 빵을 만들기 위해 새벽 일찍 일어났다가 이를 목격하고 당국에 신고를 했고, 그 덕에 '오스트리아 – 헝가리 제국'은 전쟁에서 승리했다.

이를 기념하기 위해 무언가를 만들기로 했는데, 지금도 튀르키예 국기에 초승달이 그려져 있듯, 당시에도 오스만 튀르크의 상징은 초승달이었다. 하여, 이들은 패전한 적국의 상징을 먹어버린다는 뜻으로, 초승달 모양의 빵을 만들었다. 그것이 바로 '초승달'을 뜻하는, 영어로는 Crescent(크레센트), 불어로는 Croissant(크후아썽), 즉 우리가 말하는 '크루아상'이 된다. 참고로, 불어 'Croissant'에는 '회교도의 깃발, 오스만 튀르크'라는 뜻도 있다. 그러니 당시 승전국으로서의 기쁨이 얼마나 컸는지, 비록 불어이지만 약간은 유추해 볼 수 있다.

그건 그렇고, 대체 왜 이 빵의 이름은 불어로 표기되고, 왜 프랑스가 '크루아상'을 상징하는 국가가 된 걸까. 그건 루이 16세 시절의 왕비, 즉, '마리 앙투아네트' 때문이다. 그녀는 오스트리아 공주였는데, 고작 열네 살 때 정략결혼을 위해 프랑스로 떠나려니 앞이 깜깜했다. 하여, 오스트리아 물건을 챙겨갈 뿐 아니라, 고향 음식을 해줄 요리사까지 데려갔다. 그 요리사가 바로 '오스트리아 고향 음식'인 크루아상을 구워준 것인데, 이걸 먹어본 프랑스인들이 "울랄라! 께스끄 세?(Qu'est-ce que c'est?, 이게 뭐야?)" 하며 큰 관심을 보였고, 결국은 프랑스 전역에 퍼져 이제는 프랑스 빵처럼 인식된 것이다.

그나저나, 프랑스인들은 혁명 때 마리 앙투아네트를 단두대로 보냈건만, 그녀가 들여온 크루아상은 여전히 사랑하니, 이 또한 오스트리아 빵이 프랑스 빵으로 인식되는 것만큼 대단한 아이러니다. 이상이 내가 좋아하는 크루아상 이야기.

이곳에 온 지 이제 한 달 남짓 지났다. 그러니 이제는 말해도 될 듯싶다. 서반아인들이 참 친절하다. 비록 이곳에 와서 두어 번 불친절을 경험하긴 했지만, 사람들 대부분은 말 못해 답답하고 외로운 나에게 친절했다.

오늘은 새로운 펍에 축구를 보러 왔는데, 초행길이 익숙지 않아 늦게 도착했다. 하여, 헐레벌떡거리며 "저 예약을 안 했는데, 혹시 토트넘 시합 좀 볼 수 있나요?"라고 하니, 주인은 웃으며 기꺼이 펍에 설치된 TV 중 한 대의 채널을 바꿔줬다.

그리고 나중에 계산서를 받았는데, 내가 먹은 것보다 적게 청구돼 있었다. 이건 서비스가 아니다. 그저 '고객님이 일일이 먹고 마신 것에 우린 큰 관심이 없습니다. 그냥 적당히 내십시오. 단, 과다 청구는 하지 않습니다'라는 삶의 방식 같은 것이다. 이렇게 말하는 이유는 서반아어 문화권, 특히 중남미에서 이런 일을 수차례 경험했기 때문이다. 40일간 중남미 일주를 하며 통신사나 저가 항공사의 상술을 겪은 적은 있건만, 소상공인이 이방인에게 과다 청구한 걸 경험한 적은 단 한 번도 없다.

어쨌든, "제가 마신 암스텔 생맥주 한 잔 값이 빠졌네요!"라고 하니깐, 주인장은 "하하하! 그런가?"라며 '뭐 딱히 안 받아도 상관없었는데'라는 표정으로 새로 출력한 청구서를 가져왔다('자네, 그렇게 빡빡하게 살아야겠나? 여긴 서반아라네!'). 그때에도 친절한 미소를 잊지 않았다.

결론은 이런 사회적 분위기를 존중하고자, 이제는 좀 느슨하게 지내려 한다는 것이다. 그래서 마드리드 生活을 좀 즐겨보기 위해 내일은 지금 클래스보다 낮은 단계의 수업을 청강하려 한다. 언제까지나 내 人生에서 소중한 한때를 오직 예습에만 쓸 수 없으니 말이다. 물론, 지나치게 쉽다면 지금 클래스로 돌아올 것이다. 내가 바라는 것은 단지 먼 훗날, 이 일기장을 다시 펼쳤을 때, "오늘도 수업을 따라가기 위해 온종일 예습했다"라는 문장으로 페이지가 가득 차 있는 불상사가 일어나지 않는 것이다(아울러, 수성펜으로 쓴 일기가 눈물로 번지는 일이 없기를!).

물론, 生의 한때를 온전히 학업에 쏟는 것은 나쁘지 않다. 하지만, 여기는 마덕리 아닌가! 배움에 영혼을 불태우는 것은 서울에서도 충분히 할 수 있다. 여기에서는 즐기는 일도 공부가 될 것이다.

마음 편히 먹고 지내기로 한, 마덕리에서의 서른네 번째 밤이었다.

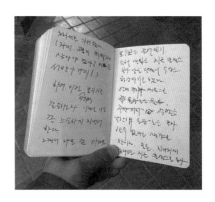

이 글은 한식당 '까사 불고기'에 와서 김치찌개를 주문한 후, 어제 일을 회상하며 쓰고 있다.

　클래스를 바꾸지 않기로 했다. 한 단계 아래의 반에 가보니 이해도 잘 됐고, 선생 말씀에서 배울 점도 많았다. 하지만 원래 내가 속한 클래스의 활기가 소중하다는 것을 절감했다.

　中年이 된 내 마음의 들판은 자주 우울의 습기로 젖는다. 그 때문인지 청강하는 동안, 쉬는 시간마다 대화 꽃을 무성하게 피워내는 이전 클래스가 그리웠다. 어쩐지 고작 청강을 한 90분 만에, 속사포로 말하는 엘리와, '어디에나 존재하고 무슨 말이든 흐리게 발음하는' 로드리고와, 걸핏하면 내게 가르쳐달라며 나보다 더 능숙하게 말하는 브라질 신입생 히셸을 향한 향수가 느껴졌다. 물론, '10배속 말하기 대회 全 서반아 챔피언'으로 추정되는 선생님에게까지.

　하여, 손을 털며 "좋은 경험 했습니다!"라고 한 뒤, 원래 클래스로 복귀했다. 조금 흥분하고 감상적인 기분으로 돌아오니, 엘리와 로드리고가 멀뚱멀뚱한 표정으로 '왜 이리 지각한 거야? 또 과음했어?'라고 하듯 바라봤다. 나는 '친구들. 내가 잠시 자네들을 떠날 생각을 했지 뭔가!'라며 해후라도 하고 싶었으나, 이네스 선생이 스파르타군의 대장이라도 되는 듯 바로 채근했다.

"초이! 어제 내준 숙제 어서 발표해!"

과제는 자기 나라의 독특한 전통문화에 대한 발표를 준비해 오는 것이었다. 하여, 감상에 빠질 겨를도 없이, 갑자기 '한국의 고사상에는 왜 돼지머리가 올라가는가?'라는 주제로 15분 동안 발표를 했다. 내용은 이렇다.

옛날 옛적에, 옥황상제 휘하에는 두 장군이 있었다. 한 명은 업(業) 장군, 다른 한 명은 복(福) 장군. 한데, 두 장군은 사이가 나빴다. 옥황상제는 이를 탐탁지 않게 여겨, 둘 중 한 명만 곁에 두기로 했다. 결정 방식은 한국인이 사랑하는 K-생존법인 '경연'. 둘은 높은 탑을 쌓아야 했고, 빨리 쌓는 자가 이기는 것이었다. 이 시합에서 '업' 장군이 이겼고, 그 결과 '복' 장군은 추방당했다.

한데, 훗날 '업' 장군이 경연에서 속임수를 썼다는 사실이 밝혀졌고, 옥황상제는 그를 파면했다. 그리고, '복' 장군을 다시 불러 아주 중요한 임무를 맡겼는데, 그것은 바로 인간들의 소원을 하늘로 전달하는 일. 한데, 천계의 장군이 제 모습대로 지상에 내려가면, 인간들이 기겁할 터. 이에, 옥황상제는 복 장군의 모습을 돼지로 바꾸었다. 그리하여, 훗날 이 사연을 접한 인간들이 고사를 지낼 때 돼지머리를 올려놓기 시작한 것이다. 복 장군이 옥황상제에게 소

원을 전달해 주길 바라며.

　여기서 '업' 장군은 재물을 관장하는 신을 뜻한다. 하지만, 나는
좀 달리 해석하고 싶다. 이는 中二 수준의 한자에 도전 중인 나에
게 아는 한자가 나타나면 매우 반갑기 때문인데, 업 장군에 쓰이는
한자 '업(業)'은 '일, 학업, 직업'을 뜻하지 않는가. 그리고 복 장군
의 '복'자는 당연히 '복 복(福)' 자일 것이다.

그렇다면, 이리 해석해 볼 수 있다. 이 우화는 일과 행복에 대한 메타포인 것이다. 애초부터 '업 장군'과 '복 장군'은 사이가 나빴으니, 일과 행복은 공존할 수 없는 것처럼 보인다. 한데, 업 장군이 파면당한 까닭은 그가 속임수를 부린 탓이다. 즉, 업 장군도 정직히 과업에 임했다면, 비극은 일어나지 않았을 것이다.

그러면 정직하게 임한다는 것은 무엇일까. 간단히 말해, 속이지 않는 일인데, 타인에 대한 정직은 기본이요, 궁극적으로는 자신에 대한 정직함까지 포함될 것이다. 즉, 세속적 기준에 내 몸과 정신을 맞춰 나 자신을 속이지 않는 일이다. 세상 모든 사람들이 하기 때문에 내가 원치도 않는 목표를 잡고 세상의 방법대로 나 역시 일이나 학업을 이어가야 한다고 자신을 몰아붙이며 질책하는 것, 나는 이것을 자신을 속이는 행위라 여긴다. 하여, 스스로에게 정직해지기로 했다.

지난 3년간 장편소설 한 편을 써왔다. 구상까지 포함하면 5년 가까이 매달렸다. 익숙해질 만한데도, 당장 하루치 원고 쓰는 것이 두렵다. 그 탓에 내 앞은 짙은 안개가 깔린 것처럼 막막하고 답답하다. 한데, 이 생각을 하고 나니, 조금은 안개가 걷히는 듯하다.

여전히 작가로서 이뤄낸 것은 없지만, 욕심 한 컵 정도는 덜어내 조금은 여유가 생긴, 마덕리에서의 서른다섯 번째 밤이었다.

10. 6.

octubre

이 글은 '까사 불고기'에서 김치찌개를 다 먹고, 드디어 당일 일기를 쓴다는 감격에 젖어 쓰고 있다.

좀 전에 땀 흘리며 김치찌개를 먹는 내 모습을 보며 서반아인이 '음. 이 집이군' 하는 표정으로 들어갔다. 종종 을지로의 평양냉면집에 가면 혼자 온 할아버지들이 각자 물냉면을 먹는 모습을 보며 맛에 대해 안도한다. 즉, 어쩌다 보니 나는 서반아 한식당에서 평양냉면집 할아버지의 임무를 맡은 것이다.

그래서일까. 희한하게 '까사 불고기' 사장님은 내가 올 때마다 출입문 바로 앞자리를 준다. '오늘도 냉면집 할아버지 역할 하셔야죠'라는 듯. 다음에 오면, 사장님이 길거리에 테이블을 놓으며 "여기에 앉으시죠!" 하는 게 아닐까 하는 불안이 몰려온다.

본의 아니게, 서반아에 온 후 너무 학업에만 열중한 것 같다. 그래서, 오는 토요일에 세고비아(Segovia) 여행을 하기로 했다. 저번에 톨레도에 갈 때 기차표를 예매하지 않아 오전부터 맥주를 마셨던 실수를 반복하지 않기 위해, 서반아語를 더듬더듬 읽어가며 왕복 버스표를 예매했다. 톨레도는 아무 생각 없이 로버트를 따라갔지만, 이번에는 세고비아에 대해 좀 알아보고 갈 참이다. 서반아 여행은 알아보고 가지 않으면, '성당 참 근사하네' '길이 예쁘네' '건물이 오래됐네' 하다가, 결국은 '근데, 다 비슷하게 생겼잖아!'라며 시들해지기 십상이다. 그렇기에 예습이 필요한 것이다. 맙소사. 예습이라니.

공부하지 않기 위해 여행을 가는데, 여행을 가기 위해 공부를 해야 하다니. 이렇듯 삶은 아이러니의 연속이다. 그런데, 사실 소설가의 삶은 마냥 쓰기만 하는 삶이 아니다. 쓰는 삶은 달리 말해, 공부하는 삶이기도 하다. 이미 아는 것만 쓴다면 작가는 새로운 세계와 분야에 대해 알아볼 필요가 없다.

한데, 자신이 아는 세계가 무한정 넓은 작가는 많지 않을 것이다. 평생 책을 쓸 작정이라면, 언젠가는 자신이 경험하지 못한 세계에 도전해야 할 시기를 맞닥뜨린다. 동시에, 아직 세상의 관심이 닿지 않은 미지의 영역으로 독자를 초대하려면, 자신이 먼저 공부하는 수밖에 없다. 그렇기에 평생 쓸 사람이라면, 평생 공부하는 걸 받아들여야 한다. 따라서 이 삶을 즐길 수 있는 방법은 세상에 대한 호기심을 잃지 않는 것뿐이다.

세상에 대한 호기심을 잃지 않기 위해 여행을 떠나기로 한, 마덕리에서의 서른여섯 번째 밤이었다.

이 글은 이동 중인 버스에서 폭포처럼 쏟아지는 서반아인들의 대화 소리와 요람처럼 흔들리는 진동 속에서 묵묵히 쓰고 있다. 날이 갈수록 학업량이 많아서, **이토록 짧은 짬이라도 나면 주저않고 일기를 써야 한다.** 알아주는 이 없어 또 한 번, 구차하게 말해 봤다.

어제, 오랜만에 브래드한테 연락이 왔다. 금요일이라 '국립 도서관'에서 체험 학습을 하고 있었는데, "초이! 호랑이 바(Bar Tigre)에 가지 않을래?"라며 왓츠앱 메시지가 온 것이다. 이 호랑이 바는 브래드가 주야장천 "아, 거기는 싸다니까!" 하며 추천해 온 곳이다.

오후 추가 수업이 있는 엘리와, 주말을 맞아 포르투갈 리스본까지 활동 범위를 넓히려 공항에 가는 로드리고(그는 정말 어디에나 존재한다)를 빼고, 브라질 후배 히셀을 데리고 브래드를 만나러 갔다. 이제 내 어학 실력을 파악한 히셀은 "선배님이 저보다 서반아어는 못하지만, 마덕리 지리는 더 잘 아시잖아요"라며 나를 따라왔는데, 앞선 내가 길을 두 번이나 헤매고 말았다("로시엔또! 미안해!").

도착해 보니 호랑이 바는 말로만 듣던 '선술집'이었다. 한국에서는 이제 선술집이 서민적이고 저렴한 술집으로 의미가 확장됐지만,

호랑이 바는 말 그대로 여전히 선 채로 술을 마시는 집이었다. 브래드는 우리가 도착했을 때 이미 안주 한 접시를 해치운 상태였다. 그의 앞에 쌓인 구겨진 냅킨과 그 아래 놓인 양념 묻은 접시가, 그가 짓고 있는 미소의 이유를 설명해 주고 있었다.

"브래드, 대체 언제 온 거야?"
"십오 분 전에."
'아니, 모든 게 느린 서반아에서 십오 분 만에 음식을 주문하고 다 먹고, 냅킨으로 입까지 닦는 게 가능하다고? 어떤 때는 주문을 받는 데만 이십 분이 걸리는데!'라고 여기는 찰나, 까마레로(웨이터)가 '나 바빠!'라는 표정으로 "뭐 마실래?"라고 물었다.

나는 당황해서 "저. 새. 생"까지 말했는데, 그가 홱 돌아서더니 生맥주 두 잔과 '하몽, 치킨, 크로켓' 따위가 잔뜩 담긴 음식 두 접시를 가져왔다. 국밥 맛집에 들어가며 "두 명이요" 하면, 국밥 두 그릇을 내오듯 말이다. 서반아에 이런 곳이 있다니. 역시 구석구석 다니기 전까지 낯선 곳을 쉽게 평가해선 안 된다.

브래드는 3년 차 마드리레뇨(마덕리人)답게 뿌듯한 미소를 지으며 말했다.
"타파스(기본 안주)야!"
안주 두 접시와 小짜 생맥주 두 잔이 7.5유로라니!

나와 히셀은 감탄을 금치 못하며 "브래들리 선배님!" 하며 경의를 표했다. 하여, 기분 좋게 각자 음식 한 접시와 생맥주 한 잔을 해치웠다. 그리고 추가로 맥주 大짜 두 잔을 주문하니, 또 음식 두 접시가 나왔다. 이번에는 팁 포함 12유로. 동시에 '까마레로'가 '나 지쳤어'라는 표정으로 "팁 줄 거야?! 말 거야?!"라고 물어, 히셀과 나는 각각 브라질과 꼬레아의 우호적 인상을 인식해 팁을 줄 수밖에 없었다. 참고로, 서반아에는 팁 문화가 없다.

히셀은 방향치 선배를 만나 길을 헤맨 것도 모자라, 호구 선배를 만나 호구 후배까지 됐다.

그나저나, 맥주를 주문했는데, 왜 또 음식이 나온 건가? 그렇다. 이곳은 맥주를 한 잔 주문할 때마다 안주가 한 접시씩 나오는 곳이었다. 즉, 안주가 서비스가 아니라, 맥줏값에 포함된 것이다! 세 번째 주문할 때엔 맥주만 달라 했는데, 안주를 포함해서 줄 때보다 고작 1유로 쌌다. 맞았다. 알고 보니, 브래드는 영국 호구였던 것이다.

결국 가재는 게 편이요, 초록은 동색이었던 것이다(그가 그토록 싼 걸 따져서 찾은 곳이 안주를 끼워 파는 맥줏집이었다니!) 그의 몸에도 호구의 피가 흘러 동족인 나를 본능적으로 알아본 순간, 우리는 친구가 된 게 아닌가, 하는 위기감이 몰려온다.

이런 비교는 뭣하지만, 굳이 따지자면 내가 한 뼘 정도는 더 합

리적인 소비자인 것 같다. 그래서 조심스레 말했다.

"식빵아(브래드)! 여기서 계속 마시면, 손해잖아."

브래드는 멋쩍게 "그러네!"라며 껄껄껄 웃으며, 자리를 옮기자고 했다. 그리하여, 2차로 간 '그란비아'의 노천카페는 정말 그가 찾던 값싼 집이었다. 그는 영국 악센트로 우렁차게 "내가 살게!"라고 외친 후, 고성이 무색할 1.5유로짜리 생맥주 두 잔을 들고 왔다

(1차는 내가 샀는데, 그렇다면 내가 더 호구인가?). 노천카페에서는 감자칩도 1유로밖에 하지 않았다.

브래드와 함께 햇빛이 쏟아지는 그란비아 거리에 앉아 둘 다 선글라스를 끼고, 사는 이야기를 두런두런 나누니, 금요일 오후의 소담한 기쁨이 우리 둘 사이에 내려오는 듯했다. 그는 내게 한국어로 '안녕'과 '고마워'를 스무 번 가까이 물으며 "이렇게 말하는 것 맞아?"라고 확인했다("Ahn young?" "Ahn Nyong?" "Go ma War!" "Go Mart War!" 등).

그러며, 종종 "언어 교환(영어 ↔ 한국어)을 하자"고 했다. 그는 '언어 교환'으로 서반아 여자 친구도 만났다. 그가 교환하는 것은 언어만이 아니다. 지치고 여유 없는 이방인을 품어줄 값싸고 인심 좋은 밥집·술집, 그리고 일상이 적적한 이들끼리 나눌 위로와 돌봄까지 포함돼 있다.

나는 이곳에 교환 작가로 왔다. 나처럼 한국에도 한 명의 서반아 작가가 가는 것이다. 교환 작가답게, 많은 것을 교환한 마덕리에서의 서른일곱 번째 날이었다.

10. 8.

octubre

이 글은 세고비아 여행을 마치고 돌아가는 버스 안에서 쓰고 있다.

세고비아에서 마드리드로 돌아가는 버스비는 5유로밖에 하지 않지만 내부 시설은 훌륭하다. 버스에 화장실이 있어 요의가 몰려올까 걱정할 필요가 없고, 비행기처럼 영화를 볼 수 있는 모니터도 좌석마다 설치돼 있다. 휴대폰도 충전할 수 있다. 하지만 케이블이 없어 애를 먹고 있었는데, 옆자리의 폴란드 아저씨가 케이블을 빌려줬다. 그러며 자기는 케이블이 많으니까, 내게 선물로 가지라고 했다. 확실히 폴란드인은 화끈하다는 인상을 준다.

하여, 친밀감을 표시하려고 "저 바르샤바에 가봤어요!"라고 하니, "저런! 나는 남쪽에서 왔는데"라며 아저씨가 선을 그었다.
확실히 폴란드인은 화끈함과 동시에 단발성 인간관계 따위에는 에너지 낭비를 하지 않겠다는 실용적인 인상도 준다.

미국인이라면 적어도 15분간 이번 여행의 목적과 스페인에 대한 소감을 말했을 것이다. 그러다 현지 음식 평가를 곁들이다 대뜸 "By the way, I am Tom. (아, 그나저나 저는 톰이에요.)"라고 한 뒤,

다시 원점으로 돌아가 이번에는 자기 직업, 가족 관계, 거주 中인 도시에 대한 이야기를 왕성하게 이었을 것이다.

여기서 그 혹은 그녀가 캘리포니아 출신일 경우, 이야기는 좀더 길어진다. 그중 9할은 이렇게 말한다. "아, 우리 동네에 한식당이 있는데!" 이건 상대가 신났다는 표시니, 이해해야 한다. 아울러, 예의상 "저는 민숙 초이고요, 서울에 삽니다"라고 했는데, 한식당 이야기 할 때보다 더 들뜬 표정으로 "쎄울? I've been there!(나 거기 가봤어!)"라는 말까지 나오면, 대화는 인적이 드문 신도시 노래방처럼 15분씩 계속 연장된다. 단, 한국인을 만나면 말 걸까 말까 서로 눈치만 보다, 둘 다 지쳐 잠들기도 한다.

이윽고 도착한 세고비아! 늘 노곤한 노구인지라, 선택과 집중 전략에 따라 가장 유명한 세 곳만 방문했다.

첫 장소는 로마 수도교. 1세기 말에 지어진 이 수도교는 말 그대로 높은 곳에 위치한 수원지에서 도시까지 생활용수를 공급하기 위한 다리다. '아니, 다리까지 지어가며 물을 옮겨야 하나'라고 궁금해했는데, 세고비아 구도심의 광장에 가자마자 이해했다. 지형이 움푹 패어 있어, 다리로 물을 옮기지 않으면 오목한 중간 지대에 물이 고여버리는 것이었다. 그렇게 되면, 정작 물이 필요한 도시인은 못 쓰게 된다.

아울러, 로마 제국은 먼 수원지에서 도시나 마을, 공중목욕탕 등에 수돗물을 공급하기 위해 수도교를 지었다. 3세기경에는 로마에 무

려 11개의 수도교가 지어져, 로마에 거주하는 백만 인구의 식·용
수 문제를 해결했다. 11개의 수도교를 짓기까지, 로마 제국은 다
양한 도시에 수도교를 지으며 노하우를 연마했다. 그중 초기에 지
어져 선도적 역할을 한 것이 바로 세고비아에 있는 수도교다.

  약 1세기 말경, 세고비아는 로마의 통치하에 있었고, 로마 황제
트라야누스는 세고비아의 용수 공급 문제를 해결하기 위해 수도

교 건설을 지시했다.● 놀라운 점은 1세기 말경에 건설된 이 수도교가 무려 1973년까지 쓰였다는 사실이다. 사진으로 보면 감흥이 덜할지 모르겠지만, 실물로 보면 눈이 시릴 만큼 로마 제국의 엄청난 위용이 동공으로 전해진다.

두 번째는 세고비아 대성당. 이미 톨레도에서도 대성당을 본지라, 이번에는 종탑에 오르는 걸 주목적으로 삼고 방문했다. 사람 한 명이 겨우 통과할 만한 가파른 계단을 100개 이상 오르면 종지기가 사는 방이 나온다. 85제곱미터 크기(약 26평)의 방에서 종지기는 가족과 함께 살았고, 식수나 생활용품은 계단이 좁은 탓에 도르래를 이용해 밑에서부터 전달받았다.

中世 세고비아의 종지기는 기도 시간을 알리는 역할뿐 아니라, 도시에 주요 소식을 전하는 '알림이' 역할도 했다. 종의 소리, 종을 치는 시간의 길이, 종소리 사이의 간격 등으로 마을 사람의 生日, 부고, 大小事는 물론, 그 주인공의 성별까지 알린 것이다.

근대로 치자면 모스 부호 전문가 같은 역할을 한 셈인데, 거대한 종을 치는 것은 육체적으로도 상당한 에너지를 요하는 일이었다. 즉, 종지기에게는 체력과 지력이 반드시 필요했거니와, 독신이라면 고립된 생활을 감당할 수 있을 만큼의 강인한 정신력도 갖춰야 했다.

● 수도교에는 판독 가능한 명문이 없어, 정확한 건축 연도를 알 수 없다. 다만, 이 건설을 지시한 트라야누스 황제의 재위 기간인 98~117년으로 그 시기를 추정할 뿐이다.

밑에서 올려주는 물자를 받으며 칼바람이 부는 높은 종탑에 올라, 몸을 크게 움직이며 종을 울렸을 종지기를 생각하니, 그들의 삶이 얼마나 고독하고 숭고했을지 가늠할 수 없었다. 중세 유럽 종지기의 삶에 깊은 감명을 받아 이들을 주인공으로 한 소설을 쓰기로 결심했는데, 생각해 보니 빅토르 위고가 『파리의 노트르담』에 이미 써먹었다. 역시 걸작을 쓰기 위해 가장 필요한 조건은, 대가보다 일찍 태어나야 한다는 사실이다. 고로, 나의 후대는 전혀 긴장할 필요가 없다. 나로 인해, 빅토르 위고 시대와 달라질 점은 딱히 없을 예정이기 때문이다(내가 위고만큼 걸작을 쓸 가망도 없거니와, 후대 작가들이 쓸 훌륭한 소재를 선수 칠 일도 없을 것이다).

마지막 방문 장소는 월트 디즈니 사의 〈백설 공주〉에 나오는 성에 영감을 줬다는 '알카사르(Alcázar)성'이었다. 가보니 정말 〈백설 공주〉에 나오는 성과 닮긴 했는데, 어찌 보면 디즈니 애니메이션의 첫 화면에 나오는 성과 닮기도 했다. 디즈니 영화 첫 화면(엄밀히 말하자면, 시작 전 화면)에 나오는 성은 뮌헨 근처의 '노이슈반슈타인성'으로 익히 알려져 있는데, 다녀보면 유럽의 꽤 많은 성이 디즈니 사에 영감을 준 것 같다.

이는 마치 '○○의 파리'라는 표현처럼, '어디에나 존재하고 어디에나 있을 법한 것'이다(참고로, 로드리고는 오늘 포르투갈 '리스본'에 있다. 정말 어디에나 존재하는 로드리고). 부에노스아이레스는 '남미의 파리', 베이루트는 '중동의 파리', 다카르는 '아프리카의 파리'로 불리고, '동유럽의 파리' 자리를 두고는 프라하와 부다페스트와 부쿠레슈티가 각축을 벌이고 있다. 이렇게 서로 '○○의 파리'라는 별호를 탐내듯, 유럽의 성들은 '디즈니 오프닝 로고의 실제 모델'이라는 영예를 탐내는 듯하다. 이는 어디까지나 내 개인적 견해일 뿐이니, 무턱대고 믿지 마시길.

오랜만에 다른 도시에서 나들이를 하니, 생활의 독소가 몸과 영혼에서 배출된 것 같다. 다음 주말에는 베를린 방문 작가 시절에 친구가 된 파비오, 엘레나 부부를 만나기 위해 밀라노로 간다. 그렇기에 한 주를 열심히 살아야 한다.

오랜만에 주말답게 보낸, 마덕리에서의 서른여덟 번째 날이었다.

Don   enrrq̃.

10. 9.

octubre

이 글은 동네에 있는 체인카페 '로디야(Rodilla)'에서 한국으로 외고를 한 편 보낸 후, 쓰고 있다.

원고를 쓰고 또 일기를 쓰다니, 회식으로 치자면 '2차' 같은 짓을 하고 있는 셈이다. 물론, 술을 마시고 쓰지는 않았다. 일기는 술을 마시며 자주 쓰지만, 엄연히 청탁받은 글은 맨정신에 샤워까지 마치고, 발자크처럼 맑은 정신으로 쓴다. 참고로, 발자크는 경건히 쓰기 위해 수도복까지 입었다. 나는 세탁 사건으로 얼룩진 셔츠를 입었지만, 뭐 어쨌든 그건 내 사정이다.

토요일에 한 세고비아 여행의 여파로 어제 온종일 종아리가 쑤셨다. 게다가, 주중에 타고 다니는 거북선 때문에 엉덩이는 물론, 어깨까지 아프다. 10월이면 등록한 학원 강의가 끝나기에, 11월에는 2주간 배낭여행을 떠날 요량이다.

한데, 세고비아 여행을 고작 세 시간 했건만, 몸이 이리 피곤하면 곤란하다. 2주간 낯선 도시로 이동하고, 매일 새로운 곳을 헤매다 보면 하루에 네 시간 정도 걷는 것은 너무 흔한 일일 것이다. 하여, 이번 여행을 교훈 삼아, 반드시 한 도시에서 적어도 이틀, 가능하다면 사흘은 체류하기로 했다. 동시에 하루에 두 시간 반만 걸어

야겠다고 다짐했다. 점차, 여행이 버거워진다.

　이는 내 육체가 점점 지쳐가고 있기 때문이지만, 내 호기심과 열정이 줄어드는 탓이기도 하다. 어쩌다 보니 40개국 150여 개의 도시를 다녔다. 서반아 방문은 이번이 세 번째인지 네 번째인지 헷갈리고, 프랑스와 영국도 몇 번을 갔는지 섞갈린다. 도쿄는 스무 번쯤 방문했을 때부터, 세는 걸 포기했다.

　그 결과 이제는 20~30대 때처럼 여행 욕구가 내 안에서 들끓지 않는다. 좀처럼 설렐 일이 없다. 중년의 문제일까. 아니면, 내 개인의 문제일까.

　둘 다일 수 있다. 하지만, 확실한 한 가지가 있다면, 그럼에도 삶에는 여전히 흥미로운 모습을 간직한 채 나를 기다리는 것들이 있다는 사실이다. 적어도 내게 글쓰기는 고통스럽지만 아직은 흥미롭다. 낯선 언어를 익히는 일도, 영화를 보는 일도 그렇다. 그러니, 굳이 따지자면, 예전에는 몸으로 하는 여행을 좋아했다면, 지금은 영혼으로 미지의 세계로 떠나기를 좋아하는 것이다.

　이렇듯 人間은 어떤 형태로든, 어떤 방법으로든, 어딘가로 떠난다. 부디 몸과 영혼의 여행을 모두 마치고, 편히 쉴 수 있는 목적지에 도착했을 때, 내 길었던 여행을 후회하지 않길 바란다. 마치 두꺼운 앨범을 한 장 한 장 넘기며 추억에 젖듯이, 내 지난 여행의 시간을 회상하며 미소라도 몇 번 지을 수 있길 바란다.

먼 훗날 돌아보면 별것 아닐지 모르겠지만, 적어도 오늘의 내가 보기엔 나쁠 게 없는, 그래서 보통의 날이라 소중했던 하루였다.

마덕리에서의 서른아홉 번째 날이었다.

10. 10.

octubre

　　　　이 글은 이제 단골이 된 마덕리 카페에서 '꼬르따도(작은 잔에 에스프레소와 소량의 우유를 담아주는 서반아 커피)'를 마시며 쓰고 있다.

　지난주에 다른 반에 청강하러 갔을 때, 그 반에서 일본 남학생 '유키'를 만났다. 사실 복도에서 마주칠 때마다 이 친절한 일본 남학생은 내게 웃으며 인사를 했다. 그래서 언제 한번 그와 대화를 나눠보고 싶었다. 지난주 수업 때에도 인사만 했을 뿐, 대화할 기회가 없었다. 하여, 생각난 김에 쉬는 시간에 그를 찾아가 물었다.
　"이봐, 유키. 여기서 식사는 어떻게 해결해?"
　그러자, 그는 세상에서 가장 지친 남자의 표정으로 답했다.
　"마이니치(매일) 엔 까사(집에서)."
　유키의 이 솔직한 대답을 들으니, 그는 상처 입지 않기 위해 보호막을 치며 말하거나 타인을 대하는 사람이 아니란 느낌이 들었다. 그래서 나는 사람 낚는 어부가 된 심정으로 미끼를 던져봤다.
　"그럼, 일본 라멘 먹으러 갈래?"
　그러자 그는 동공을 확장한 채 "오오, 라멘! 라멘! 라멘!"이라며, 마치 아주 오래전에 잃어버린 친구나 가족의 이름을 떠올리듯 말했다. 그럴 만하다. 사실 유키는 일본을 떠난 지 오래됐다. 그는 8年째

태국의 프로 축구팀에서 일해 왔기 때문이다. 축구를 좋아하는 그는 미국에서 대학 공부를 마친 뒤, 일본 축구팀을 거쳐, 이제는 태국에서 재능 있는 선수들을 발굴하는 일을 한다. 그러다, 작년에 젊은 나이에 폐암 수술을 받은 뒤, 1년간 요양차 마덕리에 와서 서반아어 공부를 하고 있는 것이다.

라멘집에서 내가 맥주를 한 잔 마시니, 큰 수술을 하고 요양 중인 그가 나를 따라 마셨다.

"아, 맥주 마시면 하루가 끝나버리는데!"

오랜만에 마신 맥주 때문인지 그는 붉게 충혈된 눈으로 대화의 꽃을 피웠다. 아니, 아마존쯤 되는 '대화의 산림'을 형성했다. 라멘 한 젓가락을 한다손 치면 대화의 꽃이 한 송이 피고 나뭇가지가 자라고 거목이 자라고, 그러는 동안 내 라멘은 서반아의 뜨거운 낮 공기가 무색할 만큼 차게 식어갔다.

하지만, 나 역시 그와 대화를 나누는 게 기뻤다. 이곳에 온 후로, 나와 비슷한 정서를 가진 친구와 대화를 하는 게 얼마 만인가. 어느덧 식사를 마쳤지만, 헤어질 기미가 없어, 우리는 오랫동안 함께 그란비아 거리를 걸었다(그는 하루에 최소 한 시간은 반드시 걷는 일본 도시 남자였다).

유키는 걷는 내내, "마드리드에 왔지만, 서반아어를 할 기회가 별로 없다"고 했다. 구체적으로는 "서반아어를 함께 말할 친구가

없다"고 했다. 하여, 나는 그와 간만에 일본어를 좀 해보려 했다가,
그 말을 듣고 생각을 접었다.

이곳에서는 누구나 외로워질 수 있고, 외로운 사람들끼리 챙겨
주지 않으면 투명 인간처럼 살아가게 된다는 사실을 쉽게 깨닫는
다. 누군가 필요한 사람은 상대의 눈을 보면 서로 알아챈다. 그리

고 누군가와의 시간이 소중하다는 걸 아는 만큼, 상대의 말을 귀기울여 듣는다. 그러면, 내 눈은 어떻게 비칠까. 궁금해서 예전에 로버트에게 물어보니, 화란인 로버트는 솔직히 답했다.

"쏠로 삐께뇨(그냥 작은데)!"

역시 화란인의 솔직함은 따라갈 수가 없다.

오늘 밥은 내가 샀다. 유키는 신세 지길 싫어하는 일본인답게 "오, 노! 노! 노! 쟈, 넥스트 타임. 요 보이 아 꼼쁘라르 쓰키야키. 아, 노. 칸코쿠노 부루고기(안 돼요. 안 돼요! 그럼, 담에는 제가 '스키야키' 아니, 한국 불고기 살게요)"라며 일본어와 영어와 서반아어를 섞어서 말했다. 유키의 화법이, 그와 내가 현재 마드리드에 처한 상황을 설명해 준다. 우리는 에스파냐에서 영어와 서반아어로 생존하지만, 입은 여전히 모국어에 길든 이방인인 것이다.

이런 말은 안 쓰려 했는데, 라멘집에서 '오늘의 메뉴' 두 개를 사고, 불고기를 얻어먹으면 내가 남는 장사를 하는 셈이다. 나는 라멘집을 나오며 '역시 밥을 사길 잘했다'고 여겼다. (당연히, 그에게 비싼 불고기를 얻어먹을 순 없다. '까사 불고기' 사장님이 그립긴 하지만 말이다. 그냥, 브래드보다 내가 덜 호구라는 사실이 기쁠 뿐이다.)

마침내 동양인 친구를 사귄, 마덕리에서의 마흔 번째 날이었다.

10. 11.

octubre

이 글은 마침내 마덕리에서 가장 유명하다는 라운지 바에 다녀왔다는 감회에 젖어 쓰고 있다.

　어젯밤 숙소 식당에서 홀로 쓸쓸히 저녁을 먹고 있었다. 그런데, 식탁 위의 전화기가 갑자기 '드르르르ㄹㄹㄹㄹ륵' 하며 떨었다. 하여 화면을 보니, '마르셀라'라고 저장된 이름이 떴다. 아니, 청담동 누님께서 이 야심한 시각에 웬일이지, 하고 전화를 받았다.

　그러자 "초이! 뭐 해? 조금만 있으면 내 생일이야! 우리 지금 루프톱 바에 있어"라며 나를 초대해 줬다. 아무리 쓸 원고와 할 공부가 많아도, 청담동 누님께서 생일이라며 친히 불러주시는데 어찌 안 갈 수가 있나.

　서둘러 식사를 마치고 초대받은 곳으로 가보니, 마덕리에서 가장 번화한 '스페인 광장' 바로 앞에 있는 5성급 '리우 호텔'의 27층 스카이라운지였다. 이름 역시 '360도 스카이 바'였는데, 엘리베이터를 타려고 입구에 들어가니 잘 차려입은 사람들이 클럽 입장을 하듯 줄을 서고 있었다.

　"혹시 이거 스카이 바 가려는 줄인가요?"라고 물으니, 앞에 선 남자가 "네!"라고 답한 뒤 카드로 결제를 하고 올라갔다. 그렇다. 입장료 10유로를 내는 루프톱 바였던 것이다.

나는 도시 공기를 처음 마시는 시골 쥐처럼 직원에게 "저어…음료 포함 가격인가요?"라고 물었다. 그러자, 직원은 '아니, 무슨 홍대 인디밴드 공연 왔소?!'라는 표정으로 "쏠라멘떼 악세소(그냥, 들어가는 값이오)!"라고 했다. 어쩔 수 없이 도장 찍힌 입장권을 입국 심사받은 여권처럼 소중히 들고 27층으로 올라가니, 맙소사! 마덕리 시내 전경이 이름처럼 '360도'로 보이는 곳이었다. 음료는 안 마시고 입장권을 끊고 들어와 사진만 찍고 돌아가는 방문자만으로도 붐빌 만큼 마덕리의 명소였다.

평소 소문난 곳을 찾아가지 않는 성격인지라, '이야. 청담동 누님 덕에 이런 데를 다 와보네' 하며 마르셀라를 찾으려 했지만, 26층과 27층 두 층으로 이뤄진 바에서 친구 찾기는 '서울에서 김 서방 찾는 일'과 같았다. 결국 십여 분을 헤맨 후에, 80번 자리라는 걸 알고 가까스로 상봉했다(마치 노량진 수산 시장처럼 테이블 번호가 1번부터 거의 100번까지 있었다). 나도 공부 안 하고 여행만 다니면 그렇게 될까. 2주 만에 본 청담동 누님은 청춘을 회복한 듯 얼굴에 꽃이 활짝 펴 있었다.

호기롭게 공항 면세점에서 산 위스키 한 병을 가져가 '코르크 차지'를 내고 선물로 대접하려 했으나, '360도 스카이 바'에서는 안 되는 일이었다. 하여, 마르셀라와 그녀의 변호사 친구에게 각각 양주 한 잔씩 사는 걸로 생일 선물을 대신했다. 청담동 누님은 화려하게 지내는 것 같은데, 위스키는 이 바에서 값싼 편에 속하는 '조니워커 레드라벨(한 잔에 10유로)'을 마셨다. 그러며, "아! 이거 좋은 술이야! 오늘 좋은 날이야!"라며 마셨다. 브라질인은 멀리서 보면 마냥 즐기며 지내는 것 같아도, 가까이서 보면 실용적으로 즐기며 지내는 것 같다.

내가 내 것 포함해서 석 잔을 계산하니까, "아~이! 이러려고 부른 거 아닌데! 왜 그래?"라며 "기왕 계산한 거 잘 마실게!"라며, 마르셀라는 뜨끈한 위스키를 목으로 쭉쭉 넘겼다.

청담동 누님 덕분에 들른 루프톱 바에서 보니, 마덕리에는 생각 외로 높은 건물이 없었다. 27층이 상당히 높은 건물에 속할 만큼, 건물 대부분이 낮았다. 유럽 5대 국가(영국·프랑스·독일·이탈리아·스페인) 중 하나의 수도라는 게 믿기지 않을 만큼, 한적하고 시야가 탁 트여 있었다. 청담동 누님은 "상파울루도 이렇진 않아. 거긴 높은 건물이 너무 많아서 정신없거든"이라 했는데, 사실 서울도 그렇다. 한 나라의 수도에서 이렇게 하늘을 마주 보며, 친구들과 대화하며, 시원한 바람을 즐길 수 있다는 것 자체가 얼마나 고마운 일인가.

생일을 축하해 주기 위해, 12시 넘어서까지 있었지만("아. 이제 12시 넘어서, 생일이네요. 축하해요!" "아. 또 그런 걸 챙기고 그래! 호호호호!"), 나도 조금은 마드리레뇨(마덕리인)가 된 듯한 기분이 드는 마흔한 번째 밤이었다.

그나저나, 이제 마덕리에 겨우 익숙해지고, 언어도 입에 붙기 시작했는데, 돌아갈 날이 벌써 다가오고 말았다. 학원 수업이 불과 12일밖에 남지 않았다.

10. 12.

octubre

이 글은 이제 매일 한 잔씩 안 마시면 섭섭한 '꼬르따도'를 마시며 쓰고 있다.

오늘은 서반아 공휴일이다. 크리스토발 콜론(영어명: 크리스토퍼 콜럼버스)이 아메리카 대륙을 발견한 날이다. 중남미인의 입장에서는 슬픈 역사가 시작된 날이기에 서반아 내부에서도 굉장히 논쟁적인 날이다. 그렇기에 미국에서는 같은 날을 '콜럼버스 데이'라고 부르는데, 이제는 콜럼버스를 기념할 수 없다며 '원주민의 날'로 부르기 시작한 주(州)가 꽤 늘었다.

같은 맥락에서 이날을 칠레에서는 '두 세계가 만난 날(Día del encuentro de dos mundos)'로, 코스타리카에서는 '두 문화의 날(Día de las Culturas)'로, 아르헨티나에서는 '다양한 문화 존중의 날(Día del Respeto a la Diversidad Cultral)', 볼리비아에서는 좀더 적극적으로 '비식민화의 날(Día de Descolonización)', 베네수엘라에서는 아예 '원주민 저항의 날(Día de la Resistencia Indígena)'이라 부른다.

중남미에서는 확연히 이날을 다르게 인식하고 있고, 미국에서도 조금씩 변하고 있지만, 서반아에서 이날을 어떤 식으로 인식하

고 기념할지에 대해서는 여전히 숙제로 남아 있다. 현재 서반아는 이날을 그냥 '에스파냐 국경일(Fiesta Nacional de España)'이라 부르고 있다.

우리가 흔히 '콜럼버스'로 아는 이 인물은 이탈리아인이기에, 본명은 '크리스토포로 콜롬보(Cristoforo Colombo)'이다. 그가 서반아의 이사벨 1세 여왕으로부터 지원받아 출항했고, 이것이 서반아의 중남미 진출 시발점이 됐기에 유럽에서는 그의 서반아식 이름이 널리 알려져 있다.

하고픈 말은, 서반아어로 그의 이름이 'Colón'인데, '식민지 삼다'라는 뜻의 동사 'Colonizar'가 바로 그의 이름에서 왔다는 것이다. 즉, '콜럼버스화하다'가 '식민지 삼다'라는 뜻인 셈이다. 저승에 있는 콜럼버스는 자기 이름이 이런 식으로 쓰인다는 사실을 알고 있을까.

만약 '최민석化하다'라는 단어의 뜻이, '여행을 많이 했지만, 호구 신세를 면하지 못하는 신세로 지내다' 혹은 '외국어를 배울 때, 열등생 신세를 면하지 못하다'라는 식으로 고착화되면 어떨까. 당연히 곤란하다. 결과만 놓고 보자면 '식민지화'를 뜻하는 단어에 자신의 이름이 쓰이는 건, 콜럼버스에게 피할 수 없는 영구적 형벌이다.

암튼, '식민지'에 대해 말할 때, 언급하고 싶은 단어가 하나 더 있는데, 그건 'Colonial'이다. 영어, 서반아어 모두 철자가 같은데,

둘 다 사전을 보면 '식민지의, 식민지풍의'라고 짧게 설명돼 있다. 의아한 것은 중남미 여행 책자에 이 단어가 다음과 같이 자주 쓰인다는 점이다.

"이 도시에서 당신은 colonial 양식의 아름다운 건물을 골목마다 볼 수 있을 것이다." 식민지를 미화한다는 뜻인가. 너무 헷갈렸다. 하여, 이를 수업 시간에 선생에게 물어보니, "식민지가 시작되기 전의 문화유산과 그즈음 건축된 양식의 문화가 혼재된 독특한 분위기"라고 했다. 그러니, 단순히 '식민지풍'이라 해석되는 이 단어는, 그즈음의 토착문화와 외래문화가 혼재된 고유한 과거 양식을 말하는 것이었다(물론, 외래문화가 더 강하게 남아 있긴 하지만).

서반아에서 지낸다는 것은 이렇듯, 일상생활 중에 늘 식민 역사의 결과를 어떤 식으로 받아들일지 숙고하며 지낸다는 것을 뜻하기도 한다. 동시에, 늘 피해국 국민으로 지내온 나는, 이곳에 오고 나서 가해국의 국민이라면 과연 어떤 반성과 행동을 구체적으로 해야 하는지, 새로운 시각으로 접근하게 됐다. 고로, 서반아에 온 후로, 예전에는 몰랐던 언어와 어원뿐 아니라, 미처 생각지 못했던 삶의 자세까지 하나씩 고민하게 된다.

마덕리 도심에서는 공군이 비행하며 남긴 '비행운'으로 하늘을 장식하는 대규모 행사가 펼쳐졌지만, 가지 않았다. 대신 이날을 서반아인과는 다른 시선으로 받아들일 브라질인 히셀과 역시 브라질인이자 늘 어디에나 존재하는 로드리고와 함께 점심을 먹었다

(편의상 이들을 '브라질 남매'라 부르자. 당연히, 친남매는 아니다). 우린 먼저 마덕리의 센트럴 파크라 할 수 있는 '레티로 공원'에서 만나, 호수 위를 유유히 움직이는 오리 배를 보며 고요한 시간을 보냈다.

조금밖에 걷지 않았는데 브라질 남매는 허기를 호소했다. 하여, 내가 종종 가는 '산 페르난도 시장'에 데려갔다(서반아의 실내 시장에는 펍과 식당이 많다. 마치, 우리의 '광장 시장'처럼). 사람에 지친 둘에게 "거긴 붐비지 않아"라며, 자신 있게 인도했는데 가보니 인산인해였다. 예전에 톨레도에 간 날 로버트와 왔을 때는 시장 전체에 손님이라곤 우리 둘밖에 없었는데, 휴일이라 그런지 서반아인들이 잔뜩 몰려와 낮부터 '피에스타(파티)'를 벌이고 있었던 것이다.

록 페스티벌을 방불한 분위기 탓에 당황한 내 심정도 모르고, 가게 주인은 "아니, 한국에서 온 소설가라고요? 우리 가게 '에두스(Edus)'에 대해 꼭 써주세요'라고 했다. 하여, 여기에 '에두스'는 화장실과 굉장히 가까워 방광이 작은 고객에게 아주 유용하다고 쓴다. 에두스 주인은 전생에 '밥 한 끼 하자'는 빈말을 즐겼던 한국인이었는지, 연락도 안 할 거면서 내 휴대전화 번호를 받아 적었다. (역시나 이틀이 지났지만, 연락은 없고, 무슨 영문인지 광고 문자는 잔뜩 늘었다.)

게다가, 사장은 전생에 한국인 중에서도 화끈한 부산 사나이였는지, 수시로 서비스 안주를 갖다줬다.

"맛보시오! 이걸 안 먹고 마드리드를 떠나면 안 되오!"

그때마다 로드리고는 예수의 부활을 믿지 않았던 의심 많은 도마처럼 입을 굳게 다문 채 서비스 안주에는 눈길조차 안 줬다. 그러다 사장이 딴 데를 보자, 내게 조용히 "초이. 이러고 나중에 돈 다 받을지 몰라"라며 도마보다 더 깊은 의심을 표했다. 그간 어디에나 존재했던 로드리고가 방방곡곡에서 의심을 잔뜩 품었던 게 아닐까, 의심했다.

하여, 나는 로드리고를 안심시키기 위해 사장에게 "이거 다 서비스 안주 맞죠?"라고 물어 확인한 후, 손수 몇 입 시원하게 시식했다. 하지만, 로드리고는 그때까지도 확신에 찬 표정으로 서비스 안주에는 한 입도 대지 않았다. 어쨌든 끊임없이 안주를 갖다준 펍 '에두스'의 사장과, 혹시나 내가 어리숙하게 넘어갈까 봐 경계해 준 로드리고에게 고마워, 모두의 식삿값을 계산했다. 그리고 귀가하려니, 브라질 남매가 "민숙 어딜 가!" 하며 나를 2차로 끌고 가, 성인 셋이 배불리 먹을 빠에야를 사줬다.

그 덕에 포만감으로 속이 가득 찼으나, 실은 가난했던 마음이 채워진 마덕리에서의 마흔두 번째 날이었다.

10. 13.

octubre

이 글은 새벽 1시 40분에 졸린 눈을 비비며 쓰고 있다.

오늘이 서반아에 도착한 후로 가장 바쁘고 피곤한 날이었던 것 같다. 어제가 휴일이었던 관계로, 오후 4시 반까지 보강을 듣고, 잽 싸게 숙소로 와서 한국으로 원고를 보낸 후, L 교수를 만나러 약속 장소까지 뛰어갔다.

L 교수는 절대 빈말을 하지 않는 81세 사내였다. 저번에 엄청난 양의 대화를 나눈 후, "아. 우리 이럴 게 아니라, 다음에 우리 집에 가서 또 이야기도 하고, 밥도 먹고, 또 이야기도 하고……"라고 하셨는데, 그 약속을 지킨 것이다.

마덕리 근교, 총면적 600평이나 되는 그의 주택에서 제로 콜라와 함께 두 시간 반 동안 생생한 「한인 체육인의 격동사 2부」를 들었다(그 와중에 그는 '제로 콜라'를 마시며, 몸매 관리마저 열심히 한다는 인상을 풍겼다). 그리고 고급 현지 레스토랑에 가서 '각종 해산물구이와 스테이크와 와인 두 병'을 시원하게 해치웠다.

L 교수는 진정으로 훌륭한 인생 선배님이신데, 그건 비단 그가 한화로 30만 원가량의 식삿값을 계산했기 때문만은 아니다. 그의

화통하고 넘치는 마음의 여유 때문이다. 함께 얻어먹은 한국의 김 교수가 "이거, 이 신세를 어찌 갚아야 할지"라고 운을 떼자, 허공에 손을 강하게 휘저으며 "아니! 무슨 말씀! 제가 초대한 건데요!"라며 첨언했다.

"다음에 제 이야기만 들어주시면 돼요."

하지만 다음에 이야기를 들어달라는 말이 무색하게, 바로 이야기를 늘어놓았다.

"최 작가님. 저는 은퇴도 했고, 한국의 집도 팔았어요. 골치 아픈 일들은 다 정리한 거죠. 이렇게 하면 속 편할 것 같죠?"

그러자 내가 고개를 끄덕일 틈도 없이 그는 "아닙니다. 오히려 걱정이 되더라고요. 야! 이거, 이러다 금세 늙는 거 아니야? 하고요. 그런데, 그때 故 이어령 교수의 인터뷰를 봤어요. 선생께서는 나랑 비슷한 처지에 처해 있었는데, 이렇게 말씀하셨어요. '나는 이제 장관도 아니요, 교수도 아니요, 이제는 세속적으로 바라는 게 없어요. 내가 죽을 때까지 바라는 건 딱 하나만 남았어요.'"

여기까지 말하고선, 그는 딱 멈추고 나를 바라봤다.

"'그건 바로 이야기꾼이 되는 겁니다!'"

그 인터뷰가 L 교수 안에 봉인된 이야기 단지의 뚜껑을 깨뜨렸던 것이다. 그 결과, 나는 오후 6시에 시작된 좌중을 압도하는 입담에 눌린 채 밤 12시를 맞이했다. 노파심에 말하자면, 진심으로 L 교수님을 존경한다. 나에겐 그렇게 말할 체력은 물론, 용기도 없기

때문이다. 내가 이야기로 먹고사는 게 눈물이 날 만큼, 신기하다 (동시에 독자들에게 정말 고맙다). 그로부터 이야기꾼에게 가장 필요한 재능은 다름 아닌 열정이라는 사실을 새삼 배운다.

세상은 넓고, 이야기꾼은 많다는 걸 절감한 마딕리에서의 마흔세 번째 밤이었다.

이 글은 또 한 번 절망에 젖어 쓰고 있다.

내일이 바로 파비오, 엘레나 부부를 만나기 위해 밀라노로 가는 날이다. 하여, 마덕리의 뜨거운 햇살로 땀에 젖은 내 옷들을 모두 꺼내 세탁기에 넣었다. 개중에는 아내가 한국에서부터 "대체 언제 버릴 거냐"고 타박했던, 8년 전에 베를린에서 산 빨간 셔츠도 있었다.

여기서 잠깐. 서반아 국기에 있는 빨간색은 '나라를 지켜내겠다는 정신과 정열'을 상징한다. 그 때문일까. 내 빨간 셔츠는 자신의 색이 국기에도 있는 이 서반아에 온 것이 너무 반가운 나머지, 정열을 상징하는 자신의 색을 동지들에게 적극적으로 퍼트렸다. 그 결과 세탁 전선에 함께 나섰던 동료, 즉 과거의 세탁 참사에서 생존한 녀석들의 몸과 영혼이 모두 붉게 물들었다.

이로 인해, 이번에는 변변한 외출복이 한 벌밖에 남지 않게 됐다. 내게 최후의 희망처럼 남은 이 한 벌은 저번의 세탁 사건으로 인해 새로 산 옷인데, 이마저도 현재 온수 세탁으로 사이즈가 줄어든 상태다.

더 비참한 사실은, 이제 내게 멀쩡한 옷이 단 한 벌도 없다는 것이다. 주변 모두를 붉게 물들인 장본인, 즉 빨간 셔츠는 세탁을 하기 전부터 구멍이 나 있었기 때문이다. 그렇기에 아내가 버리라고, 나무란 것이다. 진즉에 아내 말을 들을 걸 그랬다. 역시 세상이 무너져도, 아내 말은 일단 듣고 볼 일이다.

그나저나, 이 와중에 내 격동의 세탁사를 온몸에 기록한 녀석이 있다. 원래는 흰색이었으나 저번에 검은 양말로 인해 흑화됐다가, 혼신의 힘을 들인 표백 세탁으로 가까스로 회색이 됐던 셔츠 말이다. 그는 마치 역사는 잊어서는 안 되는 것이며, 이를 망각하지 않기 위해서는 우리의 영혼뿐 아니라, 몸에 새겨 늘 상기해야 한다는 듯이, 제 몸에 붉은 점마저 선명히 새긴 채 세탁기에서 나왔다.

인간은 늘 비극 속에서도 배울 점을 발견하고 마는데, 신은 당장 어제 일기에 쓴 표현마저 잊어버리는 나에게, 이 셔츠처럼 지나온 모든 길을 되새기라는 교훈을 선사해 주셨다. 작은 소망이 있다면 이제 교훈은 충분하니, 더는 '세탁 비극'을 겪고 싶지 않다는 것뿐이다.

그저께 파비오가 다급하게 "민숙! 뉴스가 있어"라며 메시지를 보내왔다. 엘레나가 갑자기 산통을 느껴 병원에 갔다는 것이다. 그러더니 결국 어제 "건강한 아이, 니꼴로를 출산했다"며 소식을 전해왔다. 하여, 원래 출산 예정으로 비어 있던 니꼴로의 방에 묵기로 한 나는, 방 주인이 예정보다 일찍 도착한 바람에 서둘러 근처 호텔을 예약했다.

　이런 때에 파비오 부부를 방문하게 되어 너무 미안했다. 이에 니꼴로가 당장 입을 배냇저고리와 내년 겨울에 입을 '떡볶이코트'를 선물로 샀다. 부디, 니꼴로가 예쁘게 입으며, 건강하게 성장하길 바란다.

　브라질 남매 중 누나이자, 서반아어는 월등히 잘하면서 늘 내게 "선배님, 이것 좀 알려주세요"라며 굴욕감을 선사했던 히셀이 오늘 수업을 끝으로 마덕리를 떠났다. 그녀는 리스본을 거쳐 상파울루로 돌아갈 예정인데, 어디에나 존재하고 주말마다 여행하는 로드리고가 그녀의 리스본행에 동행했다.

"로드리고, 그럼 월요일에는 수업에 안 와?"라고 물으니, 그는 당연하다는 듯이 답했다.

"일요일에 돌아올 건데!"

아침에는 해가 뜨고, 지구는 공전하고, 로드리고는 어디에나 존재하고, 그에 걸맞게 늘 일찍 도착한다. 과연 로드리고답다.

참고로, 그는 지난주에도 리스본을 다녀왔다("항공권이 35유로밖에 안 하더라고!"). 지지난주에는 바르셀로나. 그런데도, 월요일 수업에 절대 빠지지 않는다(나는 밀라노에 간 김에 월요일 수업을 빠질 참이다). 다음 주부터는 브라질에 등록한 '온라인 대학원 수업'이 마드리 시간으로 새벽 2시에 열려, 그것도 들을 참이란다. 그러면서 "하루에 일곱 시간은 꼭 잔다"고 한다("그래야 피부가 고와져"). 동시에 식사를 하면, '디저트를 먹기 위해' 한두 숟가락은 남겨두고, 성실히 디저트 카페로 향한다. 대체, 이 모든 일을 어떻게 다 해내는지, 아무리 같이 어울려도 브라질인의 삶은 불가해한 것 같다. 내가 이해할 수 있는 것은 에드손과 로드리고와 청담동 누님까지, 브라질인은 한결같이 걸으며 '음성 메시지'를 녹음해서 열심히 보낸다는 사실뿐이다.

이제 다음 주에 새 학생이 오지 않는 한, 교실에는 로드리고와 나밖에 없다. 이제 그와 나는 한배에 탄 운명 공동체가 된 것이다.

떠나는 '히셸'과, 늘 그렇듯 공기처럼 존재하는 '로드리고'.

하여, 비장한 어투로 "이봐. 다음 주부터는 우리 한번 잘 지내보자고"라고 하니, 로드리고는 대체 무슨 말이냐는 식으로 나를 멀뚱멀뚱 바라봤다. 괜히 말했다 싶어 서둘러 작별 인사를 하고 헤어지는데, 로드리고가 떠나는 나를 다시 찾아와 진심 어린 표정을 하며 붙잡았다.

돌아서 보니, 녀석은 알고 지낸 후 가장 진지한 얼굴을 한 채 말했다.

"이봐… 저기… 밀라노에 가면… 티라미수를 꼭 먹어. 거긴 디저트의 도시야!"

이번엔 내가 그를 멀뚱멀뚱 바라봤다.

여전히 브라질인의 정신세계는 이해를 못 한 상태다.

다음 주부터 수업 분위기가 어떻게 될지 종잡을 수 없다.

공교롭게 저녁 메뉴 후식으로 티라미수가 나왔다. 그 덕에 이탈리아의 맛을 미리 느끼며 보냈다.

마덕리에서의 마흔네 번째 밤이었다.

10. 15.

octubre

이 글은 밀라노 근교의 한 호텔에서 파비오를 기다리며 쓰고 있다.

어제 오후에 밀라노 베르가모 공항에 도착했다. '저렴한 가격과 지속적인 연착'으로 유명한 R 항공을 타고 도착하니, 예정보다 30분이나 늦었다. 헐레벌떡 대합실로 달려가니, 파비오가 생면부지의 해외 출장자를 기다리듯, 태극기와 내 이름이 영어로 인쇄된 종이를 들고 있었다.

'MR. CHOI MIN SUK.'

내 이름 위에는 깨알같이 'BEST KOREAN WRITER(최고의 한국 작가)'라고 쓰여 있었다.

하여, 파비오에게 물었다.

"아, 모르는 사람처럼 이런 건 왜 들고 온 거야?"

그는 능청스레 예의 그 겸손한 유머를 선보였다.

"요즘엔 머리가 나빠져서 말이지!"

'내가 널 못 알아볼 수 있으니, 너라도 나를 알아볼 수 있게 한 거야'라는 식의 파비오 특유의 화법이다.

이 세상에서 영원히 변하지 않는 게 있다면, 그건 선거 때마다

BEST KOREAN WRITER:
MR. CHOI MIN SUK

여야 후보 가리지 않고 12년째 꼭 성사시키겠다는 우리 집 옆의 군부대 이전 약속과 파비오의 겸손한 유머일 것이다.●

파비오의 아들 니꼴로는 "가는 날이 장날이다"라는 한국 속담이 서양에서도 유

● 참고로, 이 글은 2년이 지난 후에 다듬고 있는데, 아직도 우리 집 옆에는 군부대가 건재하며, 종종 '스카이프'로 전해지는 파비오의 유머 역시 건재하다.

효하다는 걸 증명할 요량으로 예정보다 3주 일찍 태어나, 나를 매우 눈치 없는 방문객으로 만들어버렸다. 사실, 이런 사태를 심히 우려해, 나와 파비오, 엘레나는 일찍이 3개국 정상회담에 버금가는 심도 있는 논의를 거쳐 내 방문 날짜를 정했었다. 동시에 이는 내가 아주 값싼 저가 항공권을 끊는 바람에 불가역적으로 확정된 것이었다(환불·변경이 불가능한 티켓이었다). 따라서 우리는 약속을 예정대로 진행했지만, 그저께 아기를 출산한 부부에게 방문하려니 여간 미안한 게 아니었다. (내가 도착한 날까지 엘레나는 병원에서 산후조리를 하고 있었다.)

한데, 불행인지 다행인지, 파비오는 코로나 때문에 남편인 자신도 하루에 한 시간밖에 면회하지 못한다고 했다(방문자 수도 둘로 제한).

하여, 그때를 제외하고 우린 함께 시간을 보내기로 의기투합했고, 나는 파비오에게 아빠로서 준비할 물품을 함께 마련하자고 했다. 이에 우리는 장장 두 시간에 걸쳐 마트에서 아기용품을 산 후, 허기진 육신을 달래러 식당으로 갔다. 그런데, 메뉴판에 적힌 피자 목록이 페이지를 넘겨도 끝나지 않았다. 피자 이름이 빽빽하게 적힌 페이지가 무려 열 장에 달했다. 게다가 파비오가 일인용이라며 주문한 '햄과 버섯 피자'는 우리 둘의 얼굴을 합한 것보다 컸다(독자들은 내 마음이 광대하다는 사실과, 내 얼굴이 그보다 더 광대하다는 사실을 모를 것이다).

나는 파스타의 본고장에 온 기념으로 '알리오 올리오'를 주문했

는데, 파비오가 걱정해 줬다.

"민숙. 그건 전채 요리인데 괜찮겠어?"

하지만, 그의 염려가 무색할 만큼 3.5유로짜리 전채 파스타는 한국에서의 2만 5천 원짜리 파스타보다 그 양이 다섯 배나 많았다.

엄청난 양의 피자와 파스타를 먹으며, "서반아에서 늘 전채 – 주요리 – 후식으로 구성된 메뉴를 먹어 과식했다" 하니, 파비오는 포식에 지쳤다는 표정을 지었다.

"여기에는 前 전채(안띠 파스토)도 있어!"

하여, 말이 나온 김에 써보자. 이탈리아 식사는 '안띠 파스토(전전채) – 프리모(첫 번째, 즉 전채 요리: 파스타 혹은 리소토) – 세꼰도(두 번째, 즉 메인 요리: 생선 혹은 고기) – 돌체(후식: 커피, 그리고 그 후에는 '아마짜 카페'. 즉, 커피를 죽인다는 뜻의 식후주)로 구성된다. 그러니 아무리 빨리 먹더라도 한 시간은 걸리고, 천천히 먹으면 두 시간은 족히 걸린다. 더욱 놀라운 건 결혼식 때는 이 모든 단계의 음식이 두 종류씩 나온다는 것이다. 이런 사회에서 8kg이나 감량한 파비오가 놀랍다.

어쨌든 엄청난 양의 피자와 파스타를 보니, 이탈리아는 몇백 년 동안 변함없는 거리의 풍경처럼 여전히 '파스타와 피자의 나라'라는 인상을 줬다.

내가 이탈리아에서 받은 인상을 말하니, 파비오는 이탈리아가 얼마나 전통을 중시하는지 말해 줬다. 우선, 그는 진정한 이탈리아

인은 카푸치노를 아침에만 마신다고 했다. 이유를 물으니 당연한 걸 왜 묻냐는 듯 답했다

"뜨라디시온(전통이잖아, 무슨 말이 더 필요해)!"

요컨대, 전통에 이유를 따지는 짓은 사고의 사치와 같다. 하나, 만물의 이치를 따지길 좋아하는 내가 납득하지 못한 걸 눈치챘는지, 파비오는 잠시 후 "아마 칼로리가 높아서?"라며 사견을 곁들였다.

"그럼 이탈리아에서 친구가 오후에 카푸치노를 주문하면 어떻게 되는 거야?"

내 질문에 그는 단호히 답했다.

"그런 일은 절대 일어나지 않아!"

"왜?"

"이탈리아인이라면 오후에 카푸치노를 주문하지 않기 때문이지!"

"혹시 친구가 오후에 카푸치노를 주문하면?"

"그럼, 그 녀석은 더는 친구가 아니야. 그러므로, 우리에겐 늘 오후에 카푸치노를 주문하는 친구가 없지!"

하여, 나도 파비오와의 우정을 지속하기 위해, 카푸치노는 오전에만 마시기로 했다(실은, 예전엔 카푸치노를 아예 안 마셨지만).

파비오가 말한 대로 이탈리아는 확실히 전통을 중요하게 여기는 것 같다. 피자집의 세면대에는 수도꼭지 핸들이 없었다. 두리번거리다 밑을 보니 기차 화장실에서 사용해 본 페달이 눈에 띄었다. 그걸 몇 번 밟으니, 물이 나왔다. 숙소의 커튼, 햇빛 가림막, 비데 등 모든 게 고전적이었다.

동시에 호텔 객실은 물론, 식당 화장실 문까지도 보물 상자 열쇠처럼 생긴 거대한 황금색 열쇠로 열어야 한다. 내 손바닥보다도 긴 이 유럽 특유의 우람한 열쇠를 잡고 한쪽으로 열심히 서너 번 정도 돌려야, 방에도 들어가고 화장실에서 볼일도 볼 수 있다.

파비오가 사는 맨션의 현관문을 열 때도, 나라면 '애국가 1절'을 부를 시간만큼 열쇠를 돌려야 했을 텐데, 숙달된 파비오는 갑자기 초인이라도 된 듯, 손이 보이지 않을 정도로 매우 날쌔게 돌렸다. 프레임으로 비유하자면, 세상 모두가 1배속으로 움직이는데, 그의 손만 20배속으로 움직이는 것 같다.

8년 전 베를린에서 만났을 때, 파비오는 고국 생활에 지쳤다며 독일에 살기를 원했지만, 언제 그랬냐는 듯 현지인답게 이탈리아에서 노련하게 지내고 있었다. 또한, 아들의 기저귀를 산 후 마트에서 나올 때에는 잽싸게 주머니에서 영수증을 꺼내, 마트 출구 인식판에 찍었다. 그러자, 출구가 열렸다(영수증 인식을 해야 문이 열리는 시스템이었다!). 그러니 파비오가 없었다면 나는 이탈리아에서 제일 크다는 밀라노 근교 마트에 갇힌 채, "전 그냥 친구 따라왔단 말이에요"라는 말도 못 한 채 '본 조르노(안녕하세요)!'와 '그라치에(감사합니다)!'만 반복했을지 모른다.

친구 덕분에 마트에 갇히지 않은, 구라파에서의 마흔다섯 번째 밤이었다.

10. 16.

octubre

이 글은 이탈리아 호텔의 체크 아웃을 앞두고, 남은 시간을 활용해 쓰고 있다.

어제 파비오가 응원하는 '인테르 밀란'의 축구 시합을 보러, '산 시로 구장'에 갔다. 눈치챘겠지만, 나는 패배의 기운을 몰고 다니는 인물이다. 파비오와는 베를린에 있을 때 함께 분데스리가 시합을 보러 갔는데 그때 우리가 응원한 팀이 5 대 0으로 대패했다(그 와중에 한 골 넣었는데, 당연히 자책골이었다). 게다가, 그가 패배의 쓴 맛을 달래자고 본, 인테르 밀란의 시합마저도 시작하자마자 1분 만에 골을 먹어버렸다. 그는 '이럴 리가 없는데' 하며 어리둥절해 했는데, 늘 지기만 하는 팀을 응원한 나로서는 익숙한 일이었다(자세한 내용은 『베를린 일기』 참조).

하여, 파비오는 나와 함께한다는 것만으로도 공포에 가까운 불안에 떨었는데, 웬일인지 인테르 밀란이 2 대 0으로 시원하게 이겨버렸다. 파비오는 팀의 승리 덕에, 나는 불운한 패배의 역사를 끊은 덕에 감격해 얼싸안았다.

그나저나 영국 리그를 제외한 유럽 3대 리그(분데스리가, 라 리가, 세리에 A)를 경험해 봤는데, 어제 본 '인테르 밀란' 시합이 가장 흥

미로웠다. 선수들의 경기력도 훌륭했지만, 그보다 더 출중한 것은 팬들의 '응원력'이었다. 마치 로마 시대의 원형 경기장처럼 생긴 둥근 계단을 돌고 돌아 입장한 약 8만 관중은 쉼 없이 응원가를 부르고 함성을 질러, 뼛속까지 내향적인 나마저 흥분하게 만들었다. 예술이건 스포츠건 실행자의 퍼포먼스를 완성해 주는 건 역시 팬들이 형성하는 문화다.

오늘의 이 특별한 경험은 파비오가 구단 회원이었기에 가능했다. 시간을 내주고, 표를 예매해 준 그에게 감사의 선물로 4일 차 신생아 니꼴로를 위한 유니폼을 사주었다. 마침 선수 중에 동명이인인 니꼴로가 있어 등에 그의 이름과 등 번호를 새겼다. 여섯 살부터 입을 수 있기에 파비오는 "민숙을 6년 뒤에도 잊지 않을 수 있겠네!"라며 기뻐했다. 내년 겨울에는 내가 사준 '떡볶이코트'를 입히며 나를 떠올릴 테다. 결국, 파비오와 엘레나 부부는 내가 쳐놓은 6년짜리 덫에 걸린 것이다. 그가 언제 한번 가족과 함께 서울에 올 때, 나도 융숭하게 대접하고 싶다.

시합이 끝난 후 파비오는 갈 곳이 있다며 바쁘게 발걸음을 움직였는데, 그가 인도한 곳은 '과학 박물관'이었다. 태생적인 문과생인 나는 그곳에 전시된 '도시가스 작동기' '19세기 기계식 엔진' 등을 보며, 어리둥절했다. 조심스레 파비오에게 "여기 재밌어서 온 것 맞지?"라고 물으니, 녀석은 강하게 고개를 끄덕였다. 하여 또 한 번 조심스레 "혹시 너…?"라며 망설이니, "Yes. I am a nerd. (응. 나 공대 괴짜야)"라고 했다(어제 방문한 그의 집에서는, 방 하나가 전부 컴퓨터 게임과 피규어와 보드게임들로 채워져 있었다).

"아니야. 무슨 말을 그렇게 해"라며 나는 급히 부정했다. 그리고 세탁 사건으로 늘 옷 부족에 시달려 저녁에 옷을 사러 가니, 파비오가 "이탈리아에선 이런 걸 사야지!"라며 정성스레 추천해 줬는데, 죄다 '체크무늬 셔츠'였다.

"난 이거 입으면, 늘 편하고 좋더라."

결국 낮에 그가 한 말("응, 나 공대 괴짜")은 사실이었다. 참고로, 그는 수학도 진심으로 좋아한다.

"숫자는 거짓말 안 하잖아! 아주 맘이 편해져!"

물론, 나도 수학을 좋아했다(과거형이다). 하지만 그는 지금도 수학을 사랑하고 있다. 신은 이토록 다른 두 유형의 인간을 친구로 맺어주어, 한 인간의 지경을 넓혀준 것이다. 물론, 그 지경의 확대가 딱히 쓰일 데는 없지만.

옷을 사기 위해 방문한 브레라(brera) 거리에는 일요일마다 벼룩시장이 열리는 듯했다. 좁은 골목이 길게 뻗어 있고, 교차로를 기점으로 해서 개성 있는 상점과 식당, 바가 사방으로 쭉 펼쳐져 있었다. 이에 영화 〈미드나잇 인 파리〉의 주인공 '길'처럼 한순간 어긋난 시간의 질서가 이번 생에 겪어보지 못한 15세기의 보헤미아로 나를 데려다준 착각마저 느꼈다. 그러나, 세상에서 수학 공식이 가장 아름답다고 여기는, 하늘이 내린 이과생 파비오는 그 복잡다단한 매력의 거리를 한 줄로 평했다.

"그냥 힙스터 거리야."

하여, 나는 분주하게 셔터를 누르던 휴대전화를 멋쩍게 주머니로 다시 넣었다. 내일 아침은 카푸치노를 마실 생각을 하며.

그리고 그가 학창 시절에 친구들과 술자리를 벌였(으나 그는 술을 싫어하기에 '주스'나 '논알코올 칵테일'을 마셨)던 나비이(Navigli)에도 가봤다. 그곳은 마치 암스테르담처럼 아담한 운하를 중심으로, 양쪽에 바(bar)가 즐비한 젊음의 거리였다. 후쿠오카에 가면 나카스라고 강 주변에 포장마차가 죽 늘어선 거리가 있는데, 그와 비슷했다. 차이점이 있다면, 파비오가 옆에서 한 줄 평을 반복하고 있다는 점뿐이었다.

"여기도 그냥 힙스터 거리야."

그럼에도 밝게 빛나는 보름달과 땅거미가 진 푸르께한 하늘, 그리고 은은한 바의 조명과 웃고 즐기는 청춘들이 어우러져 이국적인 풍경을 자아냈다. 그러니, 이제 파비오의 한 줄 평은 잊고, 후쿠오카 나카스와의 차이점을 말해 보자. 후쿠오카 나카스에서는 포장마차가 강변에 늘어선 반면, 밀라노 나비이에서는 운하 옆으로 바와 펍이 즐비하다.

또 다른 특이점은 저녁이 되면 술 한 잔에 여러 안주를 세트로 구성한 '아뻬리띠보(Aperitivo)'라는 메뉴를 모든 가게에서 인당 12~17유로에 파는 것이었다. 주로 이탈리아의 전형적인 햄 세트를 주는데, 가게에 따라서는 밀라노의 명물인 치즈 리소토를 포함한 뷔페를 제공하기도 했다.

그 낭만적인 거리(혹은 힙스터 거리)를 온종일 다녀 지친 파비오와 나는, 한 식당에서 그저 묵묵히 먹으며 허기를 달랬다.

오늘 파비오가 나를 위해 시간을 내준 사이, 엘레나는 친정 부모의 도움을 받아 퇴원했다. 나는 괜찮으니 병원에 가보라 했지만, 엘레나와 파비오 모두, "8년 만에 찾아온 손님을 위해 하루 시간을 내주는 게 훨씬 낫다"며 극구 사양했다. 그 덕에 고마움과 미안함을 동시에 느꼈다. 나를 챙기며 온종일 다녀서인지, 나를 데려다주고도 집에 가서 아기를 봐야 해서인지(아니면, 힙스터 거리에서 피곤함을 느꼈는지), 파비오는 조용히 음식을 먹으며 내일을 준비했다.

밀라노에서의 두 번째 밤이었다.

MILANO
WINE
WEEK
20
22
8-16 OTTOBRE 2022

10. 17.

octubre

이 글은 공항으로 가기 전, 파비오의 게임 전용방에 앉아 쓰고 있다.

파비오의 집이 밀라노 인근인 관계로, 나 역시 밀라노 인근 소도 시인 멜초(Melzo)의 한 3성급 호텔(파비오가 추천해 준 곳)에서 묵 고 있다. 호텔에는 작은 정원이 있는데, 밀라노 근교답게 아침마다 땅 위를 유영하는 안개가 정원의 초록빛 잔디를 더 짙게 만든다. 조식을 먹기 위해 레스토랑에 가면, '여기 밀라노야. 8년 전에 왔을 때도 이 안개를 봤지. 나 안 변했어' 하듯 반겨준다. 화려한 패션 도 시에서 불과 몇십 킬로미터 떨어졌을 뿐인데, 수억 광년은 떨어진 듯한 목가적인 분위기를 풍겨 신기한 느낌까지 든다.

그런 감상에 젖어 소담한 정원을 바라보고 있으면, 호텔 주인장 이 와서 "카푸치노 드릴까요?" 하고 당연하다는 듯 묻는다. 나는 파비오의 친구로 남고 싶기에 "씨. 씨. 씨. 카푸치노. 페르 파보레 ('플리즈'를 뜻하는 서반아어 '뽀르 파보르'와 매우 비슷하다)"라고 답한 다. 그럼, 호텔 주인은 '전통을 중시하는 친구군' 하는 뿌듯한 표정 으로 뒤돌아선다. 그러고선 곧장 정성스레 우유로 하트 모양을 장 식한 카푸치노를 내온다. 이것이 내가 지난 며칠간 받은 이 호텔의 인상이다.

주인장이 당연하다는 듯 카푸치노를 내온 것처럼, 파비오는 "아! 이런. 오늘 민숙이 떠나는 날인데, 티라미수를 못 먹어서 어떡하지"라며 대형 마트를 헤집고 다닌 후 티라미수를 사왔다. 그가 나를 위해 티라미수를 찾아 헤매고 점심 만들 재료를 사는 동안, 나는 여전히 '세탁 전쟁'의 피해자로서 이번에는 반소매 옷을 사러 다녔다.

파비오는 "민숙. 이탈리아 옷 비싼 거 알지? '셀리오(Celió)'라는 브랜드가 있어. 거기에 가면 가격은 적당하고, 품질은 좋을 거야"라고 해서 갔는데, 발을 내딛기도 전에 추천한 이유를 알았다. 과제가 밀린 공대생 표정을 한 마네킹들이 모조리 체크무늬 셔츠를 입고 있었다. 밀라노에서 일주일만 더 있으면, 체크무늬 셔츠를 입고 파비오와 함께 수학 문제를 풀고 있을 것 같은 위기감이 엄습해 온다(그나저나, 지금 이 시각 파비오는 "공대생이라면 혼자 있을 때 큐브를 맞춰야지"라며, 큐브를 요리조리 돌리고 있다).

엘레나는 여전했다. 나흘 전에 출산한 게 맞을까 싶을 정도로 아무런 변화가 없었다. 겉모습은 8년 전에 베를린에서 독일어를 함께 배울 때와 똑같았는데, 거짓말처럼 이제는 요람에서 쌔근쌔근 자고 있는 생후 4일 차 니꼴로가 그녀 곁에 있다. 나는 파비오와 엘레나 사이에 끼어 니꼴로가 자는 모습을 보고 있으니, 이거 출산을 축하해 주러 온 '꼬레아노 삼촌'이 아닌가 하는 생각이 들었다.

한데, 그때 마침 엘레나의 부모님이 딸과 손자를 보러 왔다. 하여, 반가운 마음에 "아버님. 오랜만입니다! 여전히 유벤투스 응원하시나요?"라고 안부를 건네니, 아버님은 "아니, 한국 작가 양반, 글 쓰기도 바쁠 텐데 그걸 다 기억하나?"라며 껄껄껄 웃었다. 그러더니 곧장 유튜브로 유벤투스 응원가를 틀었다. 그러자, 사위인 파비오는 "오. 노! 노! 노!" 하더니, 곧장 방에 가서 어제 내가 선물한 니꼴로의 인테르 밀란 유니폼을 꺼내왔다. 그걸 보고 장인어른은

기겁을 했다(아니, 손자가 유벤투스의 팬이 될 기회를 사위가 앗아갔다
니!). 그러더니, "이런! 나 집에 갈 거야!" 하시더니, 문을 열고 나가
는 포즈를 취하셨다. 하여, 나는 "아. 저런. 안녕히 가십시오"라고
했는데, 그게 정말 작별 인사가 돼버렸다. 아버님은 정말 그렇게
댁으로 돌아가신 것이다(그리고 이것이 그와 이탈리아에서 나눈 작별
인사가 돼버렸다)!

이탈리아에서는 정말 축구가 종교라는 인상을 받는다. 부디, 엘레나의 아버지가 "저 한국에서 온 녀석 때문에 손자가 나와 같은 팀을 응원 못 하게 됐잖아!"라며 한국 온라인 서점에 이탈리아어로 악평을 남기지 않길 바란다.

이곳에 온 지 불과 사흘밖에 안 됐지만, 파비오의 엄마와 엘레나의 부모와 여동생까지 모두 만났다. 더 놀라운 점은 내가 이들 모두를 8년 전에 만났다는 사실이고, 그들 모두 나를 또렷이 기억한다는 것이다. 내 이름 '민숙 초이'부터, 내 책이 한국에서 안 팔린다는 사실까지도. 나의 부친께서는 아직도 내 첫 책 제목(『청춘, 방황, 좌절, 그리고 눈물의 대서사시』)을 기억 못 하는데 말이다. 파비오 가족의 환대에 매번 눈물이 나올 것 같다(라고 쓴 이유는, 눈물은 나오지 않았기 때문이다).

사흘간 겪은 이탈리아는 가족과 전통을 무척 중시한다. 티라미수와 커피와 식후주를 즐기는 것도 전통이요, 아침에만 카푸치노를 마시는 것도 전통이요, 호텔의 가구와 화장실 세면대와 비데와 커튼과 햇빛 가림막이 오래된 것도, 열쇠가 오래된 것도 모두 전통이다. 아마 이 나라는 내가 10년 후에, 혹은 20년 후에 와도, 변함없이 그 모습을 유지하고 있을 것 같다. 8년 만에 만나도 변함없는 친구들처럼.

구라파에서 보낸 마흔일곱 번째 날이었다.

이 글은 마덕리의 후미진 한 펍에서 마오우를 한 잔 홀짝거리며 쓰고 있다.

이제 내 마덕리 생활에서의 1일 꼬르따도 한 잔과 1일 마오우 한 잔은 매일 행하지 않으면 마음 한구석이 불편한 제식 행위로 자리 잡았다. 아무래도 이곳을 떠날 때까지, 매일 꼬르따도와 마오우 한 잔쯤은 걸칠 것 같다.

어제 학원에서 '쿨한 수강생'으로 뽑혀 인터뷰를 했다(마드레 미아! 나도 못 믿겠다). 지난주, 쉬는 시간에 젊은 백인 남자가 대뜸 강의실에 들어와 "민숙 초이 맞으시죠? 한국의 로커?"라고 물었다. 내 삶에서 사어(死語)가 된 '로커'라는 아득한 단어를 들으니, 판도라의 상자가 열리며 그간 봉인해 놓은 추억이 나를 덮쳤다. '그래. 한때 나는 김승옥의 『무진기행』 속 안개처럼 담배 연기가 자욱한 지하 클럽에서 공연한 밴드 보컬 아니었던가.'

불과 3초도 걸리지 않은 질문에 청춘의 상념들이 몰려와, 당황과 향수에 젖은 채 "씨. 씨. 씨. 쏘이 민숙 초이. 깐딴떼 데 포에시아 이 비엔또(네. 네. 네. 제가 최민석이오. '시와 바람'의 보컬)"이라 답했다.

질문한 남성은 학원에서 인턴으로 근무하는 스무 살 미국 대학생 루카스였다. 그는 학원에 도는 풍문으로 내가 궁금해 검색해 봤다고 한다. 내가 속한 밴드 '시와 바람'은 앨범 두 장을 발표했으나, 지난 12년간 꾸준히 회식 위주로만 활동했기에 한국어로도 정보를 찾기 어려운데, 어찌 이 청년은 '시와 바람'을 찾고, 공연 영상까지 봤단 말인가. 타의 추종을 불허하는 그의 정보 활용력을 미뤄 보건대, 훗날 CIA에서 한자리 차지하지 않을까, 조심스레 추측한다.

어쨌든, 나를 찾아준 정성에 감복해 인터뷰를 수락했는데, 루카스는 완전히 개인적인 질문만 했다("밴드는 어떻게 시작했소?" "지금 일기를 쓴다고 들었는데, 한국에서만 볼 수 있는 거요?" "아직 번역된 책이 없단 말이오? 흠……" 등등). 하여, 나는 이런 인터뷰가 학원의 수강생 모집에 무슨 도움이 될까 싶어, 루카스에게 물어봤다(당연히 '이 학원에 온 후로 서반아어가 부쩍 늘었어요!'라는 간증 같은 홍보 영상을 찍을 줄 알았던 것이다). 이에 대해 루카스는 깔끔하게 정리했다.

"이 영상의 목적은 우리 학원에 '이렇게 쿨한 학생들이 많이 온다'는 것을 보여주는 겁니다. 함께 공부하는 친구들도 중요하니까요."

맙소사. 쿨한 학생이라니. '쿨함'과 '나' 사이의 거리는 아마 충북 증평군과 명왕성의 거리쯤 될 것이다. 하여, '인터뷰 영상을 올리지 말아 달라'는 말을 하고 싶었지만, 질문지와 시간표를 꼼꼼하게 작성해서 준비하고, 촬영 장비까지 들고 온 그의 정성에 감복해 차마 꺼내진 못했다.

다른 반 친구 유키도 사귀었고, 선생들도 이름을 모르는 인턴 루카스까지 알게 됐고, 마덕리 지리에도 어느 정도 익숙해졌다. 서반아어도 입에 붙기 시작했다.

그렇기에 이대로 마덕리를 떠나버리기엔 섭섭하다는 생각이 문신처럼 달라붙은, 마흔여덟 번째 밤이었다.

*

인간 속사포라 해도 손색이 없을 만큼 능숙하게 서반아어를 구사하는 엘리는 지난주에 상급반으로 진급했다. 그리고 '이 정도면 마스터했다'는 식으로, 이번 주까지만 학원을 다닌다. 엘리가 떠난다. 아울러 어디에나 존재하고, 무엇이든 하는 로드리고 역시, 다음 주에 런던으로 떠난다. 결국 다음 주면 이 반에 나 혼자만 남게 되는 셈이다. 만남과 헤어짐의 반복이 인생이라면, 서반아 학원이야말로 삶의 축소판이다.

10. 19.

octubre

이 글은 프라도 미술관에서 로드리고를 기다리며 쓰고
있다.

　　어디에나 존재하고 언제나 일찍 오는 그가 늦을 리가 없다. 혹시
내가 아직도 적응 못 해서 시간을 잘못 알아들은 게 아닌가 걱정하
고 있는데, 로드리고가 태연한 표정으로 나타났다.
　‘초이. 초면도 아닌데 설렁설렁하자고. 응?’
　　내 어학 실력에는 다행히 문제가 없었다. 하지만 여전히 브라질
인의 세계는 잘 모르겠다. 넓고도 오묘한 브라질인의 세계는 나의
인류학적 관심사를 자극한다. 언젠가 참새만큼 크다는 아마존의
모기떼에 물리더라도, 브라질 전국 일주를 하며 그들의 문화를 탐
구하고 싶다.

　　어제 이곳에 온 지 49일 만에 머리카락을 잘랐다. 서구권 생활
을 할 때 가장 곤혹스러운 게 이발인데, 그럭저럭 위기를 넘겼다.
수업 준비와 집필보다 검색에 더 열과 성을 쏟은 결과, 마드리에
사는 한인 미용사를 찾아냈다. 게다가, 가격도 믿기 어려울 만큼
싼 18유로만 받았다(독일은 물론, 한국에서보다도 적게 받았다). 고마
워서 팁을 조금 드리니, 미용사는 매우 격앙된 어조로 “감사합니

다"라고 했다. 하지만 굳이 따지자면, 진정 고마워해야 할 사람은 나다. 유럽에서는 자칫하면 미용실로 들어갈 때는 사람 얼굴을 하고 있지만, 나올 때는 울상 짓는 송이버섯이 될 수 있기 때문이다.

　하지만, 이 솜씨 좋은 한인 미용사는 '최민석 씨! 이대로 인간의 삶을 포기하면 안 됩니다!'라고 결의한 응급전문의처럼, 인간으로서의 내 생명을 연장해 주었다. 한인 미용사 '유진'과 그의 가족에게 무궁한 발전과 장구한 평화가 깃들기를 기원한다.

매일 글 쓰고, 각종 일을 처리하고, 일상을 소화하는 와중에 공부하기가 여간 벅찬 게 아니다. 무슨 영문인지 이곳에서는 사람들이 심심찮게 "지금 가장 원하는 게 뭐냐?"고 물어본다. 그때마다 나는 "모든 일에서 손을 떼고, 공부만 하고 싶다"고 답했다. 진심이다(물론, 가장 바라는 건 가족을 만나는 일이다. 하지만, 그렇게 답하면 괜히 동정을 요구하는 것 같아, 생각만 한다). 어쨌든 학교를 졸업한 지 얼마 안 된 것 같은데, 그 상투적이면서도 길바닥에 굴러다니는 표현 '쏜살같이 흐르는 시간'이 내 삶마저 관통할 줄 몰랐다. 대책 없이 시간의 급류에 휩쓸려 지내다 보니 문득 중년이 된 것이다.

중년의 쓸쓸함은 돈 버는 기계가 된다는 생각에서도, 주름이 느는 모습에서도 생겨나는 게 아니다. 그것은 바로, 선생이 없다는 사실에서 생겨난다. 더 이상 나를 가르쳐주는 사람도 없고, 가르치려 하는 사람도 없다. 스스로 시간과 돈을 들여 배우지 않으면, 과거에 쌓아놓은 얄팍한 정보와 경험에만 의존해 살아간다. 이는 앞으로 나아가는 삶이 아니라, 과거의 경험과 훈련을 조금씩 갉아먹으며 사는 삶이다. 그렇기에 40대 중반이 된 나는 새벽에 꾸벅꾸벅 졸면서까지 온전히 내 삶의 일부를 공부에만 쏟고 싶은 것이다.

행여나 수험생이 이 글을 읽는다면 "아니, 아저씨. 머리가 어떻게 된 거 아니에요" 할지 모르겠지만, 실은 알코올과 휘발성 강한 대화, 그리고 겸손한 단어로 자기애를 감춘 수사만 넘치는 만남에 지친 것이다. 그런 자리에서 몸과 영혼을 축내며 시간을 몇 년씩이나 허비하다 보면 내 갈증에 공감할지도 모르겠다.

여하튼, 일을 하는 와중에 짬을 내 공부해야 하지만, 이 시기는 삶이 준 선물이라는 것을 잘 알고 있다. 그래서 이 소중한 날을 기록으로 남기며, 아껴 쓰고 싶다. 언어유희를 할 마음은 추호도 없다. 하지만, 이렇게 쓸 수밖에 없다. 지금의 날들을 '잘 쓰기 위해, 이렇게 매일 쓴다.'

마드리드에서의 마흔아홉 번째 날이었다.

1547

CALLE
RVANT

10. 20.

octubre

이 글은 발렌시아로 가는 고속 기차 안에서 쓰고 있다.

서반아에서 기차를 타고 외곽으로 달리면, 물기 하나 없는 건조한 토양을 접한다. 기차역에서 출발해 도시를 떠나면, 다음 도시가 나올 때까지 서부 영화 배경지 같은 황무지가 죽 이어진다. 대지는 갈증에 신음하는 나그네처럼 지쳐 보이는데 종종 신록이 우거진 풍경이 드러나지만, 금세 '잊었어? 여기 서반아야'라며 항변하듯, 내 눈에서 사라져버린다.

그렇기에, 기차를 타고 달리면 이곳의 태양이 얼마나 뜨거운지 새삼 실감한다. 태양이 열을 내면 세상이 말라버리고, 태양이 잠잠해지면 그나마 살 만한 것 같다. 과장이 아니라, 이곳에 온 후로 '이래서 예전에 태양신을 섬겼구나' 하고 수차례 절감했다.

고대인이 태양신의 존재를 믿었듯, 흔히 예술가들은 '창조의 신'이 존재하는 것처럼 말한다. 작가들은 제발 '영감의 신'이 강림해 글이 술술 풀리게 해달라고 간청하고, 음악가들은 '뮤즈'가 찾아와 작곡할 수 있게 해달라고 애원한다. 어쨌든, 예술가들은 '영감의 신'을 찾아 헤매는데, 공교롭게도 어제 로드리고, 엘리와 함께 간 '프라도 미술관'에서 영감의 신을 조우했다.

풀어서 이야기하는 걸 양해 바란다. 모든 예술에는 공통점이 있다. 일례로 음악과 소설의 도입부는 종종 강렬하다. 어떤 음악은 전주가 웅장하게 시작된 후에 잔잔히 흘러가고, 어떤 소설은 첫 장에서 주인공의 죽음을 미리 보여준 후, 과거로 거슬러가 주인공이 죽기 전까지의 사연을 잔잔히 보여준다. 이런 식으로 음악과 문학은 서로 닮았고, 따라서 영향을 주고받을 수 있다. 하려 한 말은 음악과 문학 사이의 유사성을 발견할 수 있듯, 소설가 역시 미술에 영향받을 수 있다는 사실이다.

어제 프라도 미술관의 수작들을 면밀히 관찰하며, 명작들 사이에 있는 공통점을 발견했다. 바로 생생한 화풍을 바탕으로, 자극과 아름다움이 조화를 이루고 있는 사실이었다. 예컨대, 화가가 생생하게 그려낸 中世시대의 마을에서, 한 여인은 여전히 피가 뚝뚝 떨어지는, 잘린 목을 들고 있다. 그 충격적인 장면에 시선을 뺏겨 어안이 벙벙해졌다가 정신을 차리고 나면, 여인이 서 있는 마을의 배경은 거짓처럼 평화롭고 목가적이다.

그렇기에 그 강렬함과 평온함이 뒤섞인 명화는 보는 이를 충격에 한 번 빠뜨렸다가, 이후에는 점차 작품이 풍기는 이율배반적인 서정성에 빠지게 만든다. 즉, 파괴적인 강렬함과 평화로운 안온함이 오묘한 조화를 이루고 있는 것이다. 그렇기에 관람객은 작품에서 눈을 뗄 수가 없다. 한데, 이 모든 것은 화가의 생동감 넘치는 터치 덕분에 가능하다.

이를 글쓰기에 적용해 보자. 글은 한 인간의 나태해진 영혼에 거센 충돌을 일으켜, 그 영혼이 기민하게 살아 움직이게끔 해야 한다. 프라도의 많은 명화들이 일견 충격을 선사해 관람객의 동면 중인 영혼을 뒤흔들어 깨우듯 말이다. 따라서 화가들이 유려한 붓 터치로 마을을 서정적이고 평화롭게 그려내듯, 작가는 혼을 쏟을 만큼 아름다운 문장을 쓰도록 경주해야 한다.

동시에, 그 속에는 독자의 시선을 잡아끄는 자극이 있어야 한다. 모든 문장이 아름답고 생생하기만 하면 쉽게 읽힌 후에, 쉬이 잊히기 때문이다. 수백 점이 넘는 명화들 사이에서 관람객의 발길을 멈추게 하는 작품에는 모종의 자극이 담겨 있다. 이런 이율배반적 혼합이 글쓰기에도 필요한 것이다. 그렇기에 감히 고백하자면, '이제까지 여러분은 제가 한국의 골방에서 50일간 유럽 여행을 상상하며 쓴 글을 읽었습니다'라는 식의 자극은 곤란하겠지만, 우아함을 잃지 않는 자극은 양념 정도로 필요하다.

어디에나 존재하는 로드리고가 자신의 미술관 출몰 빈도가 낮다며, 나에게 미술관에 가자고 했다. 그 덕분에 간만에 긍정적으로 혼이 흔들린 듯하다. 로드리고도 종종 이렇게 도움을 준다. 앞으로는 아름다운 문장을 써야겠다.

그러나 오늘은 피곤하니, 아름다움은 내일부터 추구하자고 생각한 마덕리에서의 쉰 번째 밤이었다.

NARDO PÉREZ / 'MIRADAS DE AMOR, ALEGRÍA Y SUFRIMIENTO' (1/1)

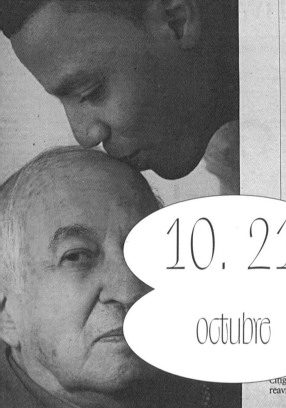

10. 21. octubre

La última mirada de Juan Goytisolo.

ANATOMÍA DE TWITTER
CRISTINA GALINDO

Quemados por el trabajo

Citigroup acaba de abrir en Málaga un centro para empleados jóvenes de todo el mundo. Más de 3.000 personas presentaron una solicitud para cubrir 30 puestos y el banco ha contratado de momento a 27. Los salarios de partida son la mitad que los de sus compañeros en Nueva York o Londres. Pero en lugar de dejarse la piel en extenuantes semanas laborales (65 horas, lo típico, y 100 en momentos clave), estos jóvenes banqueros se podrán dejar la piel también, pero ocho horas al día, con los fines de semana libres y en la soleada ciudad de la Costa del Sol. La entidad financiera busca así atraer talento en un sector muy criticado por quemar a sus empleados. "Creo que quiero convertirme en banquero de inversión", bromeaba estos días un usuario de Twitter.

En una medida de tono similar, Bank of America ha anunciado que ofrecerá a los empleados que lleven más de 15 años cuatro semanas extra de vacaciones pagadas, aparte de las habituales. Hay cientos [...] alzando la idea, mientras otros son muy [...]ticos: "¿Cuatro semanas tras 15 años? [...]os trabajos llevan décadas hacien[...]ca: "En el mío, me acaban de dar [...]os... tras 15 años".

[...]mentarios sobre el agotamiento [...]amado síndrome del trabajador [...]out, son un clásico de las redes. Y [...]s se produce a la vuelta de las vacacio[...]creativo, si siempre trabajas hasta cansar[...]as abandonando", advierte un tuitero. Al[...]unta qué es el verdadero agotamiento [...]empieza a ser preocupante: "¿Cuál [...]o trabajando para que una perso[...]e del trabajador quemado?". Y le [...]o a dos días...". Pero otros le dan [...]r quemado no es: 'Odio mi trabajo [...]sino: 'Odio mi trabajo, pero odio

[...]ará en Málaga de una oficina de Citigroup con horarios de 'solo' 40 horas reaviva el debate sobre el agotamiento laboral

pensar que quiero dejarlo porque creo en lo que éste trabajo se suponía que era, y tenía muchas ganas de hacerlo bien". Frustración laboral.

Sea como sea, bromear sobre el estrés en el trabajo está bien, pero los expertos recomiendan tomárselo muy en serio cuando se convierte en un problema de verdad. La Organización Mundial de la Salud lo ha bautizado síndrome del desgaste emocional y lo considera un trastorno asociado al estrés crónico en el trabajo. Afecta al 10% de los trabajadores y, en sus formas más graves, a entre el 2% y el 5%. Todo indica que la pandemia ha agravado esta tendencia.

Ser (o creerse) indispensable es uno de los grandes generadores del burnout. En un reciente artículo, Financial Times hablaba del tema y daba pie a una avalancha de tuits. "Si hay una persona indispensable es porque el proceso no está bien diseñado. Hay posiciones clave, pero no personalidades clave", remarca uno, seguido de otro mensaje que recuerda el refrán popular: "Indispensable el que llega, no el que se va". O, como escribió Goethe, los cementerios están llenos de hombres imprescindibles.

¿A qué edad se puede estar quemado? A los cinco años, sostenía con ironía una tuitera esta semana. Así respondía a la propuesta recientemente anunciada por el PSOE de Madrid de abrir los colegios 11 meses al año, desde las siete de la mañana hasta las siete de la tarde, para facilitar la conciliación familiar. Las redes han rugido a favor y en contra de esta idea. "Ahorraría muchos disgustos y muchos gastos innecesarios a las familias con ambos progenitores trabajando. No entiendo que alguien lo critique, la verdad", afirma uno. Y otro responde: "Conciliación es que puedas pasar más tiempo educando y disfrutando de tus hijos, no que les adopten en el colegio".

LCH

las europeos

[columna 1]
Comisión Eu-sancionar al Orbán por s, suspender-millones de t Generation n.
contundente: es una quie-o que atenta comunitario, íblicos de los s (o avalados privados de

ecanismo de iante el cual micos desem-exigencias de-datorio opor-es un merca-como el Chile

[columna 2]
Es un éxito de la gobernanza comunitaria. No en vano el Parlamento de Estrasburgo acaba de dictaminar que el régimen de Orbán no es una democracia plena, sino un "híbrido de autocracia electoral". A las palabras les siguen los actos.

Conviene rebobinar. El reglamento que permite esta sanción tardó muchos meses en aprobarse, precisamente por la oposición húngara, y la polaca. Ambas fueron vencidas, y eso que requería unanimidad.

Así que la permanencia de esa antigualla del derecho de veto es nefasta. Retrasa las decisiones. Pero al cabo no logra impedirlas. Acaba de ocurrir con el bloqueo de Orbán a la decisión de restringir la importación del petróleo ruso.

Y sucederá también con el secuestro de la fijación de un tipo mínimo

[columna 3]
de este compromiso de los 27 con la OCDE, que paradójicamente fue impulsado por la propia UE. Si persiste el bloqueo se implantará por "cooperación reforzada", o mediante algún mecanismo externo al Tratado.

Los enterradores prematuros de Europa tienen faena improba por delante: en realidad hace casi 70 años que sus responsos caen en saco roto. Es útil subrayar estas evidencias que los analistas atolondrados o escépticos suelen olvidar.

Más ahora, cuando otros semifachas, en Suecia o en Italia, humillan a la derecha convencional democrática —¡nostalgia de Angela Merkel!—, le roban el espíritu democristiano y la uncen a su carro. Y esta, con el petimetre Manfred Weber al frente, les rinde pleitesía: ¡nostalgia del insobornable Donald Tusk! ¿No pasarán? Ojalá. Pero en todo caso acaba

이 글 역시 발렌시아로 가는 기차 안에서 쓰고 있다. 마침내, 당일 일기를 쓰는 사이클로 돌아왔다. 브라보!

오랫동안 연락이 되지 않았던, 팔촌 형과 마침내 통화했다. 서반 아에 온 김에 런던에 사는 그에게 안부라도 전해볼까 싶어 몇 차례 연락을 해봤는데, 매번 답장이 없었다. 그래서, 혹시 번호가 바뀌었 나, 하고 생각했는데 역시나 그랬다. 내가 그를 찾는다는 소식을 전 해 듣고, 고맙게도 그가 전화해 주었다. 런던에서 한식당을 운영하 는 뭐은 "뭐야! 마드리드에 왔다고! 그것도 거의 두 달 전에!"라며 감탄사로 끝나는 문장을 연발하더니, "그럼, 당연히 우리 집에 와 야지!"라며 역시 감탄사로 끝나는 문장으로 초대해 줬다. 하여, 유 럽에서의 마지막 주는 런던에서 보내기로 했다.

아울러, 애초 계획보다 마드리드에 한 주 더 머무르며 학원을 다 니기로 했다. 스페인 문화부에서 나를 초대해 준 기간은 10월 30일 에 끝나기에, 그 후의 기간은 숙소비를 자비로 지불하며 지내기로 한 것이다. 그렇게라도 좀더 공부하고 돌아가고픈 게, 현재 나를 지배하는 바람이다.

이렇게 큰 계획을 짜고 나니, 정작 서반아 여행을 할 시간이 줄

어들었다. 이에, 남은 세 번의 주말을 활용해 서반아 여행을 하기로 했다. 그래서 지금 내가 발렌시아행 열차에 앉아 이 글을 쓰고 있는 것이다.

오늘, 로드리고와 엘리에게 작별을 고했다. 물론 로드리고와는 어젯밤에 프라도 미술관을 관람한 후, 형광등이 잔뜩 켜진 바에서 셰프가 조리한 안주에 와인을 곁들였다. 그는 내가 매번 수업 시간에 형광등을 켜지 않으면 교재의 작은 글씨를 읽지 못해 힘들어한다는 사실을 상기했다는 듯, "이것 봐! 메뉴판 글씨가 작잖아!"라며 형광등을 LED 조명 전문점보다 밝게 켠 바를 선택한 자신을 자랑스러워했다.

이에 "이봐, 친구. 나는 술은 어두운 데서 마시는 걸 좋아한다고!"라는 말은 우리의 우정과 코앞까지 닥친 이별을 고려해, 와인과 함께 삼켰다.

떠날 때가 가까워져서 그런지, 마드리드의 매력이 하나둘씩 보인다. 예술적 영감을 끊임없이 고취하는 박물관, 편리한 교통, 합리적인 가격의 질 좋은 서비스, 어제 갔던 바처럼 도시 곳곳에 숨어 있는 흥미로운 가게들……. 왜 늘 도시와 사람의 매력은 헤어질 때가 되면 보이는 걸까. 이렇게 쓰면, 이제 곧 헤어질 로드리고의 매력에 대해 길게 쓸 것 같지만, 아쉽게도 그건 발견하지 못했다. 우리 삶에는 늘 예외가 있는 법 아닌가.

로드리고에게 유일한 장점이 있다면, '임박한 이별 앞에서도 제 매력을 꽁꽁 감추며, 늘 우리 삶에는 예외가 도사리고 있다는 진리를 새삼 상기시켜 준다'는 점이다. 써보니, 대단한 장점은 아닌 것 같지만….

학원 수업을 마친 직후, 엘리가 "'라 울티마 체나(다빈치가 그린 〈최후의 만찬〉을 일컫는 이태리어)'를 해야지!"라며, 우리를 이끌었다. 우리라고 말한 이유는, 어디에나 존재하고, 언제나 빠지지 않는 로드리고가 주어에 포함돼 있기 때문이다(당연한 것 아닌가?). 내가 발렌시아行 열차를 타야 해서, 우리는 간단한 식사밖에 할 수 없었지만, 엘리는 마지막을 기념하기 위해 사진을 열심히 찍은 후 우리에게 공유했다(물론, 사진에는 엘리가 가장 잘 나왔다. 자기 위주로 찍은 것이다. 예쁘게 잘 살아야 해, 엘리!).

공염불이 될지 모르겠지만, 찬 바람이 부는 마드리드의 오후, 우리는 모두 포옹하며 "나중에 다시 유럽에 오면 꼭 만나자"고 인사를 건넸다. 이제 로드리고는 일주일 동안 런던의 모든 박물관과 모든 전시장과 유행하는 모든 디저트 가게에 존재할 것이다.

다음 주부터 강의실에는 어디에나 존재하는 로드리고가 없을 것이다. 쉬지 않고 왕성하게 말하던 엘리도 맞은편 상급반 유리문 너머로 보이지 않을 것이다. 이제 학원을 통틀어 나보다 상급자로

독자들이 갑자기 책을 덮는 불상사를 방지하기 위해 내 모습은 잘랐다.
모두 독자 생각하는 마음이니, 양해해 주시길.

남은 학생은 한 명뿐이다. 그토록 바라던 마드리드 생활 중급자가 나도 모르는 사이에 된 것이다. 하지만 어쩐지 내가 바라던 중급자의 생활은 아닌 것 같다. 마덕리와 서반아어에 어느 정도 적응하면, 주변 친구들이 하나둘씩 늘어가고 그래서 주말에 그들과 마덕리를 함께 즐길 것 같았건만, 정작 중급자가 되어갈수록 친구들은 하나둘씩 떠나고 주말에도 여전히 마덕리를 홀로 배회하고 있다.

하지만, 육체노동자가 근육노동을 하기 위해서는 신체에 영양분을 공급받아야 하듯, 영혼 노동자는 자신의 영혼에 지적 영양분을 공급해 주어야 한다. 지난 수년간 나는 부박한 내 영혼을 채우지 못한 채, 그저 내 안에 있는 얄팍한 경험치를 문자로 전환하며 가까스로 버텨왔다. 그렇기에 내 말라버린 영혼의 샘을 촉촉하게 적셔줄 지적 영양분을 찾아 삶의 터전을 떠나온 것이다. 따라서, 현재의 나로서는 친구도 없이, 혼자서 묵묵히 지내는 이 시간도 소중하고 절실하다. 그렇지만, 일단 오늘 밤은 술을 한잔하고 싶다. 무슨 영문인지, 벌써 로드리고가 그립다.

모두가 떠난 쉰한 번째 날이었다.

10. 22.

octubre

이 글은 발렌시아의 특산주라 할 수 있는 '아구아 데 발렌시아(발렌시아의 물)' 칵테일을 마신 후 쓰고 있다. 발렌시아 사람들은 왜 칵테일에 '발렌시아의 물'이라는 이름을 붙였단 말인가. 이 칵테일을 추천한 택시 기사에게 작가적 상상력을 동원해 물었다.

"우리가 물이 없으면 살 수 없듯이, 발렌시아 사람들은 이 칵테일(발렌시아의 물)이 없으면 못 사는가 보죠?"

그러자 그는 정색하며 답했다.

"아니, 그냥 칵테일을 오렌지 생즙으로 만들었기 때문인데."

가히 수확기에는 땅에 떨어진 오렌지가 발에 밟혀 도시의 미관이 나빠진다고 걱정하는 '오렌지의 도시'다운 작명법이다. 발렌시아에는 오렌지 생즙이 물처럼 흔한 것이니 말이다.

이 칵테일은 말한 대로 오렌지즙에 보드카와 진, 그리고 얼음을 최적의 비율로 섞은 것인데, 실로 명물이라 할 만하다. 헤밍웨이가 일찍이 '모히토를 즐기는 작가'로서의 이미지를 선점했기에, 나는 '아구아 데 발렌시아'를 즐기는 작가로 자리매김하길 소심하게 바라본다.

어제저녁에 도착한 발렌시아는 확실히 정열과 온기가 넘치는 도시였다. 흔히 서반아를 '열정의 나라'라 하는데, 사실 수도인 마드리드에서는 그 '정열'을 느낄 일이 흔치 않다. OECD 가입국 수도의 시민들이 대부분 그렇듯, 마드리레뇨(마덕리인)들은 보통의 서반아인들에 비해 얌전하다. 할 일도 많고, 남의 일에 적게 참견하고, 점잖다. 한데, 발렌시아 기차역에 도착하니, 자신이 화끈한 도시라고 강변하듯 경적은 끊이지 않았고, 야자수도 시원시원하게 높이 자라 있었다. 심지어 우연히 만난 청년이 화통하게 내 버스비까지 내줬다.

나는 원래 숙소까지 버스를 타고 갈 요량으로 정류장에서 청년에게 물었다.

"여기 버스비도 마드리드에서처럼 신용카드로 결제할 수 있죠?"

그러자 청년은 '아니, 마드리드에서는 그게 가능하다는 말이오?'라는 표정을 지었다.

"쎄뇨르(아저씨). 발렌시아에서는 교통카드로 결제하거나 현금을 내야 하는데요."

하나, 한평생 계획 없이 살아온 내가, 막 발을 디딘 도시의 교통카드를 갖고 있을 리 만무하다. 따라서, 현금으로 값을 치러야 했는데, 마침 수중에는 버스 기사가 싫어할 게 명백한 50유로 지폐밖에 없었다. 하여, 청년에게 "교통카드는 어디서 살 수 있나요?"라고 묻는 순간, 눈치 없는 버스가 도착해 버렸다. 그러자 청년이 버스에 뛰어오르며 외쳤다.

"어서 타요! 제가 찍어 드릴게요."

이에 버스에 뛰어오르고서 물었다.

"이러면 안 돼요. 혹시 페이팔(미국의 송금 서비스) 쓰십니까?"

청년은 마드리드의 버스 승차법을 들었을 때처럼, 또 한 번 금시 초문이라는 표정을 하고 있었다.

하여, "정말 감사합니다. 저는 한국의 작가인데, 발렌시아에서 큰 은혜를 입었다고 제 책에 꼭 쓸게요"라고 인사를 하니, 청년은 "그래요? 이름이 뭐죠?"라며 휴대폰을 꺼내 곧장 내 이름을 검색했다. 그리하여 나는 대역죄인처럼 고개를 숙이며 "제 책 중에 번역된 게 아직 없어서요…"라며 부디 검색을 멈춰달라고 부탁했다.

확실히 서반아인들은 한국인과 달리 작가라는 이야기를 하면, 바로 휴대폰을 꺼내 검색하는 화끈한 행동주의자들이다. 동시에 번역된 책이 없다고 하면 "아이구. 저런! 어서 번역이 되길 바란다"며 뜨거운 위로와 조언도 아끼지 않는다. 그 결과, 서반아에 온 후로 번역 작품도 없는 작가라며, 거의 매일 동정받고 있다.

버스를 타니 다음 정류장을 안내하는 차내 모니터가 고장 나 있었다. 원래 방향치인 데다가 초행길이라 이방인으로서 불안하기 그지없어, "혹시 ○○ 정류장 지나쳤나요?" 하고 바짝 타는 입술로 말을 건네니, 뒷자리 여성이 "걱정 마요. 제가 알려드릴게요"라며 안심시켜 줬다.

어디에나 그렇듯, 시스템이 작동하지 않는 곳에는 늘 사람이 있다. 그 온기 어린 사실이 지도 없는 이방인의 불안감을 상쇄함은

물론, 오히려 더 깊은 안온감을 선사한다. 어쩌면 그 사실만 믿고 방향치인 나는 감히 낯선 곳으로 여행을 떠나는지 모른다.

그럼에도 불구하고, 내가 받은 이 모든 좋은 인상을 한 웨이터가 날려버렸다. 빠에야의 고향인 발렌시아에서 빠에야를 안 먹고 돌아가는 건 오만 아닌가. 하여, 빠에야 식당을 찾는 와중에, 한 웨이터가 빠에야가 15유로밖에 안 한다며 호객했다. 반가운 마음으로 자리에 앉고 나니, 그는 "빠에야를 조리하는 데 50분이 걸리니, 이건 어떻소?"하며 24유로짜리 해물 모둠을 추천했다.

해안 도시에서 태어나 늘 해산물에 향수를 느끼는 나이기에 역시 흔쾌히 응했다. 그러자 이제는 나를 '아미고(친구)'라 부르기 시작한 웨이터가 해산물을 보여주며 '굴과 새우와 (손바닥보다 짧은) 가재'를 섞어서 먹어보라고 했다. 그렇게 친구의 말대로 먹고 나니, 한화로 8만 원이 나왔다.

"아니, 아미고(친구). 대체 어찌 이리된 거요?"

내 질문에 좀 전까지 친구였던 웨이터는 '이런 아마추어가 다 있나' 하는 표정으로, "거. 굴값은 별도요!"라며 처음 듣는 말을 했다.

하여, 나는 그동안 갈고닦은 서반아어로 "아니, 그렇다면 아까 굴을 먹으라고 할 때 말을 해줬어야죠. 말을 안 해주면, 손님은 당연히 굴이 해산물 모둠 메뉴에 포함된 걸로 이해하지, 누가 그 맥락에서 '아. 굴은 별도인가? 물어봐야지'라고 결심한단 말이오!"라고 말하기를 마음속으로만 연습한 뒤 "아. 그렇군요. 몰랐네"라고 인사하고 나왔다. 하지만, 비장의 복수를 했다. 팁을 주지 않은 것이다. 물론, 서반아에서는 아무도 팁을 주지 않지만…. 게다가, 이 식당의 계산서에는 이미 '봉사료'가 추가돼 있지만…. 그럼에도, 평소처럼 추가로 팁을 주지는 않은 것이다.

여하튼, 나는 이 문제로 인한 감정을 내 안에 오래 머물도록 허락하지 않았다. 부정적인 에너지로 피해받는 것은 결국 나 자신이니까. 나는 이를 어떻게 활용할까 고민하다, 이것이 다 내 어학 실력의 부족에서 기인한 문제라 여기고 좀더 학구열을 불태우는 땔감으로 삼기로 했다. 역시 정신승리를 하고 나니, 마음은 편해진다. 어학 실력은 안 늘고, '정신승리력'만 느는 게 아닐까, 하는 위기감이 발렌시아 파도와 함께 몰려온다.

여행지에는 오래된 원형 극장, 성과 요새, 그리고 박물관이 있다. 이런 것들이 하나씩 모여 그 도시의 인상과 느낌을 자아낸다. 하지만, 결국 여행객의 인상에 오래도록 남는 것은 그 도시의 사람들이다. 수백, 수천 년 된 유물이 아무리 견고하게 버텨낸다 해도, 사람의 말 한 마디, 행동 하나에 따라 도시의 인상은 단번에 흔들리니 말이다.

역시 여행의 九할은 사람이다. 나도 좋은 여행자가 돼야겠다고 여긴, 서반아에서의 쉰두 번째 날이었다.

10. 23.

octubre

이 글은 발렌시아의 호텔 레스토랑에 앉아, 안달루시아 오징어를 먹으며 쓰고 있다.

오늘 오후에 방문한 '포르트 사플라야(Port Saplaya)'는 눈으로 보면서도 그 광경을 믿기 어려운 곳이었다. 개인들이 소유한 작은 요트들이 항구에 쭉 늘어서 정박한 동네였는데, 그 요트 정박지 뒤로 파스텔 톤의 집들이 시간의 세례를 받아 우아하게 퇴색돼 있었다. 마치 도서관에 전시된 몇백 년 된 책들의 빛바랜 페이지가 시간의 매력을 뿜어내듯 했다. 이 '포르트 사플라야'의 요트 정박지 앞에는 노천카페와 레스토랑이 즐비하기에, 일요일 오후를 즐기려는 관광객과 주민들이 한데 어우러져 안온하면서도 적당한 활기를 뿜어냈다. 평화롭게 쉬면서도, 무기력함에 빠지지 않는, 실로 조화로운 분위기였다.

인근에 위치한 말바로사(Malvarrosa) 해변에는 놀랍게도 시월 말인데 수영하는 사람들이 있었다. 어떤 이들은 웃옷을 벗고 일광욕을 즐겼고 어떤 이들은 비치 발리볼을 하고 있었다. 쏟아지는 햇빛을 받으며 부드러운 모래 위를 걷다 보니, '이것이 진정한 휴일이구나' 하는 생각이 내 머리 위에 의심의 여지 없이 내려앉았다.

이렇게 쓰니, 발렌시아 홍보 대사라도 된 것 같(지만, 발렌시아에서 나를 홍보 대사로 임명할 리가 없)다. 그럼에도, 이렇게 쓸 수밖에 없다. 이 도시가 자랑하는 건물 '예술과 과학의 도시(Ciudad de las artes y las ciencias)'는 대체 '왜 건물 이름이 도시인 거야?'라며 투덜대며 갔는데, 가보니 정말 '도시'라고 이름을 붙일 만큼 광대했고, 현대적이었다. 서반아가 자랑하는 건축가 산티아고 칼라트라바가 지은 건물들 여러 채가 복합 단지를 이루고 있었다.

당연한 말이지만, 각 건물 안에서는 예술과 과학에 관한 전시회가 개최되고, 입장객은 이를 즐긴다. 그리고 이 건물들을 인공 호수가 에워싸고 있는데, 밤이 되면 서늘한 바람 덕에 호수에 잔잔한 물결이 일고, 그 위에 비친 건물의 모습과 지상의 건물이 수면을 기준으로 데칼코마니처럼 밤마다 서로 맞댄다.

구시가지에는 관광객과 빠에야와 노천카페가 넘쳐나고, 신시가지에는 현대적 건물이 우뚝 서 있고, 이 모든 곳에는 유쾌하고 다정한 사람들이 있다. 거의 모든 게 완벽했다(어젯밤의 웨이터만 빼고. 하지만, 결과적으로는 학습 의욕을 부추겨줬으니 만족한다). 하여, 발렌시아는 이번 서반아 체류 기간 동안 언젠간 가족과 함께 오고 싶은 유일한 도시로 자리 잡았다(물론, 다른 도시도 좋았다. 하지만 한 도시만 꼽으라면 발렌시아를 고르겠다는 말이다).

그리고 이 글을 쓰면서 먹고 있는 안달루시아 오징어튀김! 호텔 레스토랑 직원이 추천하기에 먹어봤는데, 마드레 미아! 이토록 부드

럽고 쫄깃한 오징어를 내 평생 처음 먹어봤다. 동시에 이 오징어와 곁들인 '알람브라 로하(레드)' 생맥주도 일품이다.

말이 나온 김에 설명하자면, 서반아는 '아, 거. 한국은 지역마다 막걸리를 주조한다며? 우리도 그래요'라는 식으로 지역 맥주를 생산한다. 이 '알람브라 로하 맥주'는 이름에서 알 수 있듯이, 711년 아랍인들이 서반아로 진격한 후 약 800년 가까이 남부를 지배하는 동안 지었던 그 유명한 '알람브라 궁전'에서 따왔다.

그렇기에, 굳이 따지자면 알람브라 궁전이 있는 도시 '그라나다(Granada)'의 맥주인 것이고, 지역 전체로 보자면 '도'나 '주' 정도가 되는 지방 '안달루시아'의 특산주인 것이다. 이 말은 발렌시아에서도 안달루시아 맥주와 오징어를 먹을 만큼, 안달루시아는 매력적인 지방이라는 것이다.

하여, 없는 시간을 쪼개서, 오징어도 맛나고, 맥주도 맛난 안달루시아에 가기로 발렌시아에서 결정했다. 구체적으로는 그라나다로 말이다. 그 유명한 '알람브라 궁전'을 보지 않고 한국으로 돌아갈 수는 없는 노릇 아닌가.

어쨌든, 여행지에서 다음 여행 계획을 세우는 사이, 다시 마드리드로 돌아갈 시간이 다가왔다. 이제는 마드리드가 거주지이자, 안식처이자, 제2의 고향 같다.

마덕리에서의 쉰세 번째 날이었다.

이 글은 아르만도 만사네로(Armando Manzanero)의 〈라 까시타(*La Casita*, 집)〉를 들으며 쓰고 있다.

외국어 학습이 선사하는 보람은 그 언어로 된 음악이 내 안으로 들어올 때 생겨난다. 조금 과장하자면 하나의 우주가 열릴 만큼 삶의 지경이 넓어지고, 즐기고 누릴 것이 끝없이 펼쳐지는 것 같다. 하여, 이 기쁨을 좀더 누리고자, 서반아어가 어느 경지에 도달하면 불란서어에도 도전하기로 결심했다.

오늘은 한 주가 시작된 월요일이다. 여행을 마치고 학원에 가보니, 역시나 새 학생은 없었다. 선생께선 아마 앞으로도 새 학생은 없을 것 같다고 했다. 내가 속한 B2 클래스에는 이젠 웬만해선 새 학생이 오지 않을 것이라 했다. 수업이 끝난 후, 레벨 테스트를 받는 이스라엘 학생이 서반아어를 굉장히 능숙하게 하기에 '오오. 어쩌면 우리 반에 오겠구나' 하고 기대했는데, 선생께선 내 기대를 저버리고 그 학생을 A2 클래스로 보냈다.

학원의 수업 단계는 크게 'A1(초급반) → A2 → B1(중급반) → B2 → C1(상급반) → C2'로 구성되고, 단계별로 다시 '1, 2 과정'으로 나뉜다. 예컨대 'A1'은 엄밀히 말해 'A1-1'과 'A1-2'로 나뉘는

식이다. 그러니, 크게는 6단계이지만, 세부적으로는 12단계로 나뉜다. 세부 단계를 공부하는 데 한 달 정도 걸리니, 학원은 야심 차게도 1년이면 '서반아어'를 정복하도록 재빠르게 진도를 이끌어가고 있는 것이다.

나는 이번 주 목요일부터 'B2-2' 단계를 공부하기로 했다. 그러니, 선생께서는 이 정도 클래스가 되면 새 학생이 오지 않는다는 걸 경험으로 알고 있었다. 하여, 나 혼자 선생에게 두 시간 동안 단독 수업을 받고 돌아왔다(수강생이 한 명뿐이면, 개인 수업으로 적용돼 수업 시간이 4시간에서 2시간으로 단축된다).

외딴섬에 있는 폐교 직전의 학교에서 홀로 수업받는 학생만이 내 심정을 이해할 것이다.

그동안 마덕리에서 내 발이 되어준, 자전거인 척한 철갑선 '거북선'과 어느덧 작별할 때가 왔다(여전히 엉덩이가 아프긴 하지만, 어느 정도 적응했는데 아쉽다). 하여, 서반아의 중고 물품 거래 사이트에 거북선을 매물로 내놓으니, 올린 지 채 하루도 안 돼 '구매 의사'를 밝힌 사람이 등장했다. 그가 요구한 대로 전화번호를 알려주고 기쁜 마음으로 잠든 후, 아침에 일어나니 사이트에서 메시지가 와 있었다.

"당신에게 구매 의사를 밝힌 사람은 다른 회원과의 규칙을 지키지 않았으며, 회원들을 속여 부정행위를 실행할 수 있기에 임의 탈퇴시켰습니다. 또한 이미 알고 있는 연락처를 통해 당신에게 접촉할 수 있는데, 이는 사기 수법일 수 있으니 각별한 주의를 요합니다."

마덕리의 중급자가 된 줄 알았는데 여전히 모르는 것투성이다. 나는 아마 한국에 돌아가는 날까지, 이곳 생활에 적응을 못 할 것이다.

로드리고는 '나를 잊으면 안 돼!'라는 식으로 계속 SNS에 자기 사진을 올리고 있다. 이는 평소에는 전혀 볼 수 없는 모습으로, 사진 속 그는 안경을 벗고, 미간에 잔뜩 힘을 줬지만, 어쩐지 게슴츠레한 눈빛으로 '당신을 무장 해제시킬 나른한 남자'라는 인상을 주(려고 노력하)고 있다. 그와 내가 함께 찍은 여러 장의 '아! 인생 모르겠고요. 그냥 오늘 한잔하렵니다'라는 분위기의 사진보다, 스스로 연출해서 찍은 결과물을 그는 훨씬 더 맘에 들어 하는 것 같다.

지속적인 그의 정성에 감복해, 그런 사진 몇 장을 소개한다(물론, 동의를 구했다. 런던에서 박물관을 순방 중인 그는 껄껄껄 웃으며 "그거 좋지. 좀더 잘나게 보여야지"라며 흔쾌히 허락해 줬다).
앞으로 런던의 모든 박물관은 로드리고를 맞이할 것이다.

마덕리에서의 쉰네 번째 밤이었다.

마성의 남자 느낌을 연출하는 로드리고.

이 글은 이제 영혼의 안식처같이 느껴지는 제임스 조이스 아이리시 펍에 와서 쓰고 있다.

이곳의 호가든 생맥주 1파인트는 내 얼굴만 하다(독자들은 내 얼굴이 크다고 상술한 사실과 이때껏 굳이 내 사진만 공개하지 않은 점을 복합적으로 상기해 주길 바란다).

어제 오랜만에 나의 일본인 친구 유키와 함께 내가 사랑하는 한식당 '까사 불고기'에 갔다. 점점 마덕리에 단골집이 늘고 있다(제임스 조이스 펍의 직원들은 이제 나를 보면 안부를 묻는다. "또 토트넘 게임 보러 왔지?!").

유키에게 "불고기를 먹어도 된다"고 했는데, 그는 일본인임에도 불구하고 "아니. 한식당은 매운 음식이지!"라고 호언장담하며 굳이 제육볶음과 김치찌개를 주문해 나와 나눠 먹었다. 그는 "나 태국에서 십 년 살았어!"라며 매운 음식을 잘 먹었는데, 어째 그보다 내가 한식을 더 매워하는 것 같았다.

숙소에서 제공해 준 서반아 음식을 두 달간 먹은 결과, 어쩐지 서반아인처럼 내장이 매운 음식에 약해진 것 같다. 그럼에도 불구

하고, 일주일에 한 번은 반드시 한식을 먹어야 타국 생활을 버틸 수 있다. 이런 점에서 나는 태생적인 한국인이다.

일기를 쓰고 있는데, 방금 내 옆에 태생적인 중동인이 앉았다. 어차피 다들 축구를 보러 왔기에, 중동인은 나를 보자마자 "어! 토트넘?" 하고 내가 응원하는 팀을 물었다(손흥민 선수의 활약 덕에, 한국인처럼 생기면 일단 토트넘을 응원한다고 여긴다). 고개를 끄덕이자 그는 넉살 좋게 "쏘니(손흥민) 팬이시구면"이라 말하고선, 자기도 토트넘 팬이라 했다. '살만'이라는 이 남성은 내가 호구 조사를 나온 통계청 직원이라도 되는 양, 재빠르게 자신의 인구 통계학적, 사회 경제적 속성을 밝혔다(44세, 쿠웨이트 국적, 쿠웨이트시티 거주, 정유 회사 근무).

내가 잠자코 듣고 있자, 살만은 억울한지 "어디에서 왔냐"고 물었다. 하여, "사우스 코리아"라고 답하자, 대뜸 "너, SK에서 일하냐?"라고 물었다(태어나서 한국인이라고 밝힌 후, 이런 질문을 들은 적은 처음이다. '삼숭: Samsung'에서 일하냐는 질문은 받은 적이 있다). 하여, "당신이 SK와 거래하시오?" 하고 반문하니, 그는 "한국 SK에서 6개월간 파견 근무를 했다"고 답했다. 하여, "오오. 그럼 서울에 계셨나요?"라는 질문에 고개를 끄덕이기에, "어디에 사셨어요?"라고 물으니 그는 "롯데호텔!" 하고 짧게 답했다. 이게 중동 석유 회사의 출장 방식인가! 왠지 흔히 말하는 '본점'인 것 같아 "어떤 롯데호텔이요?" 하고 물으니, 그는 의아해하며 "어. 백화점도 붙어 있고, 지하에 면세점도 있고, 시내 중심가였는데…"라고 했다.

내 예감이 맞았다. 쿠웨이트 정유 회사 직원은 그런 곳에 반년간 묵은 걸 대수롭지 않게 여기며, 가장 좋았던 점으로는 "어… SK까지 걸어갈 수 있잖아. 그거지 뭐"라고 태연히 말했다.

손흥민 선수는 쿠웨이트시티에 살며 콧수염을 두껍게 기른 중년 남성이 자신을 응원하는 걸 알까? "아니. 쿠웨이트에도 토트넘 팬이 꽤 있습니까?"라고 물으니, 그는 "거의 없어요. 내가 흔치 않은 케이스지"라고 했다.

하여, 대체 왜 이 팀을 응원하게 됐느냐 물으니, 그 대답 역시 산유국 시민다웠다. "열두 살 때 런던으로 영어를 배우러 갔는데, 다들 축구를 보기에 팀을 하나 골라야 했지. 어차피 큰 팀은 셋이잖아. 아스널, 첼시, 토트넘. 토트넘이 제일 못했는데, 그때 오스발도 아르딜레스라는 아르헨티나 선수가 마음에 들었어. 그 선수가 토트넘 소속이었거든. 그래서 토트넘을 응원하기 시작했는데, 그때부터 지금까지 35년 동안 트로피 드는 걸 한 번도 못 봤어요!"라며 그는 울상을 지었다.

어쩌면, 살만은 살 만한 인생에서 불행을 학습하기 위해 토트넘을 응원하기로 택했는지도 모르겠다. 누구에게나 균형 감각은 필요하니까.

오늘은 원래 유키 이야기를 좀 쓰려 했는데, 갑자기 살만이 말을
거는 바람에 그의 이야기를 쓰다 끝나버렸다. 이래서 내가 계획을
안 세운다. 어차피 못 지킬 거니까.

마덕리에서의 쉰다섯 번째 날이었다.

10. 26.

octubre

이 글은 서반아 중고나라인 '왈라팝'을 통해, 자전거를 판 기쁨에 취해 쓰고 있다.

한국은 물론, 생전 그 어디에서도 '중고 거래'를 해본 적이 없는 내가 이 낯선 땅에서 이런 일을 해내다니, 너무 기뻐 거북선을 팔고 받은 90유로를 모두 술값으로 써버리고 싶다.

농담이다. 이 사막처럼 건조하고, 뜨거운 태양이 작열하는 곳에서 끝까지 내 곁을 지켜준 유일한 존재는 바로 '거북선'이 아닌가. 비록 이렇게 우리는 헤어질 운명이었지만, 거북선은 떠나면서까지 내게 현금 90유로라는 선물을 남겨줬다. 하여, 러시아 사람의 손에서 새롭게 태어날 거북선의 빛나는 미래와 무궁한 발전을 기원하는 기념식 비용으로 쓰는 게 낫겠다(고 포장했지만, 결국 술값으로 쓴다는 말이다).

지난 사흘간 '왈라팝'에서 거북선에 관심을 보인 사람은 총 세 명이었다. 그중 두 명이 사기꾼이었다. 왈라팝은 내게 지속적인 메시지를 보내어, 그 두 명이 다른 회원들에게 불필요한 정보를 요구하며, 홈페이지 규정을 어기는 거래를 했다며, 왈라팝 이외의 채널을 통해서 접촉을 해오더라도 무시하는 게 좋다며 경고했다. 결국, 지난 사흘간 거북선에게 제대로 관심을 보인 사람은 한 명뿐이었던 것이다.

그런데 '미겔'이라는 이 인물은 프로필 사진을 고양이 사진으로 쓰고 있었다. 사기꾼들도 자기 얼굴을 프로필 사진으로 설정하고, 나도 내 얼굴을 프로필 사진으로 정해놓았는데, '고양이' 사진이라니. 이는 자신의 정체를 숨기겠다는 명백한 의도가 아닌가. 게다가, 나는 사서 한 달도 채 안 탄 자전거를, 산 가격의 반값보다 싼 110유로에 팔겠다고 올렸다. 한데, 미겔이 보낸 첫 메시지는 "저… 오늘 가면 70유로에 해주시나? (웃음 이모티콘)"이었다. 70유로라니! 차라리 안 팔고 말지! 게다가, 고양이를 프로필로 설정해놓은 이 인물이 고양이가 생선을 낚아채듯, "저…… 시운전 한번 해봐도 될까요?"라고 한 뒤, 걸음 느린 나를 두고 잽싸게 사라져버릴 수도 있는 것 아닌가.

나는 '아, 미겔은 안 되겠다' 싶어서 단번에 거절했는데, 그러자 곧장 "그럼, 80유로 어때요? (웃음 이모티콘 두 개)"라는 전갈이 왔다. '아니, 당신 지금 나랑 흥정하자는 거요?'라고 여겼는데, 맞다. 흥정하는 거다. 하여, "최소 가격이 100유로입니다"라고 어제 거절하고 끝냈다. 그러자, 이 집념의 고양이남 미겔은 오늘 "좋아요. 그럼 90유로로 하시죠"라고 또 연락을 해오는 게 아닌가. 이쯤 되면 그 유명한 병법인 '힘 빼기 전술'을 쓰는 게 아닌가 싶었다.

이때, 나는 미겔이 과도한 이모티콘을 쓰는 걸로 보아 초등학생이거나, 짧게만 묻는 걸로 보아 자신에 대한 어떠한 단서도 남기지 않으려는 주도면밀한 계획범죄자가 아닐까, 하는 상당히 논리적인 상상을 했다(이 와중에 아내는 "당신 어리숙해서 어디 끌려가서 진탕 맞기만 하고, 자전거도 뺏기는 거 아니에요?"라며 굴욕적인 염려를 진심으로 해주었다. 그나저나, 내가 그런 사람으로 비쳤다니…).

어쨌든 나는 미겔이 파놓은 함정에 빠졌다. 그가 사흘에 걸쳐 지속적으로 연락을 해오며, 조금씩 가격을 깎고, 심지어 이모티콘도 웃음 표정에서 감동 표정으로 정성스레 바꾸는 바람에 나도 몰래 마음이 흔들리고 만 것이다. 결국 90유로에 팔기로 했지만, 그렇다 해서 긴장의 끈을 놓을 수는 없었다.

추후 연락은 (왈라팝이 아니라) '왓츠앱'을 통해서 하자고 해놓고서, '왓츠앱'에 등록된 그의 프로필 사진이 어떤지 확인하기로 한 것이다. 한데, 내게 메시지를 보낸 그의 왓츠앱 창에는 그 유명한 '유령 프로필', 즉 사람의 실루엣만 존재했다(마치, 아주 오래전 MSN 메신저에서 사진을 등록하지 않은 이용자의 프로필 같은 것. 눈도, 코도, 입도, 머리카락도 없다. 나는 '거북선'을 떠나보내는 중대 비즈니스를 무색무취의 달걀 같은 존재와 논해야 했던 것이다).

하여, 행여나 그가 승합차에서 거구의 친구들과 함께 내리거나, 시운전하며 도망가버릴까 봐, 주도면밀하게 경비실 앞에서 만나기로 했다. 한데, 전화가 오자마자 깨달았다. 내게 "저어, 여기 정부

러시아 구매자는 자전거를 산 다음 날 이렇게 꾸몄다며 사진을 보냈다.
그는 이처럼 개조한 뒤에 값비싸게 파는 업자였던 것이다.

청사 건물이라 일반 차량은 못 들어가잖아요"라며 울듯이 말하는
그의 목소리를 듣는 순간, 미겔은 그냥 '네고(깎기 협상)' 좋아하는
맘 여린 친구라는 것을.

만나본 미겔은 아주 순한 인상에 건실한 청년이었다. 그는 내게
"어디에서 왔느냐?"는 개인적 호기심도 선보이며, 자신은 "러시
아에서 왔다"고 했다. 나는 마음속으로 '너 요즘 푸틴 때문에 맘고
생 심하지. 눈치 보이겠다'라고 여기고, 대신 웃으며 "쿨 거래 고맙
다!"고 했다. 그러자 미겔은 마치 생선 한 마리를 챙긴 고양이처럼

재빠르게 퇴장했다.

이렇게 내 인생 첫 '중고 거래'가 성공으로 끝났다. 아울러, 이 모든 거래 과정(사이트 회원 가입+판매할 물건 등록+게시물 작성+소통)을 서반아어로 했다는 게 뿌듯하다.

이리하여, 거북선은 이제 내 곁을 떠났다. 사이클로 태어났음에도 불구하고, 주인이 겁쟁이라 널찍한 대로 한번 쌩쌩 달려보지 못하고, 뒷길로만, 좁은 길로만 다니다, 고양이처럼 수줍어하는 러시아인에게 간 것이다. 이렇게 거북선은 얕고 잔잔한 바다만 유영하다 떠났다. 마지막 남은 내 무생물 친구가 떠난 오늘 밤, 창밖으로는 별이 하나 진다.

마드리드에서의 쉰여섯 번째 밤이었다.

10. 27.

octubre

이 글은 일기를 쓰겠다는 일념으로 늦은 오후, 학원에 홀로 남아 쓰고 있다.

어제 마침내 '마드리드 왕궁(Palacio Real de Madrid)'에 갔다. 매일 아침 학원에서는 절대 피해갈 수 없는 질문인 "초이. 어제 뭐 했어?"로 인사를 한다. 나는 매번 "아, 원고 마감을 했습니다" 따위의 대답을 하다가, 당당하게 "어제는 마드리드 왕궁에 갔습니다!"라고 대답했다. 그러자, 선생께서 깜짝 놀랐다. "아니, 이때껏 거길 안 갔다고?" 그때 선생의 얼굴에는 '당신은 에스파냐에 온 외국인이 맞습니까'라는 질문이 담겨 있었다.

그렇다. 마드리드 왕궁은 프라도 미술관과 함께 마드리드의 '필수적 방문지' 1위를 앞다투는 장소다. 이곳에 온 지 두 달이 다 돼 가는데, 이제야 간다는 게 의아할 만하다. 나는 "대신 제임스 조이스 아이리시 펍은 엄청 갔습니다"라고 하니, 선생은 "초이의 혈관에는 커피가 절반, 맥주가 절반 흐른다"고 했는데, 이번엔 내가 깜짝 놀랐다. 알다시피 독일에서도 이 말을 걸핏하면 들었기 때문이다. 이런 측면에서, 인간이 아무리 개별적이라 해도, 폭넓게 보면 우린 모두 보편적 존재다.

여하튼, 마드리드 왕궁은 선생께서 "왜 이제야 갔느냐"고 질타

할 만했다. 이때껏 다녀본 왕궁 중에 손에 꼽힐 만큼 화려한 위용과 광대한 컬렉션을 자랑했다. 마드리드 왕궁에는 기억조차 할 수 없을 만큼 수많은 방과 거실, 연회장이 있는데, 방마다 화가의 목이 꺾인 게 아닐까 걱정할 만큼 거대한 천장화가 그려져 있다. 물론 바티칸의 천장화에 비할 수는 없겠지만, 그에 못지않은 위용을 뽐냈다.

심지어 내가 가장 좋아하는 이탈리아 화가 카라바조의 작품도 전시돼 있었다. 〈세례 요한의 머리를 들고 있는 살로메〉. 아니, 이 그림이 대체 왜 여기에 있나 싶어, 직원에게 "혹시 이거 모사화인 가요?" 하고 물으니, "아뇨. 이건 진품입니다!"라는 대답이 돌아왔다. 물어보니, 벨라스케스가 그린 왕족 초상화를 비롯한 다수의 작품이 사실은 '마드리드 왕궁'의 소유라고 했다. 하지만, '프라도 미술관'을 포함한 다른 박물관에 대여해 좀더 많은 관람객이 즐길 수 있게끔 기회를 제공한 것이다.

여기에는 사실 과거에 대한 반성이 깃들어 있다. 앞서 말한 천장화는 대부분 그 테두리가 금으로 장식돼 있다. 그뿐만 아니라, 왕궁 곳곳을 화려하게 빛내는 금은 스페인이 과거 식민지에서 수탈한 것이다. 그렇기에 그 과거의 잘못을 시인하고, 이를 반성하는 차원에서, 명화를 프라도 미술관에 대여하거나, 왕궁을 라틴 아메리카인에게까지 무료로 개방하는 것이다(정확히는 무료 입장을 허용하는 시간이 있는데, 이때 그 대상을 스페인 국민, EU 시민권자, 그리고

라틴 아메리카 시민으로 한정하고 있다. 결국, 한국인은 언제든 돈을 내고 입장해야 한다).

이런 맥락에서 보자면 왕궁이 지나치게 화려하다는 생각도 든다. 이에 반해, 경복궁은 지나치게 검소해 보일 정도다. 그런데, 한 발 물러서 생각하면, 무엇이 좋고 나쁜지는 쉽게 판단할 수 없다. 건축물을 포함한 문화유산은 대부분 그 시대의 정서와 기준에 부합해서 탄생하니까. 그렇기에, 오늘날 기준으로 과거의 결과물을 평가하기에 앞서, 그 모든 것을 우리 인간이 살아온 과거의 결과물로 수용하고 이해하는 태도가 선행돼야 할 것이다.

어찌 됐든, 마드리드 궁전에서 보낸 두 시간은 내 척박한 마덕리 생활에 단비를 뿌려주었다. 단 하나, 약 한 시간에 걸친 사막 같은 경험을 빼고 말이다. 그것은 내 가방과 외투를 보관한 사물함이 잠긴 채, 열리지 않던 일이다. 아무리 내가 설정한 비밀번호를 눌러도 열릴 기미가 보이지 않았다. 십 분간 끙끙대자, 경비원은 따가운 눈초리로 차갑게 질문했다.

"쎄뇨르! 이거 당신 사물함 맞소?"

가뜩이나 타지 생활에 서러운 나는 거의 울상이 됐다.

"네. 당신 동료가 가르쳐준 대로 비밀번호 설정했어요. 그런데 안 열려서 귀신이 곡할 노릇입니다!"

그러자 경비원은 결국 사물함을 열 권한을 가진 보안 직원을 불러췄다. 한데, 서반아는 저녁때는 물론, 점심때도 반주를 하고, 반주 후에는 '씨에스타'를 취하는 여유의 나라가 아닌가. 경비원 선생이 "곧 동료가 올 겁니다"라고 말한 뒤, 미국인과 독일인과 중남미인과 중동인들, 즉 도합 300여 명쯤의 관광객이 사물함에서 짐을 찾아간 후, 보안과 직원이 '이 양반, 아직도 못 열었어?'라는 표정으로 도착했다.

그리고 가재는 게 편이요, 초록은 동색이라는 듯, 그 역시 의심의 눈초리를 거두지 않았다.

"사물함 안에 당신 신분증 있소?"

그런 의문은 충분히 이해할 수 있었다. 한편으로는 오히려 안심이 되기도 했다. 그렇게 확인하면, 엉뚱한 사람이 내 짐을 찾아가지는 못할 테니까. 내가 불안을 느끼는 이유는, 비밀번호 설정을 알려준 첫 직원(그는 교대하고 퇴근했다. 아울러, 이제는 정말 직원이었는지도 모르겠다. 여하튼 그 '베일에 싸인 인물')이 내가 비밀번호를 설정할 때 유심히 지켜보았고, 내가 "아차. 잠깐만요" 하며 주머니에서 두툼한 지갑을 꺼내 사물함에 넣는 것도 보았다는 사실 탓이다. 하여, 말은 못 한 채 '설마 그 사람이 내 사물함을 열고, 현금을 확보한 기쁨에 들떠 내 비밀번호를 잊어버려서 아무 번호나 새로 설정해 놓은 게 아니야?' 하는 소설을 마음속으로 쓰고 있었던 것이다(그렇다. 소설가들은 불안한 상황에 놓이면, 이런 음모론을 100여 편 쓰며 기다린다).

한데, 이런 나의 음모론에 기반한 불안은 아무것도 아니었다. 도착한 보안과 직원이 사물함을 열어준 뒤 "자, 이제 여권이든 뭐든 신분증을 보여주시오!"라고 했는데, 마드레 미아. 내 지갑에 신분증이 하나도 없었다(맙소사. 이 노구가 조금이라도 무게를 줄이려고, 한국에서만 쓸 수 있는 카드는 물론, 신분증까지 싹 다 빼놓은 것이다).

보안과 직원은 당장이라도 나를 경찰서에 인계하려는 눈빛으로 "당신 이름이 뭐라고요?!"라고 물었다.

"미…… 민숙 초이요."

보안과 직원은 의심 많은 도마의 후손인지, 내 이름을 듣고선 '무슨 남자 이름이 민숙 초이야!'라는 얼굴로 한층 깊어진 의구심을 표했다(서반아인들이 한국어는 몰라도, 어감이 뭔가 여자 이름 같다는 것은 기똥차게 알아챈다. 특히 이런 상황에서는 더욱더). 식은땀을 한 바가지 흘리며 가방 곳곳을 찾았지만, 신분증의 고종사촌 같은 것도 보이지 않았다. 결국, 노트북 문서함에 신분증 사본이 저장돼 있다는 사실이 떠올라 그걸 보여줬는데, 보안과 직원이 대뜸 촌평했다. "안 닮았는데?!"

아아, 망원동의 ○○ 사진관 사장님은 대체 왜 포토샵을 썼단 말인가!("고객님, 얼굴이 약간 비대칭이네요. 머리숱도 조금 더 넣어드릴게요.")

하여, 이번에야말로 진정 울기 직전의 얼굴이 되어, 한국의 포토샵 문화와 그걸 잘하는 사진관이 영업이 잘되는 문화, 서울의 비싼 월세와 대부분의 사진관 주인은 비싼 월세를 감당하기 위해 영업을 열심히 한다는 맥락의 '한국 주거비 상승에 따른 포토샵 문화의 성행'에 대해 설명했는데, 그 와중에 이 사진관 사장은 건물주라는 사실이 떠올랐다.

그러나 그가 건물주라 해서, 이런 영업 문화를 혼자서 외면할 수는 없는 터다. 내가 설명을 잠시 머뭇거리고 이런 생각을 하자, 이번에는 보안과 직원이 울상이 되어, '아, 마침내 (이 '설명광'한테서) 해방됐구나!'라는 표정으로 인정해 줬다.

"충분히 이해했소. 쎄뇨르! 당신은 고양이나 강아지가 보더라도 민숙 초이가 맞소!"

한 명의 평범한 일반인으로서 궁정에서 숙소로 돌아오는 과정은 이토록 생각보다 길고 험난했다. 어쩌면 신께서 내가 합스부르크 왕가의 생활상을 엿보다 검박한 숙소로 돌아오면 적응 못 할까 봐, 쌉싸름한 경험을 선사한 것인지도 모르겠다. 하여, 달콤한 3유로짜리 이탈리안 젤라또를 사서 길거리에서 먹었다. 그리고 속으로 느꼈다. '아, 이게 소시민의 행복이구나.'

평범한 삶의 가치를 절감한 마드리드에서의 쉰일곱 번째 날이었다.

10. 28.

octubre

이 글은 흔들리는 '사라고사(Zaragoza)'행 기차 안에서 8년 지기인 다닐로를 곧 만난다는 설렘에 젖어 쓰고 있다.

온두라스인 '다닐로'는 내가 독일어를 전혀 못 하던 시절(물론, 지금도 못 한다. 하지만 괜히 이렇게 써보고 싶었다), 베를린에서 같은 집을 함께 사용한 하우스 메이트다. 그는 그 시절부터 사귄 스페인 여자 친구 '루시아'와 결혼해, 현재는 사라고사에 살고 있다(이번에도 자세한 내용은 교양인 사이에 소문난 『베를린 일기』를 참고하시길. 광고 끝).

어제 다닐로의 둘째 아들 선물을 사려고 학원 근처의 유아 용품점에 갔다. 저번에 파비오의 아들을 위해 떡볶이코트를 사가자, 부부가 몹시 기뻐한 사실이 떠올라 고민 끝에 다닐로에게도 똑같은 선물을 해주기로 했다(그리고 스카치위스키 한 병). 두 친구의 아들들은 출생 시기가 3주밖에 차이 나지 않으니, 쌍둥이 형제처럼 똑같은 옷을 입으며 사이좋게 지내라는 뜻은 아니고, 그냥 내가 선물 고르는 솜씨가 지독히 없기 때문이다.

아니나 다를까 같은 옷을 사는 게 마음에 걸렸는데, 점원이 "이거 또 사세요?" 하고 물었다. 그나저나, 어째서 나를 기억한단 말인가. 이 가게는 서반아 엄마들 사이에서 인기가 좋아서, 저번에는 계산을 하려고 15분 이상 줄 서서 기다렸다. 해서, "어째서 나(처럼 미미한 존재)를 기억하신단 말입니까?!" 하고 감탄하니, "똑같은 옷을 며칠 만에 다시 사가는 사람은 없으니까요!"라고 했다. '옷장에 같은 옷만 진열해 놓은 배트맨처럼 사는 게 아닐까' 하고 나를 의심할 것 같은 위기감이 강력히 엄습해 온다.

이곳에 와서 마침내 그 유명하다는 서반아 추로스와 초콜라떼 (핫초코)를 먹어봤다. 유키와 함께 그란비아의 중식당에서 '소고기 국수'를 해치운 후, 디저트로 뭘 먹을까 고민했는데, 그가 "서반아 추로스 먹어봤냐?"며 나를 데리고 간 것이다. 서반아 추로스는 한국, 멕시코의 것과 달리 설탕이나 계핏가루 하나 없이 굉장히 담백한 맛이었는데, 그럴 만한 게 함께 나온 '초콜라떼'가 원단이었기 때문이다.

이 초콜라떼는 마시는 음료가 아니었다. 한 스푼을 뜨면 꽃잎이 하늘에서 떨어지는 속도로 초코가 서서히 흘러내린다. 그만큼 걸쭉하고 맛도 깊다. 즉, 서반아 초콜라떼는 추로스를 찍어 먹기 위한 것이었다. 혹시 직접 맛을 보고 싶다면, 티스푼으로 조금씩 떠먹어야한다. 미국의 핫초코처럼 후루룩 마셨다가는 과다 공급된 당 때문에 엔도르핀이 뇌에서 사우디아라비아 유전처럼 터져, 추로스집 탁

자를 나이트클럽 무대로 쓸지도 모를 일이기 때문이다.

어쨌든, 당도가 아무리 높을지라도 쓴 인생살이에 때로 한 스푼 정도의 달달함은 필요하다. 오늘의 사라고사행이 내게 당분을 공급해 줘, 염분 가득한 내 삶의 균형이 맞춰졌으면 좋겠다.

열차가 너무 흔들려 더는 못 쓰겠다(모니터를 보니, 시속 297km로 달리고 있다). 마덕리에서의 쉰여덟 번째 날이었다.

10. 29.

octubre

이 글은 사라고사에서 마드리드로 돌아가는 기차 안에서 쓰고 있다.

이제 두 아이의 아빠가 된 다닐로, 8년 만에 만나는 그는 어떤 모습으로 변해 있을까. 다닐로를 만나러 사라고사의 가장 번화한 '삘라르(Pilar) 광장'으로 가니, 그의 아내 루시아가 등을 돌리고 앉아 있었다. '앗! 혹시 싸운 건가. 설마 나 때문에?!'라며 A형답게 떨고 있었는데, 다닐로는 멋쩍게 웃으며 말했다.
"아내가 모유 수유 중이야."
하여, 8년 전에는 다닐로의 여자 친구였으나 이제는 아내가 된 루시아는 첩보원처럼 나에게서 등을 돌린 채 앉아 안부를 주고받았다.

나도 애 키우는 아빠라 겪어봤지만, 역시나 두 살배기 아들과 1개월 신생아가 있는 가족과 동행하는 건 쉽지 않았다. 모유 수유가 끝나자, 첫째인 '마테오'가 '나도 입이 있는 인간이오!'라는 식으로 보챘다. 그러자 다닐로는 언제 챙겨왔는지 알 수 없는 햄치즈샌드위치를 기저귀 가방에서 능숙하게 꺼내 그의 입에 물렸다.

전체적인 얼굴 형태는 엄마를 쏙 빼닮고, 큰 눈과 긴 속눈썹은

아빠를 빼닮은 마테오를 보니, 그동안 억눌러왔던 향수가 밀려왔다. 녀석을 안고 들어보니 어찌나 가벼운지, 두세 살 아기의 부모만이 느낄 수 있는 그리운 무게의 추억도 솟아났다. 다닐로가 내게 물었다.

"민석, 무겁지?"

그렇게 여길 만하다. 그때는 아이가 정말 무겁게 느껴진다. 하지만 아이들은 점점 더 무거워진다. 그리고 다섯 살, 여섯 살이 되어도 부모 품에서 내려갈 줄 모르고, 부모 품에서 내려갈 때가 되면 다른 방식으로 삶에 무게감을 선사한다.

그나저나, 방금 무슨 소리를 들은 건가?

지금 다닐로가 나를 '민숙'이 아니라, '민석'이라 부른 건가?

영문을 물어보니, 그는 아침에 사라고사로 오기 위해 운전을 하는데 갑자기 내 이름이 '민숙'이 아니라, '민석'인 것 같다는 생각이 들어 한번 불러봤다고 했다.

"그러니까, 왜 갑자기 내가 민석인 것 같다는 생각이 들었냐는 거야?"

내 질문에 그는 태연하게 배를 쓰다듬으며 답했다.

"아침부터 속이 안 좋아서 제정신이 아니야."

다닐로는 제정신이 아니라 여길 때, 제정신이 드는 불가사의한 재능을 갖고 있다.

여하튼, 그는 소발에 쥐잡기 식으로, 마침내 내 이름을 제대로

부를 수 있는 유일한 외국인 친구가 됐다.

　다닐로가 말한 배탈은 심각했다. 그는 식당에 가서도 음식을 입에 대지도 못했다. "민석(힘주어 말했다), 여기는 꼭 가야 해"라고 해서 따라간 '삘라르 대성당(Baslica del Pilar)'을 보고 나오자, 그는 황급히 "우리, 사진 찍어야 해!"라고 했다. 하여, 지나가는 중국인 관광객에게 내 전화기를 내밀며 우리의 기념사진을 찍어달라고 부탁했다.
　그리고 이것이 우리의 마지막이었다.

　다닐로가 아픈 것도 이유였지만, 두 살배기 마테오가 식당에서는 울고 뛰어다니고, 밖에서는 떼를 써서 함께 다니기 힘들었기 때문이다. 아니나 다를까, 루시아는 나를 만나러 사라고사에 온 게 "둘째 출생 후, 온 가족이 한 첫 번째 여행"이라 했다(다닐로 부부는 사라고사에서 한 시간 떨어진 마을에 산다).
　하지만, 두 아이 부모의 여행은 세 시간 만에 끝났고, 동시에 8년 만에 만난 친구와의 만남도 세 시간 만에 끝났다. 함께 시간을 많이 보내지 못해 미안하다는 다닐로에게, 나는 혼자 시내 관광을 하면 되니 어서 가보라고 했다.

　그리고 주차장까지 가서 배웅을 해주려 했으나, 이번에는 생후 1개월 된 둘째가 '신생아는 세 시간마다 끼니 챙겨야 하는 거 모르

오!'라는 식으로 보챘다. 그래서 루시아는 또 한 번 '뻴라르 광장'에서 모유 수유를 해야 했고, 나는 괜스레 불편함을 주지 않기 위해 서둘러 어색한 작별을 하고 떠났다.

등 돌린 루시아를 배경으로 서 있는 다닐로에게 몇 번이나 손을 흔들며, 걸음을 재촉했다. 그렇게 우리는 서로의 존재가 점이 되어갈 때까지 손을 흔들어줬다.

한참을 걸어 신도심에 갔건만, 계획에 없던 관광을 하려니 마땅히 갈 곳이 없었다. 하여, 다닐로와 쓸쓸히 헤어졌던 구도심으로 다시 발길을 돌렸다. 그러고선 사라고사 도시의 역사를 고스란히 반영한 '라 세오(La Seo) 성당'에 갔다.

사라고사는 고대에는 로마의, 그 후에는 아랍인의 지배를 받았다. 그래서 지금은 가톨릭 성당이 된 이 '라 세오 성당' 부지에 애초에는 '로마 신전'이 있었고, 후에는 '이슬람 사원'이 있었다. 그야말로 사라고사, 아니 나아가 서반아의 역사를 그대로 반영한 공간이라 볼 수 있다. 하지만, 서반아는 물론, 이미 유럽의 고성과 성당을 수십여 차례 방문한 내게, 유사한 유적지 사이에서 차이점을 발견하기란 쉽지 않았다(물론, 이건 나의 문제다).

결국, 끼니를 간단히 해결한 후, 기차역까지 한 시간 동안 음악을 들으며 걸었다. '봄여름가을겨울'의 〈사람들은 모두 변하나 봐〉를 들었는데, 이런 내용의 가사가 흘러나왔다. 세월이 흘러가며 모두가 변하는 건, 어리기 때문이라고. 베를린에서 다닐로를 만났을 때는 서른여덟 살이었는데, 미처 몰랐다. 그때의 내가 어렸다는 것을 (지금의 나보다 훨씬). 친구들도 어렸다는 것을. 그때엔 모두가 혼자였고, 모두가 내일을 전혀 알 수 없었고, 그렇기에 모두가 곁에 있던 서로에게 의지할 수밖에 없었다. 그 포근한 사실을 그때엔 아무것도 이해하지 못했다.

10년 후, 이 일기장을 펼쳐봤을 때 얼마나 많은 일상의 변화가 나를 에워싸고 있을까. 감히 헤아릴 수 없다. 지금 어림할 수 있는 건, 변화는 피할 수 없다는 것, 그리고 그게 나쁜 건 아니라는 사실뿐이다. 그럼에도 변화를 받아들이는 데는 감정이 필요하고, 시간도 필요하다. 그래서 인적 없는 캄캄한 밤 속을 한 시간이나 넘게 걸었는지 모르겠다.

돌아오는 열차에서 다닐로와 서로 메시지를 주고받았다.
"우리 다음에는 꼭 시간을 좀더 보내자."

깊은 밤 마드리드 숙소로 돌아와 차갑게 식은 몸을 이불 깊숙이 넣고 누웠다. 생이 빠르게 흘러간다고 느낀, 마더리에서의 쉰아홉번째 밤이었다.

10. 30.

octubre

한국에서의 비극●을 접했다. 짧은 문장을 쓰기도 조심
스럽다. 오늘은 일기를 하루 쉬기로 했다.

슬픔에 젖은 한국과 달리, 이곳은 여느 일요일과 다를 바 없었다.

평범하지 않은 날이 평범해서, 더욱 슬픈 예순 번째 밤이었다.

● 한국 시각으로 2022년 10월 29일 핼러윈 데
이에 일어난 이태원 참사를 말한다.

10. 31.

octubre

Pabellón
Central

Recepción
de residentes

이 글은 새벽 한 시 반에 책상 조명 하나를 켜놓고 쓰고 있다.

어제 한인 교회에 가서 어르신들께 "오늘이 출석하는 마지막 날입니다"라고 말씀드렸다. 모두 이렇게 떠나니 아쉽다며, 손을 꽉 잡아주셨다. L 교수님과 평소처럼 커피를 마시고 이야기를 듣고, "그동안 신세 많이 졌습니다"라며 작별 인사를 올렸다. 어쩐지 끝나지 않을 이야기가 절벽에서 떨어지듯, 완결된 느낌이다.

오늘부로 '방문 작가'로 초대받아 누리던 모든 혜택이 끝났다. 삼시 세끼 제공받던 식사 혜택도 끝났고, 수도승의 방 같다 했지만 사실 너무나 고마웠던 보금자리 혜택도 끝났다. 따라서 원래 계획대로라면 내일 귀국행 비행기를 타야 하지만, 서반아가 마음에 들어 사비로 며칠 더 지내기로 했다.

하여, 레지던시 측에서 제공해 줬던 방에서 짐을 꾸려, 이제는 내가 돈을 내고 묵을 방으로 옮겼는데, 같은 값임에도 불구하고 이전의 방이 더 컸다는 사실을 깨달았다. 레지던시 측에서 내게 조금이라도 더 큰 방을 주려 했던 것이다. 돈도 안 내고 공짜로 지냈던 장기 체류자에게 더 널찍한 방을 줬다니, 그 마음 씀씀이에 눈가가 조금은 간지러웠다.

숙소 식당에 가서 수석 웨이터 호세 씨에게 "저 이제 식사 혜택이 끝나서, 전처럼 매일 오지는 못할 것 같아요"라고 하니, 기념사진을 찍자고 했다. 그는 전임자인 김호연 작가와 찍은 사진도 갖고 있었는데, 결국 이렇게 다들 작별의 때가 가까워졌을 때 남겨둔 것이다. 다닐로와도, 호세 씨와도, 엘리와도, 로드리고와도, 수시와도, 모두 헤어질 때가 되니 "민숙. 기념으로 한 장 찍어야지"라며 각자의 전화기에 사진을 남겼다.

우리는 이별을 늘 곁에 두고 살았던 레지스탕스처럼 거창하게 기념사진을 찍었는데, 쑥스럽지만 공통점을 말하자면, '다시 볼 날을 장담할 수 없다'는 것이다. 하여, 이 모든 사진 속의 나는 한결같이 우스꽝스럽지만, 이 사진들은 내 앨범 속에 저마다 값진 한 장들로 존재할 것이다.

내일은 국교까지는 없지만, 현실적으로 거의 가톨릭 국가인 서반아에서 '성인들(Saints)'을 기념하는 휴일이다.

휴일 하루 전 방을 옮기고 짐을 정리하며 보냈던, 예순한 번째 날이었다.

3장

11월

noviembre

이 글은 샤워를 하고 객실 책상 앞에 앉아 쓰고 있다.

마덕리에 처음 왔을 때에는 저녁 9시가 될 때까지 환했는데, 이제는 7시만 돼도 깜깜해진다. 런던처럼 연일 비가 내리고, 쌀쌀한 날씨가 이어지고 있다. 마치 '이봐. 여태 공짜로 잘 먹고 잘 잤지. 이제 떠날 시간이야'라는 식으로, 식객에게 돌연 태도를 바꾼 주인 같다.

어제부로 숙소에서 받던 식사 혜택이 끝났다. 게다가, 휴일이기도 하여 간만에 카페에서 식사하며 한국에 보낼 원고를 다듬었다. 주말이나 휴일에나 겨우 차분하게 원고를 볼 여유가 생기는 터다. 아마, 왕성하게 활동하는 로드리고나 엘리가 있었다면, 불가능했을 것이다. 물론, 좋은 의미로 쓴 말이다. 한국에서는 매일 작업실에 처박혀 소설을 쓰고, 저녁이면 귀가해 가족과 식사하고 자버린다. 그야말로 자발적 외톨이로 지내는 삶이다. 이런 내가 사람들 틈에서 땀내 나누듯 부대낀 경험은 꽤 오랫동안 잊지 못할 테니 말이다.

오늘은 조금 다채롭게 스코틀랜드인들과 아일랜드인들 사이에 부대꼈다. 종종 마드리드는 인근 유럽 국가에서 온 축구 원정 팬들로 넘쳐난다. 레알 마드리드가 매년 챔피언스 리그에 진출하고, 그렇기에 일 년에 몇 번쯤은 홈구장에서 경기를 펼치기 때문이다. 이 번에는 중심가부터 내가 묵는 동네에까지 초록색 유니폼이 물결로 가득 찬 걸 보니, 스코틀랜드 팀인 '셀틱 FC'와 시합을 하는 듯했다. 한데, 놀라운 건 이 '스코틀랜드 팀'을 응원하는 팬의 대부분이 아일랜드인이라는 점이다.

의아할 수밖에 없다. 아일랜드와 스코틀랜드의 관계는 살갑지 않으니까. 일단, 아일랜드는 가톨릭 국가, 스코틀랜드는 청교도 국가다. 게다가, 좀 오래된 이야기지만 19세기 스코틀랜드에서는 아일랜드 노동자들과 현지 노동자들 사이의 충돌도 잦았다.

하여, 펍에서 만난 아일랜드인에게 "왜 셀틱 FC를 응원하느냐?"고 하니, 술에 잔뜩 취한 아일랜드 아저씨는 아름다운 이야기를 들려줬다.

때는 1845년, 아일랜드에는 대기근이 일어났다. 감자가 주식이었는데, 역병 때문에 감자를 못 먹게 된 것이다. 그 와중에 농부들은 영국인 지주에게 소작비를 내는 이중고를 겪었다. 하여, 가난에 처한 이들은 일자리와 생존을 위해 이민을 떠났고, 이때부터 아일랜드인의 긴 이민의 역사가 시작됐다.

아일랜드의 빈민 다수는 가까운 나라인 스코틀랜드의 글래스고로 떠났는데, 그곳에서도 힘든 삶을 살았다. 이에, 한 아일랜드 신부가 축구팀을 창단해 그 수익으로 가난한 아일랜드 소년들의 식삿값을 마련하기로 했다. 그 팀이 바로 '글래스고'를 연고로 한 '셀틱 FC'다(예전에, 기성용 선수와 차두리 선수가 함께 뛰었다). 아울러, 글래스고를 연고로 한 '글래스고 레인저스'도 있는데, 이 팀은 스코틀랜드 현지인을 위한 팀이다. 그런고로, '셀틱 FC'와 '글래스고 레인저스'의 시합은 국가 대항전을 넘어서는 치열한 라이벌전이고, 이때 수많은 충돌과 불상사가 발생하기도 한다.

이러한 연유로, 아일랜드인들은 '셀틱 FC'를 힘들었던 자신들을 받아준 고마운 팀으로 여긴다. 게다가 시간이 흐르며 스코틀랜드 현지 팬들도 생겨났다. 하여, 스코틀랜드와 아일랜드의 관계는 기본적으로 불편하지만, '셀틱 FC'를 응원하는 두 나라 사람들 사이에는 묘한 우정이 싹튼다. 팀이 양국 서포터즈를 묶어주는 고리 역할을 하는 것이다. 그 덕인지, 펍에서는 스코틀랜드인과 아일랜드인 무리, 심지어 아일랜드와는 또 사이가 안 좋은 북아일랜드의 벨파스트에서 온 무리까지 한데 어우러져 초록색 유니폼을 입고, 같이 마시며 노래하고 있었다. 그렇게 알코올 섞인 입김이 펍의 허공에 뜨겁게 퍼지는 와중에, 한 아저씨가 카운터로 조용히 다가와 현금을 잔뜩 건넸다.

"전부 다 계산해 주시오."

지금까지 내가 받은 아일랜드인의 인상은 늘 이랬다.

십수 년 전, 아일랜드 시골인 딩글에 갔는데 손님들이 번갈아가며 내게 기네스를 한 잔씩 사줬다.

"뭐야. 그 먼 한국에서 왔어? 우리 펍에 한국인이 온 건 처음인

것 같은데!"

물론, 나도 답례로 그들에게 한 잔씩 대접했지만, 이런 식의 환대는 아일랜드가 아니고선 흔히 경험할 수 없다.

축구 이야기를 안 쓰려 했지만, 사실 유럽 생활은 축구를 빼놓고 말하기 어렵다. 때론 축구 일정을 챙기는 게 일기예보를 챙기는 것처럼 느껴질 정도니까. 캐스터가 '내일은 시내 곳곳에 비가 내릴 예정입니다'라는 식으로 "내일은 마드리드에서 셀틱과의 챔피언스 리그 시합이 있습니다"라고 말한다. 그러면 정말 다음 날, 시내 곳곳에 비처럼 아일랜드인들이 내린다.

그나저나, 시합은 레알 마드리드가 시원하게 5 대 1로 이겨버렸다. 그럼에도 불구하고, 셀틱 팬은 다음 날에도 펍에서 연신 '제임스 위스키'와 기네스 맥주를 마시며 응원가를 불렀다. 아일랜드 아저씨가 "뭐야! 한국 소설가를 만난 건 태어나서 처음인데!"라며 맥주를 사려는 걸 겨우 말렸다. 고맙긴 하지만, 그러면 기쁜 마음에 고주망태가 될까 봐.

코끝에 찬바람이 스치지만, 가슴에는 훈기가 피어오른 마덕리에서의 예순두 번째 날이었다.

11. 2.

noviembre

이 글은 국립 음악원(Auditorio Nacional de Música)에서 클래식 공연을 감상하고 돌아와서 쓰고 있다.

　클래식 음악을 들은 건 십 년쯤 됐다. 처음엔 운전할 때 정적을 없애고자 들었다. 외부 일정을 마치고 귀가할 때, 차 안에 정적만 가득하면 왠지 일하는 기계가 된 것 같아 쓸쓸했다. 그렇다고 변화가 심한 멜로디나 귀를 사로잡는 보컬을 들으면 하루의 감정을 정리하는 데 적합하지 않았다. 하여, 어느 순간부터 차에서는 클래식 음악만 들었다. 마치 80년대 라디오 프로그램에 "우리 집 오디오는 주파수 돌리는 게 고장 나, 이 채널만 들어요"라고 사연을 보내는 애청자처럼….

　또한 작가로서 나의 루틴은 아침 창을 열어놓고, 차갑고 신선한 공기를 마시며 글을 쓰는 것이다. 이때 클래식을 틀어놓으니 마치 창틈으로 흘러 들어오는 강물 소리 같아서 내게 어서 글을 쓰라고 등을 떠밀어주는 기분이 들었다. 그래서, 지난 십 년간 거의 매일 클래식과 함께해 온 것이다. 어찌 보면, 취향은 삶이란 나무의 나이테와 같다. 생의 한때를 보낸 결과로 생겨나는 것이니.

　한데, 이렇게 삶의 배경음악처럼 클래식을 듣는다 해서, 까다롭거나 괴팍한 취향의 청자는 아니다. 그저 〈베토벤 교향곡 9번〉이나 〈말러 교향곡 5번〉처럼 적당한 자극과 강약 조절이 가미된 곡을 즐겨 듣는 지극히 대중적인 청자다.

여하튼, 클래식의 본고장인 구라파에 와서 공연장에 가보지 않는다는 건, 클래식 애호가로서 두고두고 후회할 짓이다. 하여, '국립 음악당'에 간 것인데, 이날 악단은 모차르트와 하이든을 연주했다. 모차르트라면, 잘츠부르크에 있는 생가를 갈 만큼 나름의 인연이 있었고, 하이든은 잘 몰라 이참에 귀 기울여보았다. 그는 차분하게 시작해서 격정적으로 돌변하는 역동적인 음악을 선보였다. 공교롭게 둘 다 독일어를 쓰는 오스트리아 출신이라, 예전에 지냈던 베를린에서의 상념과 오스트리아에서의 여행 추억을 소환해주었다.

아니나 다를까, 관람 전에 콘서트홀 앞의 바에서 마오우 생맥주로 목을 축였는데, 연미복을 입은 한 무리가 들어와 독일어 억양으로 '커피'와 '맥주', '와인'을 주문하는 것 아닌가. 그렇다. 내가 볼 공연의 연주자들이 후다닥 카페인과 알코올을 신체에 공급하러 온 것이다. 열댓 명이 왔는데, 한두 명을 빼고는 모두 독일인이었다. 하여 반가운 마음에 "구텐탁. 이히 빈 슈리프츠텔러, 민주쿠초이(안녕하세요. 전 작가 최민석입니다)"라고 하려다, 묵묵히 맥주만 꿀떡꿀떡 마셨다. 정말 독일은 클래식의 나라라는 인상을 준다.

동시에 독일인은 유럽 곳곳에 포진해 있다는 인상도 준다. 특히

관광지에 가면 어김없이 독일어가 들려온다. 유럽의 휴양지라면 더욱 그렇다. 그들은 유럽 휴양지 전역을 자신들의 테라스 삼아 여유롭게 커피를 한잔하고, 와인도 한잔하는 것이다(당연히 맥주는 벌컥벌컥). 하여, 이제는 유럽의 어딘가에 여행을 갔는데, 독일인이 보이지 않으면, '아! 이거 잘못 온 건가?' 하는 생각마저 들 지경이다. 마치 설렁탕 맛집에 갔는데, 택시 기사가 안 보이면 불안한 것처럼.

이날의 공연은 25명이 넘는 오케스트라가 하는 연주였다. 오늘처럼 기회가 생기면 이런 공연을 즐겁게 감상하지만, 사실 내 취향은 '4인 규모'의 실내악에 좀더 가깝다. 첼로, 바이올린, 피아노, 콘트라베이스면 충분한 것이다. 참고로, 실내악은 예전에 이탈리아 부자들이 연주자들을 집으로 초청해 '작은 음악회'를 열면서 시작되었다. 집에서 들었기에 '가정악'이라 하기도 하고, 집 안에서 들었기에 '실내악'이라 하기도 한다. 당연히 대규모 오케스트라가 아니기에, 서너 명이 연주할 수 있을 정도로 편곡되어야 하고, 그렇기에 웅장한 맛은 없지만 필요한 것만 심플하게 간추린 느낌을 준다.

음식으로 치자면, 담백한 덮밥이나 백반 정도 되는 것이다. 이는 어쩌면 내가 담백한 글을 쓰고 싶기 때문인지도 모르겠다. 비록 오늘 일기는 담백함과는 멀었지만 말이다.

오케스트라 연주를 듣고서 담백미의 소중함을 되새긴, 마드리드에서의 예순세 번째 날이었다.

11. 3.

noviembre

이 글은 마드리드에서의 모든 일정을 마치고, 그라나다(Granada)로 가는 기차 안에서 쓰고 있다.

조금 전에 학원에서 마지막 수업을 마쳤다. 원장과 리셉션 직원, 그리고 오랫동안 나를 가르치느라 고생해 준 '아나이스' 선생을 위해 빵을 조금 사갔다. 아나이스 선생은 늘 수업 시간에 말했다. "초이마저 떠나면 전 정말 울 거예요!"

해서, 염려돼 말린 사과와 꿀을 곁들인 프랑스 빵을 사가니, "오! 맛있네. 맛있다! 초이"라고 해맑게 말하는 아나이스 선생은 안구건조증이 염려될 만큼, 눈에 습기조차 맺히지 않았다. 하여, 내가 속으로 울었다(지나치게 기뻐하시잖아요!).

이렇게 부담 없이 쓸 수 있게 해준 아나이스 선생과 학원의 모든 직원에게 깊은 감사를 표한다. 그들이 없었다면, 나는 아직도 서반아 식당에서 질문 하나 했다가 쏟아지는 언어의 폭포를 감당하지 못해, 애매한 웃음만 지으며 지냈을 것이다. 웨이터들과 농담까지 할 수 있게 된 건, 모두 이들 덕분이다(비록 내 농담에 나만 웃었지만).

어제 유키와 함께 '나폴리 피자'를 먹으며 석별의 情을 나눴다. "오오. 이 피자집은 진짜네. 도우까지 훌륭해"라며 그는 해맑게 피자 한 판을 다 해치웠다. 하여, 나도 감상에 젖지 않는 이 조류에 조

응하고자, 피자 한 판을 다 해치웠다. 역시 피자는 나폴리 피자다. 작별의 아쉬움까지 모두 잊게 만든다. 앞으로, 누구와 헤어질 일이 있다면, 나폴리 피자를 먹기로 했다. 아울러, 태국에 돌아가면 다시 건강 검진을 받는다는 그가 부디, 어디에서나 몸과 마음의 고통 없이 지내길 바란다.

그라나다로 가기 위해 큰 짐을 숙소 리셉션에 맡기니, 그걸 보고 호세 씨가 화들짝 놀라며 "뭐야! 지금 한국 가는 거야?"라고 했다. 나는 안심하라고, 잠시 여행을 다녀오는 거라 하니, 그는 "이렇게 가면 안 돼! 나 한국 가서 너 꼭 만날 거니까"라며 내게 어깨동무를 한 뒤 식재료 배달을 하는 거래처 직원에게 자랑스레 나를 소개했다.

"인사해. 내 친구야!"

모두가 나를 친구로 여겨줘서 고맙다. '친구'라는 이 짧은 단어가 홀로 지내는 이방인을 얼마나 감상에 젖게 만드는지 모른다. 어쩌면, 그렇게 불러주고 여겨준 이들 덕분에, 낯선 곳에서의 생활을 버텨냈는지 모르겠다.

나와 작별한 모든 친구들이 조성한 '감상에 젖지 않는 조류'에 부응하고자, 서둘러 일기를 마친다.

마드리드에서의 공식적인 일정이 모두 끝난, 예순네 번째 날이었다.

11. 4.

noviembre

이 글은 그라나다의 한 아이리시 펍에 앉아 'Hop House 13' 생맥주를 한 모금 들이켠 후 쓰고 있다.

그라나다에 오길 참 잘했다고 생각한다. 집을 떠나 타국에서 오래 체류하면 여행 욕구가 조금씩 휘발된다. 여행을 많이 한 사람은 더 그렇다. 고로, 젊은 시절 가슴에 출렁이던 여행 욕구는 대부분 말라버렸다. 그럼에도 그라나다는 한 번쯤 오면 좋은 도시라는 생각이 든다.

일단, 차분한 마드리드와 달리, 이곳에는 설렘이 입자가 되어 허공을 떠다니는 것 같다. 행인들의 표정은 밝고, 거리에는 라틴 기타 선율이 흐른다. 서반아 건물인지 아랍 건물인지 가늠하기 어려운 성당은 저녁노을을 등진 채 여행자를 고혹적인 자태로 반기고, 음식점은 '바그다드' '시리아'라는 간판을 내걸고 중동요리를 판다. 이렇듯 이슬람 문화가 혼재된 이곳은, 서반아이면서도 서반아가 아닌 또 다른 나라 같다.

한데, 이 말은 수사가 아니다. 서반아는 예전에 모두 다른 왕국이었으니, 각 지역이 한 나라라 할 만큼 고유한 특성과 매력을 지

니고 있다. 예컨대, 마드리드는 '카스티야', 바르셀로나는 '카탈루냐', 사라고사는 '아라곤', 서북부는 '레온', 이런 식으로 모두 다른 나라였으니, 세부적으로 보면 언어도 음식도 다르고, 건축·문화 양식도 다르다. 공통점이 있다면, 어디에나 아이리시 펍이 있다는 것 정도뿐이다(정말, 아일랜드인은 유럽 곳곳에 뿌리내린다. 어디에나 존재하고, 모두를 환영한다는 점에서 로드리고와 닮았다. 잘 살길 바라, 로드리고!).

다시 그라나다에 대해 말해 보자. 여기에는 훌륭한 안주 문화가 있다. 이른바 '타파스 바(Tapas Bar)'로 분류되는 곳의 바에 앉아 맥주를 한 잔 주문하면, 작은 안주인 '타파스'를 하나씩 그냥 내준다. 인심이 후한 곳은 맥주를 주문할 때마다 타파스를 계속 준다. 따라서, 돈 내고 먹는 '정식 안주'를 주문하고 싶은 손님은 아예 테이블에 자리를 잡아 앉는다(한데, 예외적으로 테이블에서 맥주를 주문해도 타파스까지 주는 펍도 있다. 마드레 미아!). 이렇듯, 그라나다는 타파스 문화로 유명하기에, 인기 있는 타파스 바에 가려면 줄을 서야 한다.

어느덧 서반아의 기온도 현지인들 기준으로 혹한에 버금가는 영상 13~14도가 됐다. 타파스 몇 점 얻어먹겠다고 밖에서 줄을 서서 기다리는 게 쉽지는 않은 날씨다. 나는 포기가 빠른 사람답게 곧장 테이블을 잡아서 앉았지만, 그럼에도 그라나다의 인심이 훌

류하다는 사실은 흔들리지 않는다.

발렌시아에 갔을 때 안달루시아 오징어에 감복했던 게 떠올라, 오징어튀김 작은 접시를 하나 주문했다. 8유로라는 저렴한 가격에 감동했는데, 그 겸손한 가격에도 불구하고 풍미 있는 맛에 또 한 번 감격했다. 어느 정도냐고? 만약, 스페인 남부인 안달루시아에 와서 오징어가 입맛에 맞지 않는다면, 당신은 전생에 동물 플랑크톤의 일종이자 오징어의 먹이인 아르테미아였을 것이다.

내가 왜 이런 말을 할까. 그건 내가 '오징어가 주로 잡히는 도시'에서 출생했기 때문이다. 그래서 오징어를 매일 먹으며 자라, 오징어 맛은 조금 안다. 하나 더 밝히자면, 예전에 부친께서 실패한 사업이 여럿 있는데, 그중 대표적 사례가 '오징어 식품 사업'이었다. 폭삭 망해버려 그 몰락의 여진이 우리 가족의 삶을 십수 년 흔들었지만, 오징어에 대한 미각만큼은 섬세하게 개발할 수 있었다. 그 덕에 그때 개발한 미각을 원고에 써먹게 됐으니, 이 또한 고마운 일이다(라고 자위해 본다). 암튼, 오징어에 관한 미각은 미래의 무수한 가능성을 떼어주고 얻은 것이니, 이에 대해선 나를 믿어주시길.

여하튼, 타파스 바에서는 오징어튀김에 맥주와 와인을 곁들였는데, 마드레 미아! 15유로밖에 나오지 않았다. 심지어 호텔에서 파는 큰 탄산수 한 병이 2유로였다. 놀란 내가 "2유로라고요?"라고 묻자, "비싸다는 거예요? 싸다는 거예요?"라고 반문한 직원은

2유로짜리 탄산수가 얼마나 싼 건지 그 실상조차 몰랐다. 그것도 호텔에서 말이다.

그라나다는 이런 도시다. 하룻밤 만에 이런 말을 하는 건 섣부른 감이 있지만, 지난 20여 년의 여행 경험을 미루어 보건대 그라나다는 서반아에서 가장 부담 없이 사람 냄새를 맡으며 여행할 수 있는 도시인 것 같다.

마덕리 일정을 끝내고 시작한 여행의 첫 번째 밤이었다.

11. 5.

noviembre

이 글은 16년 만에 다시 온 네르하(Nerja)에서 조식으로 토마토를 곁들인 빵을 먹고, 이탈리아식 카푸치노를 마신 후 쓰고 있다.

그라나다의 알람브라 궁전은 역시 들은 대로 대단했다. 711년 서반아로 북진한 북아프리카의 이슬람 세력은 1492년 이사벨 여왕에게 패해 퇴진할 때까지 서반아에서 세력을 유지했다. 그 흔적 중 하나가 바로 알람브라 궁전인데, 이 궁전은 하나의 도시라 해도 될 만큼 그 위용을 자랑한다. 실제로 어떤 책자에서는 '시우다드(Ciudad)', 즉, 도시라 표현한다.

오늘날 모로코라 할 수 있는● 이 북아프리카의 이슬람 왕조는 유럽과는 다른 독특한 건축 양식을 갖고 있었다. 그래서 서반아에서 북아프리카 여행을 하는 기분이 들었다. 한데, 알람브라 궁에는 이슬람 세력의 퇴진 후, 서반아 왕조가 그들만의 양식으로 지은 교회와 카를로스 5세 궁도 있다. 그렇기에 그라나다 궁전은 어느 한 양식에 갇히지 않는다. 이 점이 흥미로웠다.

● 일부를 제외하고, 21세기 현재의 국가는 대부분 '근대'에 탄생한 것이다. 하여, 이 에세이에서 그 연원을 정확히 따지는 건 무리가 따른다. 게다가 이 글은 일기가 아닌가! 하고 변명해 본다.

사실, 서반아語를 쓰는 거의 모든 국가는 복잡한 역사 때문에, 그 문화에 여러 양식이 혼재돼 있다. 일단, 서반아에는 거대 제국인 로마, 800년 가까이 서반아 곳곳을 지배했던 무어인(북아프리카의 이슬람인), 그리고 1492년부터 무어인을 몰아내고 집권한 이사벨 여왕 이후의 흔적이 모두 축적돼 있다.

아울러, 이사벨 여왕의 지원을 받은 콜럼버스가 아메리카 대륙을 발견하며 중남미로 진출하자, 결과적으로는 중남미마저 이런 서반아의 양식과 인종이 혼재하는 사회가 됐다. 그런데, 본래 중남미의 원주민은 아시아에서 건너간 것으로 추정된다. 여기에, 스페인 정복자와 그로 인해 뒤섞인 인종, 게다가 쿠바 및 카리브해 연안 국가에는 아프리카에서 노예로 징용한 흑인까지 있으니, 히스패닉 문화권(서반아어권)을 보면 진정 전 世界의 축소판이란 생각이 든다.

슬픈 침략과 야욕의 페이지가 역사의 상당 부분을 차지하고 있지만, 인간은 결국 현재를 살아야 하는 존재이기에 이 복합적 문화권에서 살아가는 이들은 역사를 망각하지 않는 선에서 책임을 물을 건 묻고, 화해할 건 화해하며 지내는 듯하다. 물론, 고작 몇 달 거주한 외부인의 시선이니 분명히 한계가 있을 터다. 아무리 진보하는 사회라도 극단주의자는 존재하고, 인종주의자를 비롯한 차별주의자는 존재하니까 말이다. 그럼에도 세계는 조금씩 나은 방향으로 한 걸음씩 나아간다는 사실에 안도한다.

이야기가 길어졌지만, 어찌 됐든 그라나다는 앞서 언급한 모든 이에게 열려 있는 도시이다. 펍에서 잠시 대화를 나눈 한 런던 시민은 그라나다를 두고, 자기 기준에서는 "도시도 아니고, 시골도 아니"라고 했다. "그럼 대체 뭐냐?"고 물으니, "이곳은 그저 특별한 곳이다. 살기에 딱 좋은 크기의 이상적인 그 무언가다"라고 했다. 이틀만 머물러 그 말뜻을 다 이해할 순 없었지만, 그 느낌만은 어렴풋이 알 것 같아 건배로 암묵적 동의를 보냈다.

이런 도시를 뒤로하고, 저녁에는 네르하로 향했다. 16년 전 대학원 생활을 정리하며 머리를 식히러 간 적 있었는데, 그때 네르하의 해변과 흰 집들이 실로 마음에 들어 다시 가기로 한 것이다. 한데, 네르하의 숙소 예약까지 마치고 나자, 여행 중인 내게 지인들이 연락해 코르도바(Cordoba)와 세비야(Sevilla)에 꼭 가보라 했다. 이 도시들을 빼놓으면 안 된다며.

어쩔 수 없다. 하지만, 아쉬워서 좋다. 가고 싶은 모든 여행지를 가버리면, 또 오고 싶은 마음이 들지 않는다. 삶을 살게 하는 동력은 도달하지 못한 곳에 대한 동경과 갈증이니까. 그렇기에 이 아쉬움이 소멸되지 않도록, 잘 관리해 보려 한다.

결국, 서반아에 다시 오기로 했다.

서반아에 온 지 예순여섯 번째 지난 밤이었다.

이 글은 '로스 디아만테스(Los Diamantes, 다이아몬드)'라
는 펍에서 쓰고 있다.

바 의자에 앉아 지역 생맥주인 알람브라 라거를 한 모금 들이켰
다. 확실히 더운 나라에서는 청량감을 주는 쌉쌀한 라거가 제격이
다. 사실, 서반아에 와서 맛있게 마신 맥주는 대부분 라거였다. 이
참에 최고의 라거 맥주를 말해야 할 것 같은데, 주저 없이 마드리
드 맥주인 '마오우 클라시카'를 꼽겠다. 맛도 훌륭하거니와, 이렇
게 말하면 마드리레뇨(마덕리인)가 된 것 같아서 기분이 좋기 때문
이다. 어쨌든, 서반아에서는 일단 앉으면, 라거로 목부터 축이는
게 바람직하다.

안달루시아 오징어가 최고라는 내 가설은 더는 검증할 필요가
없을 것 같다. 매번 튀김만 먹다가, 이번에는 철판구이 오징어를
먹었는데, 왜 이제야 먹었나 싶다. 부드럽고 촉촉한 오징어를 적당
히 구워 칼로 十二등분分하고, 반씩 자른 작은 토마토를 익힌 후 올
린다. 그리고 오징어와 토마토 위에 올리브유와 소금을 적당히 뿌
린 메뉴인데, 맛이 신기원이라 할 만큼 훌륭하다. '천추의 한'이 있
다면, 이 음식 사진을 못 찍은 것이다.

웨이터가 음식을 내왔을 때 '이때다!' 싶어 잽싸게 휴대폰 충전을 부탁한 탓이다. 속으로 자연스러웠다며 대견히 여겼는데, 음식이 내 앞에 놓이는 순간 깨달았다.

'이 그림은 愛人 사진처럼 그리울 때마다 꺼내 봐야 한다는 걸.'

하지만, 이미 휴대폰은 내 손을 떠나, 와인병 수십 개 뒤에 감춰진 콘센트를 찾으려 끙끙대는 웨이터의 손에 들려 있다. 하여, 어쩔 수 없다며 포기했는데… 잠깐. 음식 사진 못 찍은 걸 '천추의 한'이라 하다니… 고무적이다. 내 안에 이런 열정이 남아 있다니, 마드레 미아!

왜냐하면, 16년간 그리워한 '네르하'에 어제 갔는데, 바닷물에 발 한 번 담그지 않고 돌아왔기 때문이다. 혹시나 해서 수영복을 챙겨 갔는데, 역시나 눈치 없는 이 노구가 감기에 걸려버렸고, 연중 내내 따뜻한 네르하에 무슨 영문인지 어제만 찬 바람이 쌩쌩 분 탓이었다. 오늘 아침에는 네르하와 이대로 작별하기 아쉬워 잠시 해변을 산책했다. 그런데, 다시 따뜻해진 날씨 덕에 관광객들이 일광욕과 해수욕을 즐기는 것 아닌가. 하여, 나는 일광욕과 해수욕 대신 험한 욕을 입에서 내뱉은 건 아니고, "그래, 뭐, 죽기 전에 다시 오겠지"하며 발길을 돌려버렸다. 노화의 서러움은 체력을 잃는 게 아니라, 설렘의 능력을 잃는 데서 온다.

어느덧 여행지에서 '하고 싶은 리스트' 같은 게 없는, 쓸쓸한 여행을 하는 셈이다. 그저 먼 곳으로 이동해서, 내 일상에서 벗어났다가 회귀하는 것, 그것이 어느 순간부터 여행의 목적이 되고 말았다. 그렇기에 오징어에 대한 미련이 남는 건, 참으로 고무적인 현상이다.

돌이켜보니, 내 안에 글쓰기에 대한 불씨는 전소하지 않고 약간 남은 것 같다. 이마저 꺼져버렸다면 내 삶은 냉동실에서 눈 뜬 채

얼어붙은 생선의 삶과 다르지 않을 것이다. 그래서 아직 일기를 쓰는 것 같다. 이 일기가 책이 될 수 있을지는 모르겠다. 아무런 계약도 하지 않았고, 그저 쓰지 않으면 허전해서 썼을 뿐이다.

아직은 쓰지 않으면 허전해 다행이라 여긴, 서반아에서의 예순 일곱 번째 날이었다.

*

일기를 다 쓴 후 휴대폰을 받아보니, 충전이 전혀 되지 않았다! 애초에 코드에 제대로 꽂히지도 않은 것이다. 마드레 미아! 이럴 줄 알았으면, 오징어 사진이나 찍는 건데…. 내 오징어! 내 오징어! 내 오징어!

11. 7.

noviembre

이 글은 런던으로 가는 비행기에 서둘러 뛰어올라, 심신을 안정시키기 위해 〈말러 교향곡 5번〉을 들으며 쓰고 있다.

어제는 온종일 이동했다. 네르하에서 버스를 타고 그라나다로 가서, 다시 기차를 타고 마드리드로 돌아왔다. 마드리드의 '서울역' 격인 '아토차(Atocha) 역'에 도착하니 어느덧 밤 11시였다. 숙소까지 지하철을 타고 가면 삼사십 분이 걸리는데, 짐도 있고 승차권도 다 써버린 참이었다. 하여, 서반아의 우버인 '캐비파이(Cabify)'를 한 대 불렀다. 8유로면 숙소까지 갈 수 있고, 내가 있는 곳에 1분 안에 도착한다고 안내하니, 이 야심한 시각에 얼마나 고마운 존재인가.

이리하여, '마덕리의 비극적 밤'이 시작됐다. 무슨 말인고 하니, 앱의 프로필 사진에서 선한 인상을 풍기는 기사 '까를로스(가명)'는 알고 보니, 고집이 상당히 센 사내였다. 그는 결코 승객이 기다리는 약속된 장소로 오지 않고 자신이 사랑하는 대기 장소로 가서 "나, 도착했어"라며 내게 메시지를 보냈다. 이때부터 까를로스는 자신이 도착했다고 캐비파이 측에 보고했고, 내 앱에서는 기사가 대기 중인 시간이 카운트되고 있었다. 그렇다. 택시로 치자면 이때

부터 '미터기가 켜진 것'이다. 그런데, 까를로스는 내가 지구촌 인구 80억 중에 최악의 '방향치'인 것을 몰랐을 것이다. 그러니 내게 대뜸 전화를 해서, 마하 30 속도의 서반아어로 "뒤를 돌아, 좌회전한 뒤, 30미터를 걷다가, 7시 37분 방향으로 서른 걸음 걷다가, — 아, 아미고(친구)! 아미고의 키가 180cm 이상이면 스물두 걸음, 로시엔또(미안) — 어쨌든 다시 역 안으로 들어가서, 에스컬레이터를 타고 지하 주차장으로 와!"라는 식으로 태연하게 말한 것 아닌가.

나는 정말 궁금했다. 대체 까를로스는 약속된 장소로 오지 않고 왜 나에게 지하 주차장으로 오라는 건가. 암흑세계의 실력자라서, 내게 은밀한 거래라도 제안하려는 걸까? 아니면 갑자기 과거 연인과의 마지막 작별 키스를 아토차 역 지하 주차장에서 나눴던 추억에 잠긴 걸까? 그래서 그의 애마인 푸른색 스즈키 'N2×××'가 김유신 장군의 말처럼 "주인님. 과거 추억에 한번 젖어보실까요?"라며 아토차 역 근처에만 오면 알아서 지하 주차장으로 직진해 버리는 걸까?

영문을 알 수 없는 까를로스의 심야 지시를 이행하느라, 나는 그와 다섯 통 넘게 통화하고, 아토차 역의 엉뚱한 지하 주차장 답사까지 경험하고(그렇다. 지하 주차장이 하나가 아니었다!), 40분이 지난 후 가까스로 그를 만났다. 그러고 숙소에 돌아오니 자정이 넘었고, 휴대폰으로는 애초 예상 금액의 세 배 가까이 되는 금액이 청구됐다는 메시지가 왔다.

공유 차량을 선택한 내 실수를 떨쳐내기 위해, 샤워를 하며 심기일전하려 했다. 한데, 이번에는 갑자기 정전이 돼버렸다. 하여, 암흑 속에서 휴대폰 조명을 켜놓고 샤워를 한 뒤, '그래, 어쩐지 여행에서 별 탈을 안 겪은 것 같았어'라며 역시 암흑 속에서 침대에 누워 생각했다.

이로써 여행의 불운이 끝났다면 좋겠지만, 이는 시작이었다.
그 이야기는 나도 독자도 피곤할 테니, 내일 하자.

암흑 속에서 보낸 마덕리에서의 예순여덟 번째 날이었다.

이 글은 런던 개트윅 공항에 도착한 후, 런던 근교인 뉴
몰든(New Malden)에 사는 팔촌 형의 서재에 앉아 쓰고 있다.

이제는 거의 서울역처럼 친근하게 느껴지는 마드리드 바라하스
공항에 일찌감치 도착했다. 늘 늑장을 부리는 게으른 인간이지만,
그래도 세탁 사건으로 산 옷들의 세금을 좀 환급받아 보려 한 것이
다. 나는 디지털 문명사회의 부적응자답게, 키오스크에서 환급받는
걸 포기하고 삼십 분 가까이 줄을 선 결과, 내 앞에는 단 한 명의 여
행객만 남겨둔 상황이었다.

'아, 이제 금방 환급받고 떠나겠구나'라고 안도하는 찰나, 내 앞
에 서 있던 산유국 출신의 한 남성이 갑자기 가방에서 주섬주섬 뭔
가를 꺼냈는데, 나는 아직도 그 광경을 믿을 수 없다.

그가 가방에서 꺼낸 영수증 뭉치가 가히 브리태니커 백과사전
두께에 달하는 것 아닌가. 내 앞의 남성은 산유국 출신의 쇼핑 중
독자였던 것이다. 그의 손목에 채워진 금시계가 흔들리며 영수증
뭉치가 건네지자, 직원이 빠른 서반아어로 말했다.

"세뇨르. شنيﻭ n.ﺏ⅏a تﱡ⅏ﻼ ぽ%üçafaït@@ 영수증 다시 정리해서
주세요. 뽀르 빠보르(플리즈)."

세금 환급용 영수증은 두 페이지가 한 짝인 경우가 많은데, 수백 장에 달하는 그의 영수증은 그 짝이 다 흩어져 있었던 것이다. 빠르게 상황을 판단해야 했다. 이미 보안 구역을 통과했기에 키오스크로 돌아갈 수는 없다. 옆줄에 선다면 다시 삼십 분을 기다려야 한다. 결국 이 중동 남성이 어서 기지를 발휘해 재빨리 영수증의 짝을 맞추길 기대하며 내 자리를 지키기로 했는데, 남성은 서반아어를 전혀 이해 못 했다.

하여, 그는 온 신경을 곤두세우지 않으면 아랍어로 들리는 영어로 질문을 하니, 이번에는 직원이 못 알아들었다. 하여, 나는 어린 시절에 상상만 했던, 창세기에 기록된 바벨탑을 쌓다가 신의 진노를 사서 인류가 서로 다른 언어를 쓰게 된, 그 최초의 풍경을 내 눈으로 확인하는, 때에 맞지 않는 경험을 하게 됐다.

결국, 내가 나서 그의 온갖 명품 영수증과 무슨 영문인지 그 와중에 갑자기 끼어 있는 온갖 군것질거리 영수증의 짝을 맞춰주니, 또 이십여 분이 흘러 어느덧 내 탑승 시간이 지나버렸다. 그 와중에 그제야 줄을 서게 된 사람들은 내가 이 사태의 주범인 듯, 팔짱을 낀 채 나를 노려보는 것 아닌가.

진땀 나는 이십 분이 흘러 마침내 그의 일 처리가 끝나자, 중동 남성은 내게 친구가 되고 싶다는 듯 태연하게 가방에서 간식을 주섬주섬 꺼내 줬다. 당연한 말이지만, 나는 산유국 남성과의 우정은 다음 생으로 미룬 채, 런던행 탑승권을 발권하러 전속력으로 뛸 수밖에 없었다(그의 과자는 빠르고 정중하게 고사했다).

헐레벌떡 뛰어가 탑승구 앞에서 여권을 내미니, 항공사 직원들이 내 여권을 보고서 "이것 봐. '꼬레아 델 수르(한국)' 여권이 바뀌었네. 남색이야"라며 동료들에게 건넸고, 동료는 여유의 나라 서반아인답게 "안쪽이 더 재밌게 바뀌었네"라며 수다를 떨었다. 하여, 나는 땀 닦을 틈도 없이 물었다.

"지금 이 대화는 제게 여유가 있다는 거죠?"

"씨. 씨. 씨. 뽀르 수뿌에스토(네네. 물론이죠)!"

그제야 나는 가까스로 안도했다. 그리고 자책했다. 중동 남성의 간식을 받아주는 데 3초도 안 걸렸을 텐데, 뭐 그리 급하다고. 그가 혹시나 이 글을 읽는다면, 진심으로 사과를 건넨다. 그리고 앞으로 영수증은 꼭 제대로 보관하길 바란다(그러려면, 일단 책이 번역돼야 할 텐데. 쩝).

런던 개트윅 공항에 도착하니, 한국인은 따로 입국 심사를 거치지 않고 여권을 기계에 갖다 대면 입국이 허용됐다. 사실, 나는 놀라운 '방향치'임과 동시에 놀라운 '기계치'다. 그저 둔한 정도가 아니라, 내가 손을 대면 희한하게 기계가 작동하지 않음은 물론, 고장 나버리기까지 한다. 하여, 불안감을 억누르며 기계가 하라는 대로 사진이 부착된 면을 펼쳐 여권을 스캐닝했으나, 계속 인식 오류가 났다. 결국, 또 친절한 직원이 나를 도와주려 했는데, 그 역시 "어. 한국인 여권은 녹색인데?"라며 내 남색 여권을 신기해했다. 사실 새 디자인의 여권이 나온 건 몇 달 전의 일이다. 그런데도 공

항 직원들이 이 여권을 신기하게 여긴다니, 대체 코로나19는 전 세계 여행객의 발목을 얼마나 묶어뒀단 말인가.

팔촌 형 부부를 오랜만에 만난 기념으로 한식당에서 삼겹살을 먹으며, 바뀐 여권 이야기를 했다(그렇다! 팔촌 형이 영국에서 삼겹살에 소주에, 한국 맥주를 사준 것이다! 그것도 열 병 가까이. 한국에 사는 이들은, 런던에서 이렇게 먹는 게 얼마나 호사스러운 일인지 모를 것이다). 그런데, 맞은편에 앉아 있던 한국 가이드가 내 이야기를 들었는지 갑자기 "맞아요. 나도 이번에 오신 노부부의 여권이 남색이기에, '어머나! 내가 외교관 여권을 처음 보네!'라고 생각했다니까요. 바뀐 것도 모르고!"라며 말했다. 그러자, 팔촌 형과 형수도 내 여권을 앞뒤로 돌려보며, "응. 정말 세상 많이 바뀌었네"라고 했다. 대체 여권 조금 바뀐 것과 세상 바뀐 것 사이에 무슨 연관이 있는지 모르겠지만….

여하튼 다들 하나같이 작은 변화에 주목하고, 의미를 부여했다. 어쩌면, 자기 삶의 자리를 묵묵히 지키는 그 숭고한 일상을 살아가는 이에게, 매일 같은 삶은 지루한 숙제처럼 느껴질지 모르겠다. 그렇기에 별것 아닌 여권 색깔이 화제가 되고, 식상하기 그지없는 날씨 이야기에 공감하고, 그저 좋은 날씨에 감사까지 하는지 모르겠다. 그만큼 우리의 삶은 고통을 겪는 와중에도, 지루하고 권태로우니까. 하지만 나는 이제 주변의 모든 이가 따분하게 여기는 그

별 볼 일 없고 새로울 것 없는 내 일상으로 돌아가고 싶다. 이방인으로 지내는 고독이 하루치만큼 쌓일수록, 내 지겨운 삶의 그리움이 그만큼 깊어져가는 탓이다. 그렇기에 여행의 쓸모는 일상의 가치를 역설적으로 빛내준다는 데에 있는지도 모르겠다.

런던에는 몇 번 와봤지만, 매번 서둘러 떠났기에 아직도 이 도시를 잘 모른다. 고로, 내일부터는 런던을 조금씩 '알아볼(conocer, 꼬노세르)' 작정이다. 런던을 닷새만 알아보면, 이제 그립도록 지겨운 일상으로 돌아간다.

여전히 낯선 구라파에서의 예순아홉 번째 밤이었다.

11. 9.

noviembre

이 글은 팔촌 형의 집인 뉴몰든에서 런던 시내로 향하는 통근 열차 안에서 쓰고 있다.

나는 왜 이제야 런던에 온 건가. 알아챘는지 모르겠지만, 사실 나는 그동안 혼자서 여행하며 지쳐 있었다. 몸은 물론, 마음의 에너지까지 바닥나 여행이 버거웠다. 하여 가장 어려운 결정은 매일 숙소 문을 열고 바깥을 향해 나서는 것이었다. 고백하자면, 마음의 3할 정도는 늘 우울하고 축축했다.

한데, 지구상에서 가장 습기 찬 도시에 오니, 오히려 햇살에 바짝 말린 수건처럼 우울의 누기가 증발해 버렸다. 영국의 쌀쌀한 기온, 어느 곳은 젖어 있고 어느 곳은 햇볕을 받아 마른 얼룩진 벽돌, 이런 날씨가 빚어낸 어두운 색깔 속에서 빛을 발하는 파란색 기차, 너 나 할 것 없이 입고 다니는 베이지 코트…. 이런 정경을 집을 나서면서부터 하나씩 보다 보면, 영국은 확실히 자기만의 고유한 색채를 잃지 않는다는 느낌이 든다. 같은 유럽 대륙에 있더라도, 섬나라 특유의 고립된 조건이 그들만의 디자인과 생활 양식, 개성과 표현 방식을 빚어낸 것이다.

맞은편 승객과 무릎이 맞닿을 만큼 아담한 튜브('메트로'도 아닌,

튜브), 넘치는 중국인과 인도인, 코트 깃을 세우게 만드는 물기 머금은 찬 바람, 그러다 갑자기 맑아지는 하늘, 늘 쌀쌀한 공기, 그렇기에 가을의 느낌이 가장 잘 나는 도시인 런던, 햇볕이 내리쬐는데도 한 손에는 우산을 들고 다니는 사람들, 여전히 종이 신문을 둘둘 말아 옆구리에 끼고 다니는 사람들, 헌팅캡을 쓴 장년, 가죽 안장을 얹고 앞에는 가방을 매단 접이식 자전거를 타고 다니는 사람들, 그린 파크 역을 나서자마자 보이는 리츠칼튼 호텔, 베이지색 건물 사이를 지나다니는 빨간 버스와 검은 택시, 공중전화 부스와 우편함, 깔끔하고 둥글둥글한 타이포그래피, 문과 세면대는 은색으로, 벽은 흰색으로 장식된 화장실, 그리고 무엇보다도 친절한 사람들, 하지만 까다로운 친구처럼 가끔씩 만나야 좋은 듯한 느낌, 영어의 출발지이긴 하지만, 독특한 억양으로 때때로 놀림의 대상이 되기도 하는 독특한 존재, 미지근한 에일 맥주를 마시는 사람들, 엘리트 같으면서 축구를 즐기는 도시.

런던에 대해 말하자면 갑자기 수다스러워질 만큼 이 도시는 언제나 내게 흥미의 대상이다. 나는 매번 런던에 도착할 때마다, 공항이건, 피커딜리건, 소호건, 정신을 차리고 보는 첫 목적지가 어디가 됐든 간에 흡족했다.

대체 왜 이런 걸까. 곰곰이 따져보니, 어쩌면 이 우울할 수밖에 없는 날씨 속에서 어떻게든 즐길 거리와 농담거리를 찾으며 살아

가야 하는 삶의 방식 때문인 것 같다. 하늘이 흐리니, 빨간 버스와 공중전화 부스가 어울릴 수밖에 없다. 날씨가 흐리니, 저녁에는 한잔하며 우울을 달랠 수밖에 없다. 늘 공기 중에 습기가 가득하니, 해가 쨍하게 비치면 달릴 수밖에 없다. 즉, 이런 제한된 상황 속에서 삶을 유지하고 즐기려는 긍정적인 자세와 그 결과물들을 감히 말하건대, 나는 사랑하는 것 같다. 소설을 쓰는 이유도 결국은 비슷하니까.

어느 누가 읽어줄지 감조차 잡히지 않는 상황 속에서, 어쩌면 나조차 장구한 초고를 끝낼 수 있을지 가늠할 수 없는 상황 속에서, 한 글자씩 쓴다. 이건 마치 매일 아침 출근해, '이제는 적응됐겠지'라고 착각하지만, 여전히 아무것도 보이지 않는 절망에 부딪혀 암흑 가운데 전등 스위치를 더듬거리며 찾는 것과 같다. 그게 소설가의 삶이다. 아무리 써도 익숙해지지도, 능숙해지지도 않는다. 그래서 삶이 결코 편안해질 수 없고, 늘 내면을 극한의 긴장 상태로 유지한다. 극단적으로 말하자면, 나는 런더너의 삶이 이와 같다고 생각한다. 그렇기에 이런 조건 속에서 탄생하는 결과물에 자연스레 끌리는 것이다.

그나저나, 런던의 명동 격인 피커딜리에는 내가 가장 좋아하는 미국 브랜드 햄버거 가게가 있다. 그 햄버거 가게에 들어가 치즈버거를 주문하니, 내 이름을 물었다. 하지만, 본명을 말할 때마다 수십 번 반문하는 걸 들었다.

"죄송하지만 뭐라고요?"

그래서, 그냥 "코리안 가이"라고 답했는데, 이 주문명이 매장 벽에 걸린 모니터에 뜨자, 매장 안에 언어의 파도가 한 번 일었다. 햄버거를 먹던 중국인도, 인도인도, 서반아어를 쓰는 여행자도, 모두 내 이름을 보며 대화 꽃을 피웠다. "이름이 '코리안 가이'래"라며. 나는 사실 스타벅스처럼 닉네임을 말하는 줄 알고, 별 뜻 없이 한 것뿐인데.

그런데 따져보면, 이게 내 정체성이다. 하여, 스팅의 그 훌륭한 명곡 〈잉글리시 맨 인 뉴욕〉처럼, 나는 오늘부로 '코리안 가이 인 런던'이다.

런던에 온 한국인으로서 보낸 두 번째 날이었다.

11. 10.

noviembre

이 글은 노팅힐의 한 퍼블릭 바(맥줏집)에서 몸을 긁으면서 쓰고 있다.

영화 〈노팅힐〉 때문에 왔는데, 정말 와볼 만하다. 런던에 오면 반드시 들러보시길! 아울러, 내가 지금 맥주를 마시고 있는, 'Earl of Lonsdale'에도 꼭 와보시길. 노팅힐 시장 입구에 있는데, 와서 '사무엘 스미스'라는 흑맥주를 마셔보길 바란다('유기농 라거'도 추천!). 기네스를 좋아한다면, 반드시 좋아할 것이다. 굉장히 영국적인 펍이다. 이때껏 다녀본 영국 펍 중에 가장 마음에 든다. 웬만하면 추천 안 하는데, 감히 **추천한다(궁서체다)**.

그나저나, 나는 대체 왜 몸을 긁고 있는가. 그건 혼자 여행을 다니는 내가 외로울까 봐 신이 동반자를 붙여주기 때문이고, 그 동반자의 이름은 '불운'이기 때문이다.

나는 여행 중에도 늘 원고를 보내야 하는 '노동자형 여행자'이기에 오전을 온전히 노동에 바쳤다. 그러다 보니 시간이 훌쩍 흘러, 어서 외출해 런던을 만나야 할 때가 왔다. 하여, 샤워를 하기 위해 서둘러 온몸에 비누칠을 '박박' 한 후, 물을 트니 갑자기 샤워기에서

물이 한두 방울 나오다 그만 뚝, 그쳐버렸다. 샴푸질한 머리카락은 '아프로 파마'를 한 것처럼 거품으로 본래 내 머리보다 두 배쯤 커졌고(상기하자면, 독자들은 내 머리가 얼마나 거대한지 모를 것이다. 그런데, 그것의 두 배다!), 온몸은 비누 거품이 가득한 욕조에서 막 나온 것처럼 거품 덩어리, 그 자체였다. 한데, 대체 물이 왜 안 나온단 말인가. 팔촌 형만 사는 집이라면 수건이라도 대충 두르고 나가서 무슨 상황인지 물어볼 텐데, 이곳은 형수도 함께 사는 가정집 아닌가. 하여, 나는 온몸에 거품을 묻힌 채 카카오톡으로 형에게 전화를 걸었다.

"형. 미안한데, 물이 안 나오는데요. 엉엉."

미국에서 태어났다가, 영국으로 이민 온 형수는 나의 비보를 전해 듣고, 거리로 뛰쳐나가 대체 이게 무슨 상황인지 따지듯이 물어봤는데, 알고 보니 '알 수 없는 응급 상황이 발생해 수도 회사 직원들이 공사를 하기 위해 수도를 잠가버렸다'는 것이었다. 하여, 팔촌 형이 마트에서 사온 1.5리터 생수병 두 개와 형수가 "아유, 우리 민석 씨 감기 걸리면 어떡해" 하며 1.5리터 생수 두 병을 커피포트에 끓인 물로 몸에 묻은 비누를 헹구었다.

한데, 마침 팔촌 형 집에 있던 제품은 '비눗기'가 사라지지 않기로 유명한 '도브(Dove)'였다. 생수 두 병으로는 턱도 없는 끈적함과 미끈함을 자랑하는 비누였다. 이에 나는 실로 오랜만에, 예전에 국제 구호 기관에서 근무할 때 에티오피아 출장을 가서 우물물로 샤워하던 기억을 떠올리며 영국 마트 생수 두 병과 형수가 커피포트로 끓여준 뜨거운 물 한 바가지로 가까스로 몸을 헹궜다. 씻은 물을 한 방울이라도 흘리지 않으려 정성스레 바가지에 받아 다시 씻은 관계로, 보습력을 자랑하는 '도브 비누'가 아직도 내 몸에 덕지덕지 붙은 듯하다. 도브 비누와 혼연일체가 되어, '인간 도브'가 된 심정이다. 그 때문인지 전신이 간지럽다. 그리하여, 낭만적이고

운치 있는 노팅힐의 바에 와서, 나는 온몸을 긁적이며 이 일기를 쓰고 있는 것이다.

그런데 정말 '가는 날이 장날'일까. 오늘은 런던 지하철이 파업을 하는 날이었다. 사랑의 또 다른 이름인 형수! 형수께선 내가 왔다고 장장 네 시간에 걸쳐 꼬리곰탕을 끓여놓았는데, 내가 도착하겠다고 알린 시간보다 무려 한 시간 반이나 늦게 도착한 것이다. 그 탓에 팔촌 형의 여섯 살 난 딸과, 팔촌 형과, 형수는 '민석 씨가 오기 전까진 식사를 할 수 없다'는 교리와 같은 법칙을 지키느라, 군침 도는 꼬리곰탕을 앞에 두고 식탁에 앉아 나를 기다려야 했다.

그 와중에 '아, 형이 기다리는데!' 하며 애태우는 사이, 서반아에서 가입한 내 휴대폰의 데이터가 완전히 소진돼 버렸다. 기차가 파업하니, 모든 승객이 버스에 몰려, 연착한 버스는 만석이었다. 결국, 버스는 기다려도 탈 수 있는 대상이 아니라는 걸 50분을 기다린 후 파악했다. 함께 탄식을 내뱉은 승객은 목적지까지 걸어가겠다고 했다. 배터리도 없고, 데이터도 없는 나는 잽싸게 그들에게 편승했다.

"저 런던도 모르고, 전화기도 죽었어요!"

인도에서 왔다는 이 마음 따뜻한 커플은 나를 역까지 데려다주며, 어떻게 하면 뉴몰든까지 갈 수 있는지 친절히 알려줬다.

정말이지, 전혀 과장이 아니라, 눈물이 날 만큼 고마웠다. 그들

이 없었다면, 나는 국제 미아[•]가 되어, 런던 중심가에서 노숙자가 됐을지도 모른다. 이 고마운 친구들에게 이름도 묻지 않았다는 게 수치심이 들 정도로 너무나 미안하고 고맙다.

이 젊은 인도 커플과 걸으며 엉겁결에 '버킹엄 궁전'도 구경하고, 그 앞에 있는 웅장한 조각상 '빅토리아 메모리얼'까지 보게 됐다. 사실, 의지가 없어 볼 생각이 없었는데, 불운 탓에 결과는 행운으로 바뀐 것이다. 심지어, 멀리 있는 '런던 아이(London Eye)'까지 봤다.

이곳의 시스템은 예상 밖이고 변수도 많지만, 그 때문인지 사람들이 친절하다. 백인도, 인도인도, 중국인도, 지하철에서 만난 파키스탄 승객도, 그리고 승차권을 살 수 있도록 도와준 흑인 직원까지. 이곳에 있으면 정말 '지구인은 모두가 하나'라는 매우 기본적이면서도 추상적인 생각을 손으로 잡을 만큼 실감하게 된다.

몸은 간지럽다. 하지만, 여전히 내게 '살아갈 만한 도시'라는 인상을 준 런던에서의 세 번째 날이었다.

● 나이 탓에 '미아(迷兒)'가 될 수 없다는 건 아는데, 그렇다고 미중년으로 쓴다면 더 큰 오해와 혼동을 빚음은 물론, 몇 안 되는 독자의 환불 사태를 일으킬 수 있으니, 이렇게 쓰는 걸 부디 양해 바란다.

11. 11.

noviembre

이 글은 일찍 일어나 '키친 테이블 노블'●을 쓰는 작가처럼 팔촌 형네 부엌 테이블 앞에 앉아 쓰고 있다.

그저께 겪어보니, 런던의 해도 오후 4시 반이 되면 슬슬 퇴근 준비를 했다. 오후 5시가 되면 이미 해는 온데간데없어, 안 그래도 쌀쌀한 기운 속에 암흑까지 더해지니 음주 외에는 할 거리가 없었다. 게다가, 팔촌 형 집이 런던 외곽의 한인타운인 뉴몰든에 있기에, 나는 그곳에서 런던까지 매일 왕복 두 시간을 오가는 중이다.

하여, 어제는 아침 일찍 나갈 채비를 차렸다. 늘 팔촌 형이 지하철역까지 태워주기에 기다리는 형을 위해 곧장 나가려니, 형수가 붙잡았다. 미국에서 태어난 사람답게 특유의 영어 섞인 발음으로 "아이. 민석 씨! 그냥 나가면 내가 섭섭하지!"라며 치즈를 올린 바게트와 토마토수프를 챙겨주셨다. 성의가 고마워 토마토수프를 한술 떴는데, 아니나 다를까 서반아에서 늘 먹던 '가스파초'였다. "스페인에서 온 민석 씨 맞춤 수프!" 이렇게 환대를 받고서, 런던의 '내셔널 갤러리'로 갔다.

● 자기 서재가 없는 직장인이 퇴근 후, 부엌 테이블에 앉아서 쓴 소설.

여기저기에 썼지만, 나는 이탈리아 화가 '카라바조'를 상당히 좋아하는데, 그의 대표작 중 하나인 〈성 세례 요한의 머리를 받는 살로메〉가 내셔널 갤러리에 전시돼 있다. 아울러, 고흐의 〈해바라기〉〈사이프러스가 있는 밀밭〉과 모네, 고갱, 르누아르, 폴 세잔 등의 명화도 전시돼 있다. 이런 훌륭한 작품들을 굉장히 고맙게 감상했는데, 왜 고맙냐면, 런던에서는 이런 미술관과 박물관이 대부분 무료이기 때문이다(그렇기에, 로드리고가 런던의 모든 박물관에 출몰했던 것이다!).

물론, 예약은 해야 하지만, 정작 와보니 시원하게 예약 명단 따위에는 눈길조차 주지 않았다. 'Walk-in Welcome(예약 없이 들어오는 사람 환영)'이라 써 붙인 이발소 정도는 아니지만, 그렇다고 "손님. 예약 안 하시면 못 들어옵니다"라며 정색하는 고급 레스토랑은 아닌 것이다. 이렇게 시민과 방문자에게 문화 관람의 기회를 넓게 제공해 주려는 런던의 태도가 상당히 마음에 든다.

오후에는 영화 〈노팅힐〉로 유명한 노팅힐의 '포르토벨로 시장(Portobello Market)'에 가봤는데, 실로 영화에서 보던 그대로였다. 영화에는 휴 그랜트가 줄리아 로버츠와 이별한 후, 상심의 시간을 오래 겪었다는 것을 보여주는 장면이 있다. 휴 그랜트가 상인들 사이를 혼자 걷는데, 그 와중에 계절이 연이어 바뀌는 것이다. 이 신의 촬영을 위해 어느 정도 세트처럼 꾸민 거라 여겼는데, 방문해 보니 정말 영화 속의 장면처럼 상인들이 거리에서 꽃, 과일,

중고 서적과 음반, 아날로그 카메라, 심지어 오래된 세계 각국의 지도까지 팔았다. 이제 서구권은 물론, 일본과 한국의 시장도 대부분 실내에 있는데, 이 '로드 마켓'은 정말 상점들 사이의 거리 한가운데서 가판대를 펼쳐놓고 파는, 서구권에 얼마 남지 않은 매력적인 시장이었다.

그럼에도 한 가지 아쉬운 점이 있었는데, 그건 영화에서 휴 그랜트가 운영했던 서점 '더 트래블 북숍'이 아직도 있다는 소식에 찾아가보니 똑같은 간판만 유지한 기념품 가게로 바뀌어버렸다는 사실이다. 말년의 피츠제럴드가 할리우드에서 〈바람과 함께 사라지다〉의 유령작가로 일하던 시절, 그가 소설가라는 걸 믿지 않는 사람들에게 자신이 직접 서점에 가서 『위대한 개츠비』를 사서 선물하곤 했는데, 그 서점 역시 수소문해서 찾아가니 기념품 가게로 둔갑해 있었다.

'더 트래블 북숍'에는 '런던 사랑해요!'라고 쓰인 냉장고 자석과 런던을 연고지 삼은 축구팀의 유니폼이 잔뜩 걸려 있었다. 피츠제럴드가 단골로 드나들던 과거의 서점 역시 LA 레이커스, LA 다저스의 유니폼을 팔고 있었다. 이건 내가 소설가라서 섭섭한 게 아니다. '더 트래블 북숍'은 예전의 간판을 여전히 걸고 있고, 영화 〈노팅힐〉의 포스터도 액자로 만들어 입구에 큼직하게 걸어놓았다. 즉, '여행 서적'만 팔아서는 이전 주인이 도저히 버틸 수 없었던 것이다. 그게 애석한 점이다.

사람들은 어느 순간부터 영화를 보고 찾아와 이 서점을 방문한 기념이 될 만한 물건들을 사기 시작했고, 그렇기에 서점 이름을 새긴 에코백을 팔고, 기념품을 하나둘 제작해서 팔다가, 결국은 "저기서 기념품을 파는 게 돈이 되겠네"라고 여긴 사람이 가게를 인수해 아예 기념품 가게로 바꾸어버린 듯하다. 잘은 모르겠지만, 이전 주인도 정작 팔려는 책은 안 팔리고 기념품만 팔리니 자신이 사랑하는 일에 회의를 느꼈을지 모르겠다.

나 역시 소설가인데, "최 작가님. 에세이가 너무 재밌어서 독자가 됐어요. 소설은 안 읽어봤지만"이라는 말을 수없이 들었다. 그렇다고 이 에세이가 '더 트래블 북숍'의 기념품에 해당한다는 말은 아니다. 오히려, 이번 방문을 계기로 새삼 깨달았다.

에세이를 쓸 기회를 누리는 소설가라는 사실에 늘 감사하지만, 그렇다 해서 소설가가 에세이만 쓰며 살 수는 없다. 즉, 트래블 북숍이 이름만 여행 책방이 아니라 실제로 여행 서적을 파는 책방이길 바라듯 나 역시 소설가라는 과거의 허울에 기대지 않고, 세상이 알아주는 것과 상관없이 내 골방에서 꾸준히 소설을 쓰는 글쟁이가 되어야겠다고 마음을 다진 것이다.

한국에 돌아가면, 이곳에 오느라 잠시 멈춘 긴 소설을 다시 쓸 생각이다.

런던에서의 네 번째 날이었다.

이 글은 런던 개트윅(Gatwick) 공항에서 마드리드 바라하스(Barajas) 공항으로 가는 비행기 안에서 이틀 전의 일을 회상하며 쓰고 있다.

이틀 전의 일기를 쓰면 치매 예방에 좋다는데, 그 때문에 이렇게 쓰는 건 아니고 일기를 쓸 여유가 없을 만큼 이곳의 시간이 빨리 가기 때문이다. 시간이 빨리 가는 건 좋다. 인생이 지루하게 흘러가는 것보다 여러모로 좋은 것이다.

이틀 전에 '토트넘 홋스퍼' 홈구장에서 본 '리즈'와의 시합도 그랬다. 마침 시합을 마치고 돌아가는 길에 한 한국인 남성이 친구에게 "TV로 볼 때는 두 시간이 꽤 길었는데, 직접 와서 보니까 금방이네!"라며 소감을 나눴다. 그의 의견에 적극 공감해, 하마터면 "지당하신 말씀입니다!"라며 난데없이 그들 대화에 끼어들 뻔했다.

시합 역시 어찌나 흥미진진하게 펼쳐졌는지, 무려 4:3의 성적으로 역전승을 거뒀다(이제 명백히 패배의 귀신과 작별한 것이다!). 0:1로 지다가 1:1 동점, 다시 1:2로 뒤지다가 2:2로 추격, 그리고 2:3에서 역시 3:3 재추격, 그러다 결국에는 4:3으로 역전승했다. 이 점

수의 변화는 힘들었던 구라파 초기 생활 역시 결국에는 해피엔딩으로 마무리될 것이라는 신호를 보내주는 듯하여 몹시 흡족했다. 비록 손흥민 선수가 부상 중이라 그가 런던에서 활약하는 모습을 볼 수는 없었지만, 세상만사 바람대로 된다면 그게 어디 인생살이인가. 응원하는 선수의 부상은 시간이 지나면 해결될 것이고, 응원하는 팀이 훌륭한 시합을 펼쳤으니 그걸로 된 것이다.

앞으로 한국에서 TV로 시합을 보면 예전보다 더 흥미로워질 것이다. 한동안 '아, 저기 내가 앉았던 자리인데' '아, 저기는 내가 사진을 찍었던 곳인데'라며 여행을 추억할 것이다. 이런 식으로 여행은 끝나지 않는다. 이 경험은 자연스레 이곳에서의 시간을 되새기게 하며, 한국에서 살아내야 하는 시간을 더 다채롭고 풍요롭게 만들어준다. 그래서 여행은 막상 떠나면 난관에 부딪혀 당장 짐을 싸 돌아가고 싶을 만큼 지치게 하지만, 결국에는 늘 '다녀오길 잘했다'는 생각이 들게 한다. 돌이켜보면 여행은 늘 내 삶을 살게 하는 동력이자 땔감, 질료이자 원천의 역할을 한 것 같다. 역시 이번에도 떠나오길 잘했다.

런던에서 보낼 날이 하루 더 남은, 한국을 떠난 지 일흔세 번째 되는 밤이었다.

이 글 역시 마드리드로 돌아가는 비행기 안에서 쓰고 있다.

공항으로 가는데 '왓츠앱'으로 반가운 메시지가 왔다.

"초이! 아직도 마드리드에 있는 거야?"

브래들리였다. 하여, 나는 그의 모국인 영국에서, 마덕리에 있는 녀석에게 답장을 보냈다. '이제 마덕리에서 보내는 날은 사실상 하루밖에 남지 않았다'고. 내 답신을 받자마자 그는 눈물을 흘리는 엄청나게 큰 이모티콘을 보내며 물었다.

"이별 맥주도 안 마시고 떠나는 거야?"

나 역시 줄곧 브래들리를 만나고 싶었다. 하여, 당장 약속을 잡았는데, 만날 장소를 정하는 와중에 알게 됐다. 그의 직장이 내가 매일 '꼬르따도(서반아 커피)'를 마시는 동네 단골집인 '로디야' 옆에 있다는 걸. 마드레 미아! 브래들리의 직장이 내 지척에 있었다니(알고 보니, 그는 '영국 文化원' 소속 강사였다).

아울러 그는 "그럼 우리 씨엔 몬따디또스(100 montaditos)에 갈까?"라는 문자를 보냈다. 맥주 한 잔에 1.5유로밖에 하지 않는, 그래서 그가 사랑해 마지않는, '그란비아'에서 나와 함께 금요일 오후를 여유롭게 보낸 바로 그 체인점 말이다. 역시 브래들리는 일

관된 사내다. 타국 생활을 꿋꿋이 버텨내며, 자기만의 삶의 방식을 잃지 않는 그가 대단하다. 그가 한국에서 강사 생활을 한다면, 김밥천국을 굉장히 사랑할 것 같다는 예상을 조심스레 해본다.

나는 당연히 "어디든 좋다"고 답했다. 장소가 어디든, 뭣이 중하랴. 그건 헤어질 때가 다가오면 둔감한 사람도 예리해지기 때문이다. 별것 아닌 차 한 잔이 서로의 인생에서의 마지막이 될지도 모른다는 쓸쓸한 직감에 젖기도 하니까 말이다.

그리고 어제는 런던 시내에 나가지 않기로 했다. 만리타국에 살기에 다음 만남을 섣불리 기약할 수 없는 팔촌 형 부부와 하루를 온전히 함께 보내기 위해서…. 물론, 아직도 구경 못 한 '캠던 타운(Camden Town)'과 '브릭스톤 마켓(Brixton Market)'이 있지만, 이렇게 가고 싶은 곳을 남겨둬야 사랑하는 도시로 다시 올 수 있다. 그 마음을 잃고 싶지 않다. 온 지구가 더는 '알아볼 게 없는' 시시한 대상이 되는 게, 못 가본 아쉬움을 간직하는 것보다 더 슬프기 때문이다.

그리하여 팔촌 형네 부부와 런던 외곽에 위치한, 제과점 이름 같은 '리치먼드 공원'에 갔다. 영국의 공원은 산과 연결이 되어 있어, 공원이 끝나는 경계를 가늠할 수 없었다. 게다가 숲속에는 안개가 은은히 깔려 있어, 마치 '공원이 산이고, 산이 공원'이라는 인상을 줬다. 앞으로는 안개가 깔려 있고, 뒤로는 꼬리를 세운 다람쥐가

지나가는, 영국에서의 이 순간을 기념하며 우리는 함께 홍차를 마셨다. 확실히 런던 외곽의 공원은 도시 중심과는 완연히 다른 정취를 선사했다.

형수는 영국에 삼십 년 넘게 살면서 "샤워를 하는 도중에 단수를 경험하는 건 민석 씨가 처음이에요"라며 여전히 믿을 수 없다는 듯 말했다. 형수에게 자세히 말하진 못했지만, 아마 그건 영국의 문제가 아니라 나의 문제일 것이다. 사실 생수통으로 샤워를 하는 건 이번이 처음도 아니었고, 내가 여행을 다닐 때마다 가방에 여권을 챙기면 늘 불운도 함께 따라왔으니 말이다.

지나 보면 늘 이런 일이 생기는 게, 고마울 따름이다. 만약 우주 어딘가에 이야기를 관장하는 초월적인 존재가 있다면, 그 존재는 늘 내게 과할 만큼 이야기 꾸러미를 선물해 주니까. 그 존재가 나를 잊어주지만 않는다면 나는 늘 어딘가로 떠나서 쓸 수 있을 것이다. 그리고 역시 어디에나 환대해 주는 존재들이 있으니까. 다닐로와 파비오와 엘레나, 한국에 오겠다고 호언장담한 호세 씨, 그리고 무슨 영문인지 "민석 씨가 와줘서 우리에게 힘을 줬다"며 정성스레 쓴 카드에 여비까지 챙겨준 형수와 팔촌 형까지.

"대체 제가 한 게 뭔데요?"

나는 받을 수 없다며 고사했다. 그러자 형수가 겸손하면서도 단단한 어투로 말했다.

"민석 씨. 영국에서 삼십 년 넘게 살았는데, 아직도 타국 생활 힘들어요. 그런데 민석 씨가 이렇게 찾아와서 일주일을 온기 있고 재미있게 만들어준 게 고마워서요."

사실 이 글을 쓰는 지금 코끝이 약간 찡하고 눈시울마저 젖고 말았다.

어쩌면 나는 낯선 도시가 궁금해서가 아니라, 이런 존재들을 만나고 싶어 여행을 떠나는 건지도 모르겠다.

공항 면세점에서 아내에게 줄 선물을 샀다.

런던에서의 마지막 날이자, 구라파에서의 일흔네 번째 날이었다.

이 글은 바르샤바에서 부다페스트로 가는 비행기 안에서, 서반아의 마지막 밤을 회상하며 쓰고 있다.

런던에서 비행기를 타고 마드리드에 도착해, 다시 지하철을 타고 숙소에 도착하니 어느덧 오후 네 시가 넘었다. 하여, 여행자답게 급하게 빨래부터 하고 나니, 금세 브래들리를 만날 시간이 됐다. 한데, 그동안 호의를 베풀어준 호세 씨, 그리고 같은 처지로 레지던스에 묵고 있는 시인 까를로스에게 감사 인사를 할 시간이 없었다. 그래서 브래들리에게 부탁했다. 내 숙소의 레스토랑에서 함께 식사하고 맥주 마시러 다른 곳에 가도 되겠느냐고. 브래들리는 초대에 흔쾌히 응했지만, 레지던스의 격식 있는 분위기를 불편해했다.

날이 갈수록 새로 사귀는 상대방이 속한 세계, 그리고 그 세계에 속했기에 형성한 취향이 관계를 쌓는 데 장애물로 작용한다. 이곳에 와서 다양한 연령, 국적, 계층, 성적 지향성을 가진 이들과 관계를 맺었는데, 슬프게도 함께 어울리는 데 가장 큰 방해 요소로 작용한 것은 연령도, 국적도, 성적 지향성도 아닌, 각자의 경제적 사정이었다. 이는 어느 한쪽이 계산한다 해서 해결되는 문제가 아니

었다. 얻어먹는 사람은 신세 지는 게 싫고 부담스럽다. 그래서 종국엔 자신과 삶의 결이 다른 친구를 멀리하게 된다. 형편이 나은 사람이 친구가 원하는 대로 맞춰 어울리더라도, 결국 상대는 알아챈다. 자신의 친구가 불편을 감수하고 있고, 궁극적으로 서로가 원하는 것이 다르다는 사실을. 이 벽은 한국보다 유럽에서 훨씬 더 크다.

여러 이유가 있겠지만, 여기에는 유럽의 '더치페이' 문화가 크게 작용하는 듯하다. 단적으로, 친구끼리 '내 것 네 것 어딨느냐'는 정서가 아니라, 친구이기에 '더는 피해를 못 끼치겠다'라는 생각이 훨씬 강한 것이다.

어느 순간 돌아보니, 주변에는 비슷한 처지의 사람들만 남은 것 같다. 어딜 봐도, 기뻐할 구석이 없는 결과다. 하지만, 내 슬픔과 별개로, 이는 나무가 살다 보면 나이테가 생기듯, 어쩔 수 없는 삶의 결과다. 단 상대가 어떻든 간에, 삶에 대한 열정이 남아 있는 한 적어도 낯설고 새로운 관계를 주저하지 않기로 했다.

돌아보니 많은 사람을 만났다. 이탈리아·프랑스·브라질·영국·일본·몽골·독일·네덜란드·콜롬비아·미국·필리핀·벨기에인 들을 이곳에서 만났다. 당연히 서반아인은 일상에 공기처럼 퍼져 있어 늘 마주쳤고, 부대꼈다. 따져보니, 이들의 문화, 언어, 사상, 취향, 심지어 유머 방식까지 내게 영향을 끼친 것 같다. 어쩌면 나 역시 그들에게 영향을 줬는지 모르겠다. 이 모든 영향이 부디 내 삶에서 긍정적이고 활력 있는 원료로 쓰이길 바란다.

마드리드 생활을 하며 느낀 점이 많은데, 그건 지면이 좀 필요할 것 같다. 그러니, 내일 일기에 쓰도록 하자.

마덕리에서의 마지막 밤을 보낸, 일흔다섯 번째 날이었다.

11. 15.

noviembre

이 글은 히비스커스차에 쿠키를 하나 곁들인 후, 쓰고 있다.

돌아갈 때는 올 때와 달리 고생한 나에게 선물을 주려고 직항 비즈니스석을 타고 편하게 왔다, 면 좋았겠지만, 변방 작가답게 올 때처럼 바르샤바 공항은 물론, 이번에는 부다페스트 공항까지 거쳐서 왔다. 세 공항을 거쳐 브라질로 돌아갔던 에드손처럼, 무려 비행기 석 대를 번갈아 타며 온 것이다.

부다페스트 공항은 첫인상이 상당히 좋았다. 대합실을 지나다 보니 '우크라이나인들을 위한 식사 쿠폰'을 나눠주고 있었다. 우크라이나 국기를 바탕으로 그 위에 하트를 그려놓은 채 환영하는 마음의 온기가 내게도 전해져, 헝가리에 대한 호감도가 급상승했다. 헝가리인들은 곤경에 처한 이들을 굉장히 환대한다는 인상을 줬다.

아니나 다를까, 공항을 걷고 있으니 화장품 가게 직원이 내게 "Are you Korean?"이라고 묻기에, 그렇다고 하자 손가락 하트를 만들고선 한국어로 "사랑해요!"라고 인사했다. 나는 이 직원이 "안녕하세요?"를 "사랑해요"로 잘못 외운 게 아닐까 혼란스러웠지만,

초면에 그런 것까지 꼼꼼하게 따지기에는 너무 오지랖이 넓다는 생각이 들어 멋쩍게 "아. 네, 네…" 하며 웃기만 했다.

짐작대로 헝가리인은 환대하는 국민성을 가졌는지 내게 자신의 화장품 판매대로 들어와 앉아보라 했다. 호의를 거절할 수 없어 판매대 의자에 앉으니, "몇 살이냐?"고 물었다. 초면에 신상을 밝히는 걸 주저했지만, 여기는 따뜻한 환대의 나라 헝가리 아닌가. 관심을 무시할 수 없어 "마흔다섯 살"이라 솔직히 말하니, 직원은 갑자기 공항 천장이 무너져 내리듯 놀라며 "대체 무슨 화장품을 쓰십니까, 선생님?" 하며 반응했다.

헝가리인의 환대 섞인 영업력에 금세 지갑이 바닥날 것 같은 위기감이 엄습했다.

그러더니 "손님. 지금은 괜찮지만(이 멘트가 마음에 들었다), 이제 눈가 주름에 신경 쓰셔야 합니다"라며 아이크림을 눈 옆에 쓱쓱 발라줬는데, 놀랍게도 바르지 않은 쪽과 너무나 확연한 차이가 나서 그만 헝가리 화장품의 뛰어난 성능에 머리털이 삐쭉 설 만큼 감탄했다. 해서 구멍 뚫린 지갑의 소유자답게 "… 이거 얼마죠?"라고 물으니, 직원은 화장품 한 개를 1년간 쓸 수 있음을 강력하게 강조한 뒤, 하나에 380유로(53만 원)라고 했다. 당연한 말이지만, 이런 지출은 계획에 없었다. 내가 주저하자, 갑자기 직원은 두 개를 사면 한 개를 더 주겠다고 했다(2+1). 그럼에도 주저하자, 이번에는 '주름을 제거하는 기계'까지 주겠다고 했다. 조금만 더 주저하면 직원은 760유로에 화장품 가게를 통째로 넘겨줄 기세였다.

하지만, 760유로면 한화로 백만 원이 넘지 않는가. 눈가 주름을 예방하려고 백만 원을 썼다고 하면, 두 달 반 만에 귀국한 나를 가족들마저도 환영하지 않을 것 같아 고민하니, 직원은 대뜸 한 손으로 입을 가리고선 "음, 이건 우리끼리 이야기인데요. 그럼 두 개를 380유로에 드릴게요"라고 했다.

잘은 모르겠지만 헝가리인들은 환대도 잘하고, 영업도 굉장히 화끈하게 한다는 인상을 줬다.

이번에도 폴란드를 경유했기에, 수도인 바르샤바에서 또 하룻밤을 잤다. 마드리드에서 오래 지내서였을까. 그다지 대수롭지 않은 사실이 신경 쓰였다. 그건 바로 폴란드인들, 특히 남성들은 잘 웃지 않는다는 점이었다. 마치 '진정한 폴란드 남자는 웃지 않는다'라는 법칙이라도 있는 듯 하나같이 엄숙한 표정을 짓고 있었다. 쇼팽 공항에 가기 위해 아침에 이용한 공유 차량의 기사는 물론, 심지어 비행기 안에서 내 탑승권이 바닥에 떨어졌다고 알려준 친절한 남자까지도, 표정만큼은 정치 토론에 임한 듯 진지했다.

폴란드에서 보낸 날은 내 인생에서 나흘뿐이니, 이것이 폴란드의 전반적인 경향이라는 말은 절대 아니다. 그저 내가 마주친 이들이 그랬을 뿐이다. 아울러, 그들이 웃지 않는 게 이상하다는 이야기도 절대 아니다. 하고픈 말은, 웃지 않는 사람을 만나는 일이 낯설어졌다는 것이다.

나는 어느새 눈을 마주치면 안부를 건네고, 서로 웃음으로 낯선
이에게도 인사를 건네주는 문화가 그리워져버린 것이다. 그때, 화
란 청년 로버트가 내게 했던 말이 떠올랐다.

"넌 자주 웃지 않잖아."

내가 이곳에서 느낀 감정을, 아마 로버트는 나를 만나고 얼마 후
느낀 듯했다.

그리하여, 이제 돌아가면 좀더 웃기로 했다. 너무 보잘것없어 우
습겠지만, 이게 바로 마덕리에서 두 달 반 남짓 보낸 후 한 가장 큰
결심이다. 늘 웃으며 지내는 것이야말로 가장 훌륭하고, 가장 필요
한 능력이라는 사실을 이제야 깨달은 것이다. 그것은 상대의 마음
에 맑은 호수를 하나 마련해 주는 일이고, 내 마음에도 잔잔하고
평온한 호수를 마련하는 일이다.

쑥스럽지만, 대체 왜인지 모르겠다. 삶의 한때에 불과한 고작 두
달 남짓을 보내고 떠날 뿐인데, 상실감이 밀려온다. 집으로 간절히
돌아가고 싶었지만, 막상 떠날 때가 되니 이상한 미련 같은 게 몸
에 달라붙어버렸다.

이곳에 와서 매일 일기를 쓰고, 매일 학원에 가고, 매주 새로운
사람을 만나고, 매일 도전과 같은 일상을 보내고, 송곳 같은 거북선
위에 엉덩이를 맡겼던 나날을 그리워할 것 같다. 그러지 않으리라

매번 다짐했지만, 결국은 늘 그래왔으니까⋯⋯. 앞으로 내게 서반아는 어떻게 기억될까.

말린 돼지 다리를 천장에 매달아놓고 파는 사람들, 밤 9시에 저녁을 먹는 사람들, 우측통행을 철저하게 지키는 사람들, 그래서 왼쪽으로 걸으면 고함치며 "똑바로 걸으라!"고 하는 사람들, 그럼에도 눈이 마주치기만 하면 다정히 웃으며 "올라(Hola)!"를 외치는 사람들, 걸으면서 늘 열정적으로 전화기 스피커에 대고 보이스 채팅을 남기는 사람들, 그런 열정 때문인지 11월에도 반바지를 입고 다니는 사람들, 아침마다 커피 바에 늘어서 에스프레소를 마시며 안부를 주고받는 사람들, 간단한 질문에 서반아어로 답하면 반갑다며 언어의 폭포를 쏟아내는 사람들, 맥주를 한 잔 주문할 때마다 타파스 안주를 하나씩 무료로 주는 사람들, 소설가라고 하면 한결같이 어서 번역이 되길 바란다고 말해 주는 사람들, 그리고 꼭 읽어보겠노라고 말해 주는 이들, 교통카드를 못 찾아 당황하는 이방인을 위해 버스비를 내주는 사람들, 그런데 고맙다고 인사하려면 앉을 자리를 찾아 벌써 떠나버린 사람들, 그만큼 성미 급하고 화끈한 사람들.

그리고 이런 서반아인들 사이에서 만난 친구들, 이 모든 이들과 부대끼며 좌절하고, 짜증 내고, 웃고, 기뻐했던 일흔다섯 밤이 바로 이곳에서 보낸 날들이다.

이곳에 오기 전에 꽤 깊은 슬럼프에 빠져 있었고, 이곳에 있는 동안에도 홀로 꽤 우울한 시간을 보냈다. 늘 침대에서 일어나 하루를 시작하는 게 벅찬 일이었고, 그렇기에 친구들이 나를 쉴 틈 없이 불러주는 게 고마웠다. 버거울 만치 많은 과제를 내주는 스페인어 선생도 고마웠다. 그들이 없었다면 생활의 이끼에 온몸이 눅눅해진 채, 이 일기조차 쓸 수 없었을지 모른다. 또한, 내면의 깊은 숲속에 들어가 두 달 반 동안 아무것도 하지 않으며 칩거했을지도 모른다.

아무것도 하지 않는다는 게 나쁘다는 말은 아니다. 그 시간 동안 점점 더 아무것도 하지 않는 인간으로 익숙해진다는 게 싫다는 말이다. 고백건대, 그러다 삶의 동력까지 잃어버릴까 두려웠다. 이 일기를 꾸준히 쓴 건, 어쩌면 쓴다는 행위가 적어도 내게는 살아갈 구실을 선사하기 때문이다. 비록 허울뿐일지라도, 긴 인생을 살아가는 사람에게 살아갈 이유를 근사하게 둘러댈 변명거리가 있다는 것은 좋은 것이니까.

좀 멋지게 써보려 했는데, 실패했다. 솔직하게 썼으니 그걸로도 족하다. 아쉽지만, 그건 그것대로 좋으니까.

약간은 슬프지만, 이제 이런 일기를 다시 쓸 수 있을지는 모르겠다. 마드리드에 도착한 후로 줄곧, 예전처럼 일기 쓰는 게 쉽지 않다는 것을 절감했다. 하지만 이 모든 변화는 삶에서 발생하는 자연스러운 결과이니, 받아들이기로 했다.

이제 착륙하면 서울에서의 첫 번째 날이 활주로에서부터 나를 기다리고 있을 것이다.

무슨 일이 일어나도 괜찮을 것 같다. 나는 웃으며 지내기로 했으니까.

지금까지 아무리 수사를 갖다 붙여봐야 '고작 개인 차원의 기록'에 지나지 않는 일기를 함께해 준 독자에게 진심으로 감사를 드린다. 아울러, 내 글에 등장하면 고약하게 쓰일 걸 알면서도, 소재가 되어주길 기꺼이 동의해 준 모든 이들에게 감사를 전한다.

어쩐지 이 긴 일기의 마무리는 다음 두 문장으로 하고 싶다. 웃으며 지내시길. 근거 없는 믿음이지만, 웃는 자에게 세상은 좀처럼 슬픈 얼굴을 보여주지 않는 것 같다.

마덕리에서 보낸 시간이 모두 끝난, 일흔여섯 번째 날이었다.

- 마드리드 일기 끝 -

마드리드 일기

초판 1쇄 2025년 1월 20일

지은이 | 최민석
펴낸이 | 송영석

주간 | 이혜진
편집장 | 박신애 **기획편집** | 최예은 · 조아혜
디자인 | 박윤정 · 유보람
마케팅 | 김유종 · 한승민
관리 | 송우석 · 전지연 · 채경민

펴낸곳 | (株)해냄출판사
등록번호 | 제10-229호
등록일자 | 1988년 5월 11일(설립일자 | 1983년 6월 24일)

04042 서울시 마포구 잔다리로 30 해냄빌딩 5 · 6층
대표전화 | 326-1600 **팩스** | 326-1624
홈페이지 | www.hainaim.com

ISBN 979-11-6714-105-7